Une femme convoitée

Aux Éditions J'ai lu

Samantha
N° 2533
Esclave et Chatelaine
N° 2925
La révoltée du harem
N° 2956
La fiancée captive
N° 3035
Les feux du désir
N° 3091
La viking insoumise
N° 3115
Un si doux orage
N° 3200
Un cœur si sauvage
N° 3258
Épouse ou maîtresse ?
N° 3304
Captifs du désir
N° 3430
Une fiancée pour enjeu
N° 3593
Paria de l'amour
N° 3725
Si tu oses me quitter
N° 4318
Pour toujours dans tes bras
N° 4425
Brûlés par le désir
N° 4636
Apparence trompeuse
N° 5166
En proie à la passion
N° 5489
Héritier malgré lui
N° 5848
Un cow-boy pour deux
N° 7311
Les feux de l'hiver
N°12654
Cœurs enchaînés
N°13065
Il était une fois une princesse
N°13232

LES MALORY

1 – Lady Regina Ashton
(Le séducteur impénitent)
N° 3888
2 – Lord Anthony
(Tendre rebelle)
N° 4003
3 – Passagère clandestine
N° 3778
4 – Magicienne de l'amour
N° 4173
5 – Une femme convoitée
N° 4879
6 – Le cadeau de Noël
des Malory
(La faute d'Anastasia)
N° 5707
7 – Voleuse de cœur
N° 8150
8 – Les trésors du désir
N° 8348
9 – Confusion et séduction
N° 9824
10 – Mariés par devoir,
amants pour toujours
N° 9832

JOHANNA
LINDSEY

LES MALORY – 5

Une femme convoitée

Traduit de l'anglais (États-Unis)
par Daniel Garcia

J'AI LU

POUR elle

Si vous souhaitez être informée en avant-première
de nos parutions et tout savoir sur vos auteures préférées,
retrouvez-nous ici :

www.jailu.com

Abonnez-vous à notre newsletter
et rejoignez-nous sur Facebook !

Titre original
SAY YOU LOVE ME

Éditeur original
Published by arrangement with
William Morrow and Company, Inc., N. Y

1

L'endroit n'avait rien de sordide ni de miteux, loin s'en fallait. De tous les établissements londoniens où des femmes étaient vendues au plus offrant, celui-ci était même sans doute le plus luxueux. Les pièces, fort bien tenues, étaient élégamment meublées. Le quartier lui-même était l'un des plus respectables de la ville. Pourtant, du rez-de-chaussée jusqu'aux combles, la demeure était vouée au commerce de l'amour. Et au péché.

Audrey Langton n'arrivait toujours pas à comprendre ce qu'elle faisait là. Le plus extraordinaire, c'était que personne ne l'avait forcée à entrer dans un lieu pareil. Elle en avait franchi le seuil de son plein gré.

Plus précisément, elle avait accepté d'y venir, à défaut de toute autre issue. Sa famille avait besoin d'argent – de beaucoup d'argent – pour ne pas être jetée à la rue.

Si seulement elle avait pu disposer d'un peu de temps pour échafauder un plan de rechange ! N'importe quelle autre solution aurait été préférable. Même épouser un inconnu. Mais oncle Elliott avait malheureusement raison : aucun gentleman ne consentirait à l'épouser à la va-vite. Le mariage était un engagement trop sérieux pour qu'un homme s'y précipite tête baissée du jour au lendemain. Sans compter que trouver un prêtre et réunir les documents officiels aussi rapidement tenaient de la gageure.

En revanche, certains gentlemen s'offraient fréquemment une nouvelle maîtresse sur un coup de tête, aussi ruineuse qu'une épouse, sinon plus, certes, mais dont ils pouvaient se débarrasser avec une égale facilité, en évitant procédures ennuyeuses et scandale.

Faute de pouvoir épouser un lord fortuné, Audrey deviendrait sa maîtresse pour éponger les dettes d'oncle Elliott. Du reste, Audrey ne connaissait aucun homme assez riche susceptible de demander sa main. Elle avait bien eu quelques soupirants, du temps où elle vivait encore à Kettering, avant le drame, mais le seul à vivre vraiment dans l'aisance avait finalement épousé une de ses cousines.

Tout s'était passé si vite ! L'avant-veille, Audrey était descendue dans la cuisine faire chauffer du lait, comme elle en avait pris l'habitude pour combattre ses insomnies. Depuis qu'elle habitait avec sa sœur Jane chez leur tante Elizabeth, elle avait toujours beaucoup de mal à trouver le sommeil.

Ces troubles n'avaient rien à voir avec le déménagement. Ni avec tante Elizabeth. Unique sœur de leur défunte mère, c'était une femme exquise qui aimait ses nièces comme ses propres enfants. Elle avait accueilli Audrey et Jane sous son toit, leur prodiguant toute l'affection dont elles avaient eu besoin après le drame.

Ses cauchemars étaient seuls responsables des insomnies d'Audrey. Chaque nuit, elle revivait le drame en détail, avec cette idée obsédante qu'elle aurait peut-être pu l'empêcher.

C'était tante Elizabeth qui lui avait suggéré le lait chaud, après avoir remarqué un matin les cernes qui ombraient ses yeux au réveil. Le remède avait opéré des miracles. C'était devenu un rituel nocturne. Audrey attendait que toute la maisonnée fût endormie pour descendre à la cuisine. À cette heure-là, elle n'y avait jamais croisé âme qui vive. Sauf l'autre nuit...

Elle avait trouvé oncle Elliott attablé devant une bouteille de whisky. Audrey ne l'avait jamais vu boire autre chose que le verre de vin que sa femme lui accordait au dîner. Tante Elizabeth avait de solides préjugés contre l'alcool et elle ne tolérait pas qu'on en consommât dans sa maison.

Dieu seul savait où oncle Elliott avait pu se procurer cette bouteille ! En tout cas, elle était à moitié vide et les effets se faisaient déjà sentir. Oncle Elliott pleurait en silence, le visage enfoui dans ses mains, ses épaules se soulevant pitoyablement au rythme de ses sanglots. En découvrant ce spectacle, Audrey avait compris pourquoi tante Elizabeth proscrivait les boissons fortes.

Pourtant, le whisky n'était pour rien dans le chagrin d'oncle Elliott, comme Audrey n'avait pas tardé à l'apprendre. Son oncle était descendu se réfugier dans la cuisine, persuadé que personne ne viendrait l'y déranger au moment où il se déciderait à mettre fin à ses jours.

Depuis lors, Audrey s'était demandé à maintes reprises si son oncle aurait finalement eu le courage de passer à l'acte, à supposer qu'elle ne fût pas arrivée inopinément. Il ne lui avait jamais donné l'impression d'être d'une bravoure exemplaire, plutôt un impulsif. C'était d'ailleurs en la voyant apparaître qu'il avait soudain eu cette idée pour les tirer de ce mauvais pas. Une idée à laquelle Audrey n'aurait certainement pas songé toute seule.

— Qu'est-ce qui ne va pas, oncle Elliott ? s'était-elle écriée.

Il s'était retourné brusquement et avait écarquillé les yeux en la découvrant en robe de chambre, une chandelle à la main. Il était resté un moment interdit, avant de secouer misérablement la tête en murmurant quelques mots, si bas qu'Audrey avait dû lui demander de les répéter.

— Va-t'en, Audrey, avait-il dit. Je ne veux pas que tu me voies dans cet état.

— Ce n'est pas grave, avait répondu Audrey. Mais je devrais peut-être aller chercher tante Elizabeth ?

— Non ! s'était-il exclamé d'une voix redevenue forte. (Puis, plus calmement, il avait ajouté :) Elle n'aime pas que je boive... et... et elle n'est pas au courant.

— Elle ne sait pas que vous buvez ?

Comme il n'avait pas répondu tout de suite, Audrey en avait conclu qu'elle avait deviné juste. Personne, dans la famille, n'ignorait que son oncle aurait été prêt à tout pour éviter le moindre tracas à Elizabeth. À plus forte raison les tracas dont il était responsable.

Oncle Elliott approchait de la cinquantaine. C'était un homme massif, au visage las et aux cheveux poivre et sel. Il n'avait jamais été très beau, même dans sa jeunesse, pourtant c'était lui qu'Elizabeth, la plus jolie des deux sœurs, avait voulu épouser. À quarante-deux ans, c'était encore une très belle femme et, pour ce qu'Audrey en savait, elle aimait toujours passionnément son mari.

Malheureusement, en vingt-quatre ans de mariage, ils n'avaient pas eu d'enfants. C'était sans doute pour cela qu'Elizabeth aimait tant ses nièces. Une fois, la mère d'Audrey avait dit à son père que ce n'était pas faute d'avoir essayé. C'était ainsi – leur union était stérile.

Bien sûr, Audrey n'était pas supposée avoir entendu une telle conversation. Dieu merci, sa mère n'avait jamais soupçonné qu'elle écoutait aux portes. Un autre jour, Audrey avait aussi entendu sa mère s'étonner qu'Elizabeth se fût obstinée à épouser Elliott. Il n'était ni beau, ni riche, alors qu'elle avait eu à ses pieds toute une cour de jeunes soupirants fortunés.

Mais, après tout, cela ne regardait qu'Elizabeth, avait admis sa mère. Sa sœur s'était toujours faite la championne des êtres moins bien lotis qu'elle. C'était peut-être ce qui avait motivé son choix. « De toute façon, l'amour est imprévisible. C'est un sentiment qui échappe à toute logique », avait conclu sa mère.

— Elizabeth ignore que nous sommes ruinés.

Audrey avait sursauté. Elle avait posé sa question depuis si longtemps qu'elle l'avait presque oubliée. Et la réponse d'oncle Elliott était inattendue. Un excès de boisson ne suffisait pas à ruiner socialement quelqu'un. Sinon, beaucoup de gentlemen – et même de ladies – l'auraient été avant lui. Aussi avait-elle décidé de prendre sa remarque à la légère.

— Vous avez causé du scandale, mon oncle ? lui avait-elle dit, taquine.

— Du scandale ? (Il avait paru surpris.) Oh, oui ! sans doute, ça fera un beau scandale. Elizabeth ne me pardonnera jamais, quand on viendra saisir la maison.

Audrey avait soudain perdu toute envie de rire.

— Vous avez joué la maison ?

— Comment peux-tu me croire capable d'une abomination pareille ? Tu voudrais que je finisse comme ton père ? Bah, au fond, j'aurais peut-être dû. Au moins, il nous serait resté une chance de salut. Alors que maintenant…

Le rappel des fautes de son père – et de leurs conséquences – avait plongé Audrey dans l'embarras. Elle s'était sentie rougir, mais Elliott n'avait sans doute rien remarqué.

— Je ne comprends pas, oncle Elliott. Qui va venir saisir la maison, alors ? Et pourquoi ?

Il avait baissé la tête, honteux, avant de débiter toute l'histoire à voix basse. Audrey s'était rapprochée pour mieux entendre. Le récit terminé, elle était demeurée un long moment songeuse.

C'était pire que tout ce qu'elle avait pu imaginer, bien qu'il y eût des similitudes avec la tragédie de ses propres parents. Oncle Elliott n'aurait jamais leur force de caractère face à l'adversité.

Quand Audrey et Jane étaient venues s'installer chez tante Elizabeth, huit mois plus tôt, Audrey était encore trop choquée par l'épreuve qu'elle venait de traverser pour noter quoi que ce soit d'anormal. Elle n'avait même pas songé à se demander pourquoi oncle Elliott restait si souvent à la maison.

En réalité, il avait perdu son travail et n'avait pu en retrouver un autre. Malgré cela, Elliott et Elizabeth avaient maintenu leur train de vie habituel, tout en ayant deux bouches de plus à nourrir.

Elliott avait vécu à crédit, sans oser avouer à sa femme l'étendue de leurs dettes. Comme plus un sou ne rentrait dans le ménage, le gouffre avait continué de se creuser jusqu'à ce que les créanciers perdent patience.

Pour les satisfaire, oncle Elliott se verrait contraint à leur abandonner la maison dans laquelle ils vivaient. La maison de sa femme. Elle appartenait à la famille d'Audrey depuis des générations. Étant l'aînée des deux sœurs, Elizabeth en avait hérité, mais les créanciers d'Elliott menaçaient de s'en emparer dans trois jours.

Voilà pourquoi il avait à demi vidé la bouteille de whisky en méditant son suicide. Il voulait mourir parce qu'il avait failli à son devoir de protéger les siens.

Bien sûr, Audrey n'avait pas manqué de souligner qu'il n'arrangerait rien en se donnant la mort. Au contraire. Avait-il seulement pensé au chagrin d'Elizabeth, obligée d'organiser ses funérailles tandis qu'elle serait expropriée ? Pour ses deux jeunes nièces, la situation serait à peine moins grave. Certes, elles avaient déjà connu une première expulsion, huit mois plus tôt ! Mais, cette fois, elles n'auraient plus aucun endroit où aller. Et Jane était si jeune. Douze ans, à peine... Désormais, Audrey se sentait responsable de sa cadette.

Elle ne savait plus trop comment ils en étaient arrivés à discuter de la manière dont Audrey pourrait les sortir de l'ornière. Oncle Elliott avait d'abord précisé qu'il avait pensé marier sa nièce à un bon parti, avant de renoncer à cette solution parce que les délais étaient trop courts.

Peut-être l'alcool lui avait-il délié la langue. Toujours est-il qu'il avait raconté que la même mésaventure était survenue à l'un de ses amis, mais que sa fille avait sauvé la famille de la ruine en vendant sa virginité à un barbon richissime.

De fil en aiguille, il avait dit comment certains gentlemen très fortunés étaient prêts à payer fort cher le plaisir d'exhiber une jeune et appétissante maîtresse devant leurs amis, et même à se montrer encore plus généreux s'il s'agissait d'une innocente oiselle.

Oncle Elliott avait été assez habile pour lui exposer la chose sans lui demander directement de se sacrifier. C'était Audrey elle-même qui l'avait proposé. Un instant, elle avait envisagé de chercher du travail. Mais elle n'aurait jamais gagné assez d'argent pour rembourser les dettes de son oncle. Et le temps pressait. Songeant à Jane, elle s'était jetée à l'eau.

— Connaîtriez-vous un homme disposé à payer ce que vous devez si... si j'acceptais de devenir sa maîtresse ? avait-elle demandé d'un ton mortifié.

Oncle Elliott avait paru infiniment soulagé.

— Non, je n'en connais pas, avait-il répondu. En revanche, je possède l'adresse d'un établissement londonien cossu où tu pourrais être présentée.

Audrey avait longuement hésité. Une telle décision ne se prenait pas à la légère. Finalement, elle avait hoché la tête.

— Ce n'est pas la mer à boire, Audrey, l'avait-il rassurée. Une femme intelligente peut amasser un joli magot de cette manière. Et rien ne lui interdit de se marier plus tard, si elle le souhaite.

C'était faux, et il le savait aussi bien qu'elle. Audrey ne pourrait plus rêver à un mariage honorable. Elle resterait à jamais bannie de la bonne société. Chacun, sur terre, devait porter sa croix. Ce serait la sienne. Au moins, Jane aurait la vie qu'elle méritait.

— Je vous laisse le soin d'expliquer l'affaire à tante Elizabeth, avait-elle suggéré.

— Oh, non ! Elle ne doit rien savoir, sinon elle tenterait de s'opposer à notre projet. Je suis sûr que tu sauras bien trouver une explication pour justifier ton absence.

Audrey avait soupiré. Décidément, rien ne lui serait épargné ! En quittant son oncle, elle s'était sentie d'humeur à vider le restant de la bouteille de whisky.

Remontée dans sa chambre, elle avait échafaudé une fable crédible à l'intention de sa tante : une de ses amies d'enfance, Anne, lui avait écrit qu'elle était très malade et la priait de se rendre immédiatement à son chevet.

Le lendemain matin, tante Elizabeth avait gobé le mensonge sans sourciller. La pâleur d'Audrey ne prouvait-elle pas qu'elle s'inquiétait pour son amie ? Et Jane, Dieu merci, n'avait pas posé toutes ces questions indiscrètes dont elle avait autrefois le secret. Pourtant, sa petite sœur aurait pu légitimement s'interroger sur cette fameuse Anne dont elle n'avait jamais entendu parler auparavant, puisque Audrey l'avait inventée pour la circonstance. Mais les drames familiaux ont toujours des conséquences sur l'enfance. Depuis huit mois, Jane, malgré son jeune âge, semblait avoir perdu son insouciance et sa spontanéité.

Comme Audrey ne pouvait voyager seule, oncle Elliott s'était offert pour l'accompagner, en laissant croire à sa femme qu'il conduisait leur nièce à Kettering. Le problème n'était qu'à moitié résolu, cependant. Que se passerait-il quand Elizabeth et Jane constateraient que son absence se prolongeait ? Audrey préférait ne pas y penser pour l'instant. Du reste, elle ne savait même pas si elle les reverrait un jour. Oserait-elle encore regarder sa tante et sa sœur droit dans les yeux lorsqu'elles sauraient la vérité ?

Quoi qu'il en soit, Audrey était certaine d'une chose : désormais, plus rien ne serait jamais comme avant.

2

— Venez, ma chatte, c'est l'heure.

Audrey se tourna vers l'homme debout sur le seuil de la pièce. Lonny était le propriétaire de l'établissement... et, à ce titre, c'est lui qui allait la vendre aux enchères.

Rien, dans son apparence, ne trahissait l'entremetteur. Grand et mince, vêtu comme un gentleman, il s'exprimait dans un langage châtié. Après le départ d'oncle Elliott, la veille, Audrey avait perçu un léger relâchement dans le choix de son vocabulaire. Toutefois, son affabilité à son égard ne s'était pas démentie.

Il lui avait expliqué, en y mettant les formes, qu'en raison de la somme espérée, elle ne pourrait reprendre sa liberté à sa guise – son acquéreur exigerait d'en avoir pour son argent et d'user d'elle aussi longtemps que bon lui semblerait.

Audrey avait hoché la tête, consciente qu'elle deviendrait ni plus ni moins une esclave. Elle devrait rester avec son acheteur – qu'elle l'aimât ou non, qu'il la respectât ou pas – jusqu'à ce qu'il se lasse d'elle.

— Et si ce n'est pas le cas ? avait-elle osé demander.

— Eh bien, ma chatte, je doute que vous souhaitiez vraiment savoir ce qui arriverait, avait-il répondu d'une voix chargée d'une menace contenue. (Sur un ton plus léger, il avait ajouté :) Je me porte personnellement garant de chaque tractation. Je ne saurais prendre le risque de ruiner ma réputation à cause d'une fille capricieuse qui voudrait revenir sur les termes du contrat. Sinon, je pourrais dire adieu à ma clientèle.

— Vous organisez beaucoup de ventes de ce genre ?

— Celle-ci sera la quatrième, mais ce sera la première fois que je proposerai une jeune fille issue d'un milieu tel que le vôtre. D'ordinaire, les gentlemen en mauvaise posture marient leurs filles pour redorer leur blason. Dommage que votre oncle n'ait pas réussi à vous dénicher un beau parti. Vous n'êtes pas taillée dans l'étoffe dont on fait les courtisanes.

Devait-elle se sentir flattée ou insultée par la remarque ?

— Le temps lui a manqué pour arranger un mariage, comme il a dû vous l'expliquer, s'était-elle contentée de répondre.

— N'empêche... c'est fort regrettable. Eh bien, je vais vous conduire à votre chambre. Vous ne serez présentée que demain soir. Il me faut le temps de prévenir les gentlemen susceptibles d'être intéressés. J'espère qu'une de mes filles aura une toilette à vous prêter pour la circonstance. Une courtisane doit ressembler à ce qu'elle est, si vous voyez ce que je veux dire ! (Il l'avait toisée de la tête aux pieds d'un air navré.) Votre toilette est ravissante, ma chatte, mais conviendrait mieux à un thé mondain. N'avez-vous rien apporté de plus adapté ?

Audrey avait secoué la tête, sincèrement embarrassée d'avoir l'allure d'une lady.

Lonny avait soupiré.

— Nous trouverons bien une solution, avait-il répondu en ouvrant la porte de la chambre qu'il lui destinait.

Comme le reste de la maison, la pièce était décorée avec beaucoup de raffinement.

— C'est très joli, avait commenté Audrey.

— Je parie que vous vous attendiez à quelque chose de vulgaire ! (Il avait souri, avant d'ajouter :) Le bon goût... tout est là ! J'y veille personnellement. Les membres de la gentry dépensent plus volontiers leur argent quand ils se sentent comme chez eux.

Tu parles ! avait songé Audrey. Les hommes trouvaient leurs plaisirs n'importe où. Il y avait suffisamment de maisons malfamées à Londres pour en témoigner. Celle que tenait Lonny était seulement l'une des plus chères.

Avant de la quitter, il était revenu à la charge :

— Vous avez bien compris les conditions particulières de notre arrangement ?

— Oui.

— Ainsi que le fait que vous ne recevrez rien, excepté les cadeaux que le gentleman voudra bien vous offrir pendant le temps que vous resterez avec lui ? (Audrey avait hoché la tête, mais il avait insisté :) Le produit de la transaction ira directement à votre oncle, moins la commission qui me revient. Vous-même ne toucherez pas un sou.

Audrey savait déjà tout cela. Elle espérait seulement que la somme atteinte par les enchères permettrait à son oncle de rembourser tous ses créanciers. Sinon, elle se serait sacrifiée pour rien. L'énormité des dettes d'Elliott l'effrayait.

— Vous croyez vraiment que quelqu'un sera disposé à payer autant ?

— Oh, sans l'ombre d'un doute, ma chatte ! Ces nababs n'ont rien d'autre à faire que de dépenser leur argent. Les chevaux, les femmes et le jeu occupent tout leur temps. Moi, je fournis les femmes et le jeu. Et je leur propose de satisfaire tous leurs vices.

— Leurs vices ?

Il avait éclaté de rire.

— Ma chatte, vous n'imaginez pas ce que ces lords – et même ces ladies – me demandent ! Par exemple, j'ai une comtesse qui vient ici au moins deux fois par mois. Elle me paie pour que je la fasse fouetter et humilier par un lord. Comme elle porte un masque, afin de ne pas être reconnue, mes clients sont persuadés qu'il s'agit d'une de mes filles. Je serais ravi de m'occuper moi-même d'elle et de lui donner les coups de cravache qu'elle réclame, mais ça ne l'intéresse pas. Ce qui l'excite, c'est de savoir qu'elle retrouvera ses partenaires de débauche dans un dîner mondain, ou qu'elle dansera à leur bras dans un bal, et qu'elle aura percé tous leurs sales petits secrets alors qu'eux ignorent tout des siens.

Audrey était devenue cramoisie. Elle n'aurait jamais supposé que des gens pussent nourrir de tels fantasmes... Et encore moins payer pour les voir se réaliser !

— Rougissez tant que vous voulez, avait dit Lonny d'un air de dédain, mais je vous conseille de vous mettre rapidement au diapason. Celui qui vous achètera voudra satisfaire avec vous tous ses caprices sexuels, comprenez-vous ? Les hommes font avec leurs maîtresses ce qu'ils ne peuvent pas faire avec leurs femmes. Je vous enverrai une de mes filles pour éclairer votre lanterne. À l'évidence, votre oncle ne s'est pas soucié de vous mettre les points sur les *i*.

Il avait tenu parole. Dans la soirée, une jeune femme prénommée Mary était venue la rejoindre dans sa chambre. Elle lui avait donné la robe écarlate qu'Audrey portait maintenant avant de l'instruire longuement des choses du sexe. Elle avait abordé la question sous tous ses aspects, depuis les méthodes pour éviter une grossesse indésirable jusqu'aux mille et une façons de procurer du plaisir à un homme.

Cette conversation était fort éloignée de celle qu'Audrey avait eue avec sa mère quelques mois plus tôt, le jour de ses dix-sept ans, à propos de l'amour et du mariage. Sa mère lui avait décrit l'acte charnel en termes évasifs, insistant simplement sur sa nécessité pour avoir la joie de donner naissance à des enfants, avant de passer rapidement à un autre sujet.

Mary l'avait laissée sur un dernier conseil :

— N'oubliez pas que c'est probablement un homme marié qui vous achètera. S'il veut une maîtresse, c'est que sa femme ne le satisfait pas au lit. Vous n'allez pas me croire, mais certains de ces lords n'ont jamais vu leurs épouses dans le plus simple appareil. Or, n'importe qui vous dira qu'un homme aime regarder une femme nue. Donnez-lui ce qu'il n'a pas chez lui, et il vous adorera.

À présent, l'heure avait sonné d'entrer dans l'arène ; Audrey tremblait d'effroi. Sa robe, d'un rouge criard, était outrageusement décolletée. En ouvrant la porte, Lonny l'avait gratifiée d'un regard approbateur, mais cela ne l'avait pas rassurée. Bien au contraire.

Son destin, pour le meilleur ou pour le pire, serait scellé ce soir. Un homme l'achèterait tout à l'heure et, dès cet instant, elle devrait se plier à sa loi, qu'il lui plaise ou non. Du moins espérait-elle qu'il ne serait ni vieux ni cruel.

Lonny la conduisit au rez-de-chaussée. Il dut la pousser un peu quand elle entendit le brouhaha des conversations qui montait vers eux. Et plus encore quand elle s'aperçut qu'il ne l'entraînait pas vers le salon, mais vers la salle de jeu.

— La plupart de mes clients viennent ici pour jouer, expliqua-t-il. J'ai pensé que plus il y aurait de monde et plus les enchères auraient des chances de monter. Un brin de spectacle ne nuit jamais au commerce.

Avant qu'elle ait pu comprendre ce qu'il voulait dire par là, il la fit monter sur une table.

— Restez là et souriez ! lui ordonna-t-il.

Sourire ? Alors qu'elle était morte de peur et de honte ? Ainsi que Lonny l'en avait prévenue, presque tous les hommes autour d'elle étaient occupés à jouer dans un tohu-bohu indescriptible. Ils ne devaient guère se demander pourquoi elle se tenait debout sur une table.

Lonny se chargea d'éveiller leur curiosité.

— Gentlemen, je réclame votre attention. Nous allons procéder à une vente à l'encan.

L'annonce produisit l'effet escompté. Toutes les têtes se tournèrent aussitôt vers Lonny. En quelques secondes la pièce était devenue parfaitement silencieuse.

— Ceux qui sont comblés en amour peuvent retourner à leurs cartes, les enchères ne les concernent pas, poursuivit Lonny. Mais à tous ceux qui sont en quête de nouveauté, je propose ce superbe tendron rougissant. (Il y eut quelques rires, car Audrey était devenue à peu près de la couleur de sa robe.) Il ne s'agira pas d'une simple passe, messieurs. Celui qui emportera cette jeune fille pourra la garder aussi longtemps qu'il le souhaitera. Un tel privilège se paie. C'est pourquoi la mise à prix sera de dix mille livres.

L'énoncé de la somme causa un vif émoi dans l'assistance.

— Aucune femme ne vaut ce prix-là ! Pas même ma tendre moitié ! s'écria quelqu'un, provoquant l'hilarité générale.

— Elle est plaquée or ? ironisa un autre.

— Cinq cents livres, et pas un sou de plus ! décréta un troisième.

Les quolibets fusaient. Lonny, en homme avisé, ne releva pas, puis il réclama de nouveau le silence.

— Cette petite merveille ira au plus offrant. Son acquéreur, je le répète, pourra la garder aussi longtemps qu'il lui plaira. Un mois, un an ou toute la vie... Elle n'aura pas son mot à dire. Maintenant, messieurs, quel sera parmi vous l'heureux élu qui aura le privilège d'être le premier à goûter à ce morceau de choix ?

Audrey était trop choquée pour entendre la suite. On lui avait dit qu'elle serait « présentée » à des gentlemen. Elle en avait déduit qu'elle les rencontrerait au salon et pourrait s'entretenir librement avec chacun d'entre eux. À aucun moment elle ne s'était imaginé que les choses se passeraient ainsi. Grands dieux, si elle avait su qu'elle serait vendue publiquement aux enchères, elle n'aurait jamais accepté ce marché !

— Je prends à dix mille livres ! cria soudain quelqu'un.

Audrey se tourna dans la direction d'où venait la voix. En découvrant un homme qui avait l'âge d'être son grand-père, elle pensa s'évanouir.

3

— Je ne comprends toujours pas ce que nous venons faire ici, maugréa lord Percival Alden. Le lupanar d'Angéla vaut largement celui-ci et, au moins, ses filles respectent une certaine normalité dans le vice.

Derek Malory éclata de rire et adressa un clin d'œil complice à son cousin Jeremy, alors qu'ils suivaient leur ami dans le vestibule.

— Y a-t-il une normalité en ce domaine, Percy ? Les deux termes ne sont-ils pas contradictoires ?

Percy proférait souvent de telles absurdités. Mais Derek lui pardonnait volontiers : avec Nicholas Eden, connu lui aussi sur les bancs du collège, Percy était son meilleur ami.

Depuis qu'il avait épousé la cousine de Derek, Regina, Nick sortait beaucoup moins avec eux – et surtout pas dans des endroits comme celui-ci. Si Derek avait été ravi de voir Nick entrer dans sa famille, il restait convaincu pour sa part que le mariage pouvait attendre la trentaine. Ce qui lui laissait encore au moins cinq bonnes années pour profiter de la vie.

Ses deux oncles, Tony et James, étaient l'illustration parfaite de cette philosophie. Pendant leur jeunesse, ils avaient compté parmi les coureurs les plus impénitents de la capitale, avant de se ranger à l'approche de la quarantaine. Certes, James avait eu Jeremy très jeune. Mais on ne pouvait pas appeler cela fonder une famille car Jeremy était un enfant né en dehors des liens sacrés du mariage – tout comme Derek. En outre, James n'avait appris que tardivement l'existence de son fils.

— Tu sais très bien ce que je veux dire, répliqua Percy en jetant un regard suspicieux à l'escalier, comme s'il s'attendait que le diable, en personne, apparût en haut des marches. Cette maison est connue pour être fréquentée par de drôles de lascars.

Derek haussa les sourcils.

— J'y suis déjà venu quelquefois, pour jouer aux cartes ou m'offrir une fille. Je n'ai jamais rien remarqué de bizarre.

Percy secoua la tête.

— Je me suis laissé dire que les vices les plus abjects pouvaient se satisfaire ici, insista-t-il. Je suis d'autant plus fondé à le croire que j'ai reconnu le cocher de lord Ashford devant la porte.

Le nom d'Ashford assombrit soudain l'humeur badine de ses compagnons. Quelques mois plus tôt, les trois hommes s'étaient violemment querellés avec lui dans une taverne des bords de la Tamise en volant au secours d'une fille qu'il rudoyait.

— C'est bien lui que j'ai envoyé au tapis il n'y a pas si longtemps ? demanda Jeremy.

Percy sourit.

— Non, vieux frère. C'est Derek qui l'a étendu pour le compte. Il était si furieux qu'il ne nous a pas laissé la moindre chance d'intervenir.

— Ah ? répondit Jeremy, étonné. Je devais être ivre, car je ne me souviens plus très bien.

— Tu l'étais. Nous l'étions tous. C'est heureux, sinon nous aurions sans doute tué ce salopard.

— Il l'aurait mérité, marmonna Derek. C'est un fou. Je ne vois pas d'autre explication à sa cruauté.

— Entièrement d'accord avec toi, acquiesça Percy. (Il ajouta, en chuchotant :) J'ai entendu dire que, sans la vue du sang, il n'arrivait pas à... Euh, inutile de vous faire un dessin !

Derek éclata de rire. On pouvait faire confiance à Percy pour alléger l'atmosphère.

— Bon sang, Percy ! Nous sommes dans l'une des plus célèbres maisons closes de la ville. Tu peux appeler un chat un chat !

Percy rougit, avant de marmonner :

— N'empêche que je ne comprends toujours pas ce que nous fichons ici. Ce genre d'établissement n'est pas ma tasse de thé.

— Je t'ai déjà expliqué que nous étions venus accompagner Jeremy, répondit Derek. Florence, la petite blonde de chez Angéla, travaille ici, à présent, et j'ai promis à mon cousin qu'il pourrait passer une heure avec elle avant que nous nous rendions à notre bal. L'aurais-tu déjà oublié, Percy ?

Jeremy avait froncé les sourcils.

— Si cette maison est aussi sordide que vous le dites, je n'ai pas très envie que ma Florence y reste.

— Alors, ramène-la chez Angéla, suggéra Derek. La petite t'en saura gré. Elle devait ignorer où elle mettait les pieds.

Percy hocha la tête.

— Mais fais vite, mon garçon ! Je ne tiens pas à m'attarder dans les parages. Surtout si Ashford s'y trouve également. (Il s'approcha de la salle de jeu et jeta un coup d'œil par la porte grande ouverte.) Oh ! toute réflexion faite, j'aperçois une appétissante petite poulette avec laquelle je passerais bien une heure ou deux, même ici. Malheureusement, elle risque d'être trop chère pour ma bourse. Dommage !

— Percy, de quoi parles-tu, à la fin ?

Il se retourna vers ses amis.

— Ça m'a tout l'air d'être une vente aux enchères. Bah, à mon âge, quel besoin ai-je d'une maîtresse ? Je trouve toujours mon bonheur à bon compte.

Derek soupira. Comme d'habitude, Percy s'exprimait de façon sibylline. Pour savoir de quoi il retournait, Derek s'approcha de la porte, imité par Jeremy.

Ils la virent tous deux en même temps, juchée sur la table, dans sa robe écarlate qui attirait le regard. Une ravissante créature – du moins donnait-elle cette impression, bien qu'elle fût rouge jusqu'aux oreilles. Et elle avait une fort jolie silhouette.

Les commentaires de Percy prirent soudain tout leur sens quand ils entendirent le propriétaire de la maison couvrir le brouhaha :

— Je vous le répète, messieurs, ce petit bijou fera une merveilleuse maîtresse. Vous aurez tout loisir de la dresser à vos goûts, puisqu'elle est encore innocente. Alors, qui enchérit à vingt-deux mille livres ?

Derek renifla discrètement. Innocente ? Dans un endroit pareil ? À d'autres ! Mais la plupart des clients avaient déjà bu plus que de raison. On pouvait leur faire croire n'importe quoi. Cette vente était une sombre farce. Le prix demandé était exorbitant jusqu'à l'extravagance.

— À cause de cette mascarade, j'ai peur que nous ne trouvions même pas un partenaire pour une partie de whist, dit-il à Percy. Regarde – personne ne prête attention aux jeux.

— Comment leur jeter la pierre ? rétorqua Percy. En ce qui me concerne, je préfère reluquer la fille.

Derek soupira.

— Jeremy, dépêche-toi de régler tes affaires avec Florence pour que nous puissions partir d'ici.

— Je veux celle-là.

Comme Jeremy avait les yeux rivés sur la créature perchée sur la table, Derek n'eut même pas à lui demander de préciser sa pensée.

— Elle n'est pas dans tes moyens, lui fit-il remarquer.

— Sauf si tu m'accordes un prêt.

Percy éclata de rire, mais Derek ne semblait pas partager son amusement.

— Non, répondit-il d'un ton sans appel.

Il en fallait davantage pour décourager Jeremy.

— Allons, Derek ! dit-il d'un ton enjôleur. Ce serait une broutille, pour toi.

— Ce qui ne veut pas dire que j'aie envie de dilapider mon argent dans un caprice sexuel. À plus forte raison si ce n'est pas le mien. Ma réponse est non, cher cousin. Et puis, l'entretien d'une fille comme celle-là coûte les yeux de la tête. Ça non plus, tu n'en as pas les moyens.

Jeremy grimaça, mais ne s'avoua pas vaincu.

— Peut-être. Cela dit, je saurai la rendre heureuse.

— Une maîtresse s'intéresse d'abord à ce que tu as dans les poches plutôt qu'à ce qui te pend entre les jambes, rétorqua Percy, avant de rougir de son audace.

— Elles ne sont pas aussi intéressées ! protesta Jeremy.

— Détrompe-toi.

— Qu'en sais-tu ? Tu n'en as jamais eu.

Derek fronça les sourcils.

— Inutile de vous chamailler. Ma réponse sera toujours non, alors laisse tomber, Jeremy. Ton père m'étranglerait si je te laissais t'endetter à ce point.

— Mon père me comprendrait mieux que le tien.

Sur ce point, Jeremy n'avait pas tort. À en croire ce qui se disait dans la famille, James Malory avait fait les quatre cents coups dans sa jeunesse, alors que le père de Derek, l'aîné des quatre frères Malory, était devenu marquis de Haverston très tôt. Cette charge lui avait donné d'importantes responsabilités.

— Sans doute, répliqua Derek, mais reconnais qu'oncle James tourne un peu au réactionnaire depuis son mariage. De toute façon, où diable logerais-tu une maîtresse alors que tu habites encore chez ton père quand tu n'es pas au collège ?

Jeremy secoua la tête, dépité.

— Bon Dieu, je n'avais pas pensé à ça !

— Une maîtresse est souvent aussi exigeante qu'une épouse, continua Derek. J'ai moi-même tenté une fois l'expérience et ça m'a suffi. As-tu vraiment envie de te mettre déjà la corde au cou ?

— Sûrement pas ! s'écria Jeremy, épouvanté.

— Alors remercie-moi de ne pas te laisser gaspiller *mon* argent sur un coup de tête.

— Oh ! je ne te remercierai jamais assez, cousin. Je ne sais pas ce qui m'a pris.

— Vingt-trois mille livres ! cria une voix dans la salle.

Les trois hommes s'intéressèrent de nouveau au spectacle.

— Voilà une raison de plus pour te féliciter d'avoir retrouvé tes esprits, Jeremy, intervint Percy. Cette vente menace d'atteindre des sommets. (Il rit.) C'est irréaliste !

Derek ne partageait pas sa, bonne humeur. Il s'était soudain raidi en entendant le dernier enchérisseur. Bon Dieu, il aurait préféré se tromper et ne pas reconnaître cette voix.

— Vingt-trois mille livres !

Pas une seconde Audrey n'aurait imaginé que les enchères monteraient aussi haut. Savoir qu'elle valait autant d'argent ne flattait même pas sa vanité. L'assurance de sortir sa famille de l'ornière ne la soulageait pas davantage. Elle était trop horrifiée pour se réjouir.

L'homme paraissait… cruel. C'était le premier mot qui venait à l'esprit en le voyant. Audrey n'aurait pas su dire pourquoi. À cause de ses lèvres fines au coin tombant ? Ou de la lueur glacée de ses yeux bleus ? Instinctivement, elle avait frissonné en croisant son regard.

Il ne devait pas avoir beaucoup plus de trente ans. Les cheveux noirs, la mise élégante, il était loin d'être laid. Mais l'impression de méchanceté qui se dégageait de sa personne altérait la beauté de ses traits. Audrey se prit à espérer que le vieillard qui avait ouvert les enchères continuerait de suivre.

La partie ne se jouait plus qu'entre ces deux-là. Tous les autres avaient progressivement renoncé en voyant la froide détermination qui se lisait dans les yeux du jeune lord. Seul le vieillard continuait d'enchérir. Peut-être parce qu'il n'avait pas bien jaugé son adversaire, à cause de sa mauvaise vue ou de son ivresse.

— Vingt-cinq mille livres ! cria soudain une autre voix.

Audrey sursauta.

— Pourquoi vous encombrer d'une maîtresse, Malory ? beugla quelqu'un. Je me suis laissé dire que les ladies faisaient la queue pour coucher dans votre lit !

La plaisanterie déclencha l'hilarité générale. Les rires redoublèrent quand le nouvel enchérisseur déclara :

— Précisément, ce ne sont que des ladies, milord. J'ai envie de goûter à quelque chose de plus épicé.

C'était une insulte pour Audrey, mais peut-être n'était-elle pas préméditée. Après tout, il ne pouvait pas savoir qu'avant de franchir la porte de cette maison elle était encore une lady. À présent, rien dans sa tenue ni dans sa position ne pouvait laisser deviner qu'elle était différente de ce qu'elle paraissait être.

Elle n'avait pas pu voir qui venait de monter les enchères. La voix provenait du côté de la porte, mais il y avait là-bas une bonne douzaine d'hommes, assis ou debout. Le jeune lord aux yeux bleus entre les mains duquel Audrey ne voulait pas tomber devait savoir, lui. Car il regardait dans la même direction qu'elle et ses traits s'étaient soudain durcis.

Audrey retint sa respiration, attendant la suite. Un coup d'œil au vieillard lui apprit qu'il avait déclaré forfait. Il s'était assoupi - vraisemblablement sous l'emprise de l'alcool - et personne ne semblait disposé à le réveiller.

— Quelqu'un à vingt-cinq mille cinq cents ? demanda Lonny.

Silence.

Audrey s'aperçut alors que les précédentes enchères étaient toujours montées de cinq cents en cinq cents livres. Ce Malory était le premier à avoir ajouté deux mille livres d'un coup. Était-il sérieux ? Trop riche pour faire la différence entre cinq cents livres et deux mille ? Ou simplement trop ivre pour avoir suivi ce qui se passait ?

— Quelqu'un à vingt-cinq mille cinq cents ? répéta Lonny un peu plus fort, pour que sa voix porte jusqu'au fond de la salle.

Audrey regarda le jeune lord aux yeux bleus en priant le ciel qu'il renonce. Il semblait furieux. Brusquement, il se rua vers la sortie en renversant une chaise vide et bouscula tous ceux qui se trouvaient sur son passage avant de disparaître.

Audrey se tourna vers Lonny. Sa déception confirma ce qu'elle espérait : le jeune lord avait abandonné la partie.

— Vingt-cinq mille livres une fois... (Lonny attendit une seconde, avant d'ajouter :) Deux fois... (Après une autre pause, à peine plus longue, il déclara :) Très bien. Adjugé à lord Malory. Si vous voulez bien me rejoindre dans mon bureau, milord, nous pourrons conclure l'affaire.

De nouveau, Audrey essaya de voir à qui Lonny s'adressait, mais, comme il l'aidait déjà à descendre de la table, il lui était désormais impossible de voir au-delà du premier rang de spectateurs.

Elle était contente que l'épreuve fût terminée, mais pas soulagée pour autant, car elle ne savait toujours pas qui l'avait achetée. Mon Dieu, et s'il était encore pire que les deux autres ? La plaisanterie à propos des ladies qui attendaient de coucher avec lui était peut-être à double sens. Au lieu de le courtiser, les femmes convenables le fuyaient !

— Vous avez été parfaite, ma chatte, lui murmura Lonny en la reconduisant dans le vestibule. Je suis moi-même surpris que les enchères soient montées aussi haut. Bah, ces rupins peuvent bien se le permettre ! Dépêchez-vous d'aller récupérer vos affaires dans votre chambre et de venir me rejoindre dans mon bureau. Vite ! Ne lambinez pas !

Lambiner ? Alors qu'elle brûlait de savoir qui l'avait achetée ? Elle monta les marches quatre à quatre et boucla sa valise à la hâte – elle n'avait quasiment rien déballé depuis son arrivée.

Cinq minutes plus tard, elle était de retour dans le vestibule.

Au moment d'entrer dans le bureau, elle s'arrêta soudain. Sa curiosité de découvrir qui avait payé une somme aussi astronomique pour l'avoir avait cédé le pas à une inquiétude diffuse. Les jeux étaient faits. Elle devrait honorer le contrat passé avec Lonny, si elle ne voulait pas encourir ses foudres. Qu'adviendrait-il si l'homme qui l'avait achetée se révélait cruel ? Ou si laid qu'il ne pouvait pas posséder de femmes autrement qu'en les payant ? Quoi qu'il en soit, elle ne pouvait plus rien faire. Sinon éprouver de la haine ou de l'affection pour son acquéreur, selon qu'il se montrerait bon ou méchant avec elle. Le mieux serait encore de ne rien éprouver du tout. Elle ne pouvait pas prendre le risque de tomber amoureuse d'un homme qu'elle ne pourrait jamais épouser.

— Je suis convaincu que vous avez fait une excellente affaire, milord, disait Lonny à l'intérieur. (Il aperçut Audrey et l'attira dans la pièce.) Ah, la voici justement ! Il ne me reste plus qu'à prendre congé.

Audrey ferma un instant les yeux, redoutant ce qu'elle allait découvrir, puis les rouvrit bravement. Aussitôt, elle se sentit soulagée. Immensément soulagée. Certes, elle ne savait toujours pas qui l'avait achetée, car il n'y avait pas seulement un homme dans le bureau de Lonny, mais trois. Le premier était beau, le deuxième très beau et le troisième d'une beauté à couper le souffle.

Comment avait-elle pu avoir autant de chance ? Elle faillit se pincer. Même le moins beau des trois, manifestement le plus âgé, serait agréable à fréquenter. Grand et mince, il avait de doux yeux noisette et un sourire charmant. La gentillesse se lisait sur son visage.

Le plus grand du trio était aussi le plus jeune. Malgré ses larges épaules et son expression mature, il ne devait pas être beaucoup plus vieux qu'Audrey. Un véritable apollon, avec ses cheveux de jais et ses prunelles bleu cobalt. Audrey avait du mal à détacher ses yeux de lui, pourtant le troisième était plus séduisant encore.

D'épaisses boucles blondes, un regard vert troublant... Bien qu'il fût légèrement plus petit que les deux autres, il la dépassait encore d'une bonne tête. Il lui sourit, et Audrey sentit un frisson lui parcourir l'échine – c'était la première fois qu'elle réagissait ainsi devant un homme. La température de la pièce semblait s'être élevée de plusieurs degrés et elle regretta de n'avoir pas d'éventail – elle n'avait pas songé à en emporter un, persuadée qu'elle n'en aurait guère besoin en plein hiver.

— Vous pourriez peut-être la poser, mademoiselle… ? lui dit-il en désignant sa valise du regard. (Il se tourna vers le plus jeune, avant d'ajouter :) Et toi, Jeremy, file vaquer à tes affaires.

— Je crois bien qu'il a déjà oublié pourquoi il était venu ici, se moqua le plus âgé. Derek a raison, dépêche-toi, Malory, que nous puissions continuer notre soirée.

— Bon sang ! Je ne pensais plus à Florence ! s'écria Jeremy avec un sourire penaud. J'en ai pour une minute… si j'arrive à la trouver.

Audrey le regarda s'éclipser à la hâte. Ainsi c'était donc lui qui l'avait achetée. Il s'appelait Malory, or elle se souvenait d'avoir entendu ce nom tout à l'heure. Elle aurait dû se sentir comblée. Pourtant, elle était bizarrement déçue.

— Audrey Langton, dit-elle brusquement en se rendant compte à retardement que le blond lui avait demandé son nom.

L'homme s'approcha d'elle et lui prit sa valise des mains.

— Je m'appelle Derek et je suis enchanté de vous connaître, Audrey. (Il lui désigna un fauteuil.) Puisque nous allons devoir attendre le retour de Jeremy, je propose que nous nous installions plus confortablement.

En plus d'être beau, il était galant ! Dangereusement troublant, aussi. Audrey avait senti son cœur s'emballer quand il avait frôlé sa main pour prendre la valise. Sans trop savoir pourquoi, elle se félicitait que ce ne fût pas lui qui l'eût achetée. Son nouveau statut lui posait déjà assez de problèmes pour qu'elle n'ait pas à s'encombrer de soucis supplémentaires. Au moins, avec le jeune Jeremy, les choses seraient plus simples. Il l'impressionnait beaucoup moins.

— J'ai connu à Kettering un comte du nom de Langton, dit soudain le plus âgé. Un homme charmant. J'ai entendu dire qu'il avait eu une triste fin. Bah ! de toute façon, il n'y a aucun rapport avec vous.

Fort heureusement, sa dernière remarque n'était pas une question. Audrey n'eut donc pas à mentir sur son père. Quelle idée, aussi, de donner son vrai nom !

— Dans ce cas, pourquoi en parler, Percy ? lui fit remarquer Derek d'un ton sec.

Son ami haussa les épaules.

— C'était une histoire étonnante. La similitude des patronymes me l'a remise en mémoire. À propos, as-tu vu la tête d'Ashford quand il est passé à côté de nous ?

— Il était difficile de ne pas la voir.

— Crois-tu qu'il cherchera à se venger ?

— C'est un lâche. *J'aimerais* qu'il tente quelque chose, pour me donner une nouvelle occasion de le corriger. Mais les crapules de son espèce ne s'attaquent qu'à plus faible qu'eux.

Audrey devina qu'ils parlaient du lord au regard cruel qui avait suivi les enchères avant de quitter la salle, furieux. La colère qu'elle sentait chez Derek la fit frissonner. Elle aurait voulu en savoir plus, mais elle préféra ne pas montrer sa curiosité. Elle s'assit tranquillement dans le fauteuil qu'il lui avait désigné.

— Ne vous gênez pas pour moi, messieurs, dit-elle. Continuez votre conversation comme si je n'étais pas là.

Les voyant écarquiller les yeux de stupeur, elle comprit aussitôt qu'elle avait commis un impair. Sa robe criarde empêchait qu'on pût la confondre avec une lady, pourtant elle venait de s'exprimer comme si elle en était une. C'était inévitable : même si elle essayait de prendre un accent populaire, tôt ou tard sa langue fourcherait et sa bonne éducation referait surface. Comme elle ne pouvait pas confesser la vérité, elle décida de mentir.

— Ai-je dit quelque chose de fâcheux ? demanda-t-elle avec l'air de la plus parfaite innocence.

— Ce n'est pas ce que vous avez dit qui est en cause, ma chère, mais la manière dont vous l'avez dit, répliqua Derek.

— Oh, vous voulez parler de mon élocution ? Je sais qu'elle surprend parfois les gens. Voyez-vous, ma mère était gouvernante. J'ai eu la chance de bénéficier de l'enseignement dispensé par les précepteurs des enfants dont elle avait la charge. Cela fut une expérience très enrichissante.

Elle s'obligea à sourire, pour donner plus de poids à son mensonge. Percy semblait convaincu, mais Derek fronça les sourcils.

— J'ai du mal à croire qu'on vous ait accordé ce privilège. La plupart des lords sont assez vieux pour professer que les classes populaires ne doivent pas être éduquées.

— Oui, mais il n'y avait pas de lord pour donner ou non son accord. Juste sa veuve. Elle a accepté par indifférence. Je ne lui serai jamais assez reconnaissante de m'avoir donné la possibilité de m'instruire, même si, au fond, elle se souciait de moi comme d'une guigne.

Percy était définitivement convaincu.

— N'insiste pas, mon vieux, dit-il à Derek. Ce à quoi tu pensais est impossible, et tu le sais très bien.

Derek lui sourit.

— Je suis sûr que tu y as pensé, toi aussi.

— Oh, pas plus d'une seconde !

— Puis-je savoir de quoi vous parlez, messieurs ? demanda Audrey avec un sourire innocent.

— Rien d'important, marmonna Derek.

Leur tournant le dos, il alla se planter sur le seuil.

Audrey regarda Percy, espérant une réponse plus claire de sa part, mais il se contenta de hausser les épaules et fourra les mains dans ses poches. Elle se retint d'éclater de rire. Ils n'admettraient jamais avoir envisagé qu'elle pût être une lady. C'était tout simplement inconcevable, pour des aristocrates. Et c'était précisément ce qui la protégerait. Sa famille avait déjà essuyé un scandale. Autant que possible, elle souhaitait lui en épargner un deuxième.

4

— Vraiment, cousin, tu ne préfères pas me savoir ton débiteur ?

— Ça te reprend ? Je croyais que le chapitre était clos ?

— C'était avant que tu n'emportes les enchères, répliqua Jeremy.

Audrey n'avait aucune idée de ce dont ils parlaient, et peu lui importait ! À mesure qu'ils approchaient de ce qu'elle supposait être sa nouvelle maison, sa nervosité augmentait.

Ils avaient pris place dans un luxueux attelage qui, apparemment, appartenait à Derek. Ils étaient cinq, à présent. Jeremy était redescendu dans le bureau de Lonny avec une ravissante blonde habillée dans le même style qu'Audrey. Elle se prénommait Florence et semblait entichée de Jeremy Malory. Assise quasiment sur ses genoux, elle ne cessait de le toucher et de le couver du regard.

Audrey n'en prit pas ombrage. Ce n'était pas comme si Jeremy et elle avaient entamé une liaison. Et quand bien même… Elle n'avait aucun droit d'exiger qu'il lui soit fidèle. Peut-être avait-il déjà une épouse. La plupart des hommes qui prenaient une maîtresse étaient mariés. En revanche, il l'avait achetée dans l'idée qu'elle lui serait entièrement dévouée. C'était la règle, dans ce genre de contrats.

Bien qu'elle s'efforçât d'ignorer la conversation des trois hommes, elle se posait des questions depuis qu'elle avait entendu Jeremy parler de dettes. Comment était-il possible qu'un si jeune homme possédât la somme pour l'acheter, alors que la plupart des garçons de son âge dépendaient encore du bon vouloir de leurs parents ? Sans doute avait-il hérité, très tôt, d'une fortune considérable... De toute façon, Audrey ne songeait pas à s'en plaindre : sans cela, elle serait partie Dieu sait où, avec le lord au regard cruel.

L'attelage s'arrêta soudain. Jeremy et Florence furent les seuls à descendre. Personne ne donna la moindre explication, ni ne demanda à Audrey de les suivre.

Jeremy revint quelques minutes plus tard, sans Florence. Comme ses deux compagnons ne firent pas davantage de commentaires, Audrey en déduisit qu'ils savaient déjà à quoi s'en tenir.

L'attelage repartit et roula encore un bon quart d'heure avant de s'arrêter de nouveau. Audrey connaissait à peine Londres, mais, en regardant par la vitre, elle devina qu'ils se trouvaient dans un des quartiers les plus huppés de la ville. Les demeures étaient nombreuses, les calèches très élégantes.

Après tout, c'était logique. Un homme à même de dépenser une telle somme pour une maîtresse ne pouvait pas habiter une chaumière. Cependant, à sa grande surprise, ce fut Derek, et non Jeremy, qui descendit de voiture. C'était donc lui qui habitait ici. Audrey en conclut que Percy serait à son tour raccompagné chez lui avant que Jeremy ne la conduise dans sa nouvelle maison.

Elle se trompait encore. Derek se tourna vers elle et lui tendit la main. Elle en fut si étonnée qu'elle l'accepta sans réfléchir. Ce n'est que devant la porte de la maison qu'elle songea à demander :

— Pourquoi n'est-ce pas Jeremy qui m'accompagne ?

Il la dévisagea, manifestement déconcerté par sa question.

— Vous ne resterez ici que cette nuit, répondit-il finalement. Demain, nous prendrons d'autres dispositions.

Elle hocha la tête et rougit comme une pivoine. Cette fois, elle avait compris : Jeremy était si jeune qu'il vivait encore chez ses parents. Aussi ne pouvait-il emmener une maîtresse chez lui. Derek avait dû lui proposer d'héberger Audrey provisoirement ; le geste était très obligeant de sa part. Il devait habiter seul, ce qui le dispensait d'avoir à donner des explications.

— Vous habitez ici ?

— Quand je séjourne à Londres. Cette demeure appartient à mon père, mais il l'occupe très rarement. Il préfère la campagne.

La porte s'ouvrit sur un majordome corpulent qui s'inclina respectueusement.

— Bonsoir, milord, dit-il en prenant soin de ne pas regarder Audrey.

— Je ne fais que passer, Roberts. Je suis venu déposer une invitée qui dormira ici. Prévenez Mme Hershal de s'occuper d'elle, s'il vous plaît.

— Où doit-on préparer la chambre, milord ? À l'étage, ou au quartier des domestiques ?

Stupéfaite, Audrey vit Derek s'empourprer. La question était certes impertinente, mais justifiée. D'autant que la robe d'Audrey trahissait sa profession.

— Non, une chambre du rez-de-chaussée suffira, répondit sèchement Derek. Je vous ai dit que je ne restais pas.

Le majordome hocha la tête et partit prévenir la gouvernante.

— Le diable vous préserve des domestiques qui vous ont vu grandir ! pesta Derek dans son dos. Ils se croient tout permis.

Audrey aurait ri de bon cœur si elle ne s'était elle-même sentie très embarrassée.

— Je vous souhaite une bonne nuit, lança-t-il d'un ton sec en se tournant vers elle. Demain, vous voyagerez une bonne partie de la journée. Reposez-vous en perspective.

Avant qu'elle ait pu lui demander où elle irait, il était déjà ressorti et avait refermé la porte derrière lui.

D'abord décontenancée, Audrey soupira finalement de soulagement. Elle passerait donc la nuit seule. L'épreuve qu'elle redoutait depuis le début de la soirée était au moins reportée d'un jour.

L'idée de perdre sa virginité l'angoissait comme une jeune mariée, bien que sa situation fût pourtant fort différente – puisqu'il n'y aurait pas de mariage. Elle aurait voulu disposer d'un peu de temps pour s'y préparer.

Déjà, ce répit était inespéré. Demain, elle voyagerait. Avec un peu de chance, elle gagnerait vingt-quatre heures de plus.

Toutefois, ce délai supplémentaire ne lui serait d'aucun secours s'il ne lui donnait pas l'occasion de mieux connaître Jeremy. Pour autant qu'elle s'en souvenait, ils n'avaient pas échangé un seul mot de la soirée ! Comment diable réussirait-elle à nouer des liens avec lui s'ils ne se parlaient jamais ?

Bah ! elle y réfléchirait le lendemain. Dans l'immédiat, elle devait décider de la conduite à tenir avec la gouvernante qui venait à sa rencontre. Sur quel ton devait-elle lui parler ?

Mme Hershal se chargea elle-même de la réponse. Après un regard appuyé à sa tenue tapageuse, elle fronça le nez avec mépris et se dirigea vers le fond du hall sans se soucier de vérifier si Audrey la suivait ou non. La jeune fille lui emboîta le pas en soupirant. Dorénavant, elle devrait s'habituer à être traitée de la sorte.

Derek aurait dû se douter que ses deux compagnons le harcèleraient. Il était à peine remonté dans la voiture, que Jeremy s'écria :

— Bon sang, je rêve ! Tu veux toujours aller à ce maudit bal ? À ta place, je laisserais tomber.

— Pourquoi donc ? demanda Derek en haussant les sourcils. La fille est en lieu sûr et notre cousine Diana a personnellement insisté pour que nous nous rendions à sa soirée. Étant donné que nous avons promis tous les deux, je ne vois pas ce qui nous retiendrait d'y aller.

Jeremy grimaça.

— Moi, si ! Je sais reconnaître les priorités. Et puis, ce sera, paraît-il, le plus grand bal de la saison. Dans la cohue, Diana ne nous apercevra même pas.

— Peu importe ! Nous devons tenir parole. Percy, aurais-tu l'obligeance de rappeler ce jeune écervelé à ses devoirs ?

— Moi ? (Percy éclata de rire.) Mon vieux, j'ai bien peur d'être de son avis. Je n'aurais pas la force d'âme d'abandonner une appétissante jeune maîtresse pour une réception qui ressemblera vraisemblablement comme deux gouttes d'eau à toutes celles auxquelles nous avons déjà assisté ces dernières semaines. Évidemment, si l'un de vos oncles s'y rendait, ou votre ravissante cousine, Amy, ce serait différent. Vos oncles ont le chic pour animer une soirée. Et tant qu'Amy n'a pas encore épousé son Américain, elle est toujours libre pour danser.

— Amy n'est plus célibataire pour longtemps, rétorqua Derek, impressionné par cette longue tirade inhabituelle. Je te rappelle que son mariage sera célébré la semaine prochaine. Biffe son nom de ton carnet de bal, Percy.

— Et tu peux faire une croix sur mon père, ajouta Jeremy. Depuis son mariage, il ne veut plus prêter le flanc à la critique. Et il a bien raison !

— Tu n'es pas obligé de toujours prendre ton père en exemple, marmonna Derek.

Jeremy sourit jusqu'aux oreilles.

— Pourquoi ? Je trouve, au contraire, que c'est un excellent modèle. Il a su se distinguer de ses frères.

Derek lui lança un clin d'œil.

— Oh, pour ça, oui !

Les deux cousins faisaient allusion à cette période de sa vie où James Malory, au grand dam de sa famille, avait écumé les mers sous le drapeau noir de la flibuste.

C'était à cette époque qu'il avait découvert qu'il avait un fils déjà grand. Non seulement il avait reconnu Jeremy, mais il l'avait emmené dans ses expéditions. Ses hommes d'équipage s'étaient chargés de l'éducation du gamin en matière de femmes, de beuveries et de rixes. Une éducation bien peu orthodoxe...

Percy ignorait tout de cette histoire, et n'en aurait jamais vent. C'était un ami loyal, mais aussi un incorrigible bavard. Or, les « exploits » navals de James Malory devaient rester un secret de famille.

— Par ailleurs, Percy, reprit Jeremy, mon père a les bals en horreur. Comme moi. Sans compter que je déteste encore plus y être traîné de force.

Derek fronça les sourcils.

— Je ne t'y traîne pas de force, mon vieux. Je me contente de te rappeler à tes obligations. Tu n'aurais pas dû accepter l'invitation de Diana, voilà tout.

— Je n'ai jamais su dire non à une femme. Je n'aurais pas eu le cœur de décevoir Audrey, moi.

— Je crois plutôt qu'elle aurait été déçue de ne pas rester seule.

— Quoi ? s'étrangla Jeremy.

— Cela a l'air de t'étonner ?

— Les femmes font des pieds et des mains pour partager ta couche, cousin !

— Parfois, certaines aspirent à un peu de tranquillité. Celle-ci me paraissait précisément dans ce cas. Elle avait l'air épuisée. De toute façon, je ne l'ai pas achetée pour coucher avec elle. Je n'avais aucune envie d'avoir une maîtresse. Maintenant que j'en ai une, ne t'en déplaise, je ne vais pas me précipiter dans ses bras.

— Tu as dépensé une fortune pour t'offrir quelque chose dont tu n'avais pas envie ! s'étonna Percy.

— Ça dépasse l'entendement ! s'exclama Jeremy en gloussant.

— Vous savez très bien pourquoi j'ai fait ça, grommela Derek.

— Naturellement, répondit Percy. Et nous t'en félicitons.

— Oui, ajouta Jeremy, tu as mouché Ashford et gagné une fille en prime. C'est ce qui s'appelle faire d'une pierre deux coups.

— Eh bien, j'aimerais que vous cessiez tous deux de me reprocher de l'avoir abandonnée.

— C'est un ordre ? demanda Jeremy avec une étincelle amusée dans le regard.

Derek leva les yeux au ciel. Ce galopin était incorrigible. Oncle James aurait toutes les peines du monde à le reprendre en main.

5

S'il goûtait peu les réceptions monstres, comme celle de ce soir où se bousculaient plus de trois cents invités, d'ordinaire Derek appréciait les bals. Il aimait danser, jouer au whist ou au billard et dénicher quelque frais minois.

En général, le flirt tournait court, car la plupart des jeunes ladies qui battaient si coquettement des paupières n'avaient qu'un seul objectif en tête : se trouver un mari. Dès que leurs motivations se confirmaient, Derek se hâtait de leur tirer sa révérence. Le mariage était bien le cadet de ses soucis.

Toute règle avait ses exceptions, bien sûr. Mais les familles se chargeaient généralement de ramener à la raison les jeunes rebelles qui n'étaient pas pressées de se faire mettre la bague au doigt. Rares étaient celles qui résistaient à la pression.

Il va sans dire que ces fortes têtes étaient les préférées de Derek. Il en connaissait quelques-unes. Cependant, toutes étant vierges, leurs relations restaient platoniques. Respectueux des règles de bonne conduite en société, Derek trouvait plaisir à les fréquenter pour bavarder à bâtons rompus de sujets d'intérêt commun tels que l'art ou la littérature sans avoir besoin de se tenir sur la défensive.

Cela ne voulait pas dire pour autant qu'il délaissait la traque de nouvelles partenaires plus lestes. Simplement, au lieu de chasser les débutantes, il choisissait ses proies parmi les jeunes épousées ou les veuves de fraîche date. Les premières, parce qu'elles étaient malheureuses en ménage ; les secondes, parce qu'elles avaient désormais le droit de faire ce que bon leur semblait - en toute discrétion, bien sûr.

Ce soir, aucune femme n'avait encore attiré son attention. Il avait dansé un peu, pour complaire à son hôtesse, en réprimant un bâillement entre chaque cavalière. Il avait ensuite tâté du whist, mais le jeu non plus ne l'intéressait pas. Il avait vite renoncé.

Deux de ses anciennes maîtresses avaient tenté de lui arracher un rendez-vous. Au lieu de les décourager par de vagues promesses, comme il l'aurait fait d'habitude, il leur avait répondu qu'il était engagé ailleurs. Ce qui était faux. Il n'était lié en rien à la fille qu'il avait ramenée chez lui - du moins, pas encore. En outre, une maîtresse comptait pour du beurre. Ce n'était qu'une agréable - et coûteuse - commodité.

En fait, Derek n'arrivait toujours pas à croire qu'il avait une maîtresse. La seule fois où il avait entretenu une femme en échange de ses faveurs, l'expérience avait tourné au désastre.

Marjorie Eddings - c'était son nom - était une ravissante veuve de bonne naissance qui n'avait plus les moyens de vivre selon son rang. Derek avait remboursé ses dettes - pour l'essentiel, celles de son défunt mari -, payé la rénovation de sa demeure, réglé la facture de mille et un colifichets.

Il avait même accepté de l'accompagner à des réceptions où elle était conviée, bien qu'il n'eût aucune envie de tenir le rôle de chevalier servant. Et, bien sûr, il l'avait toujours respectée, faisant le pied de grue pendant des heures devant chez elle avant de pouvoir la rejoindre en toute sécurité afin de se voir accorder les faveurs qu'il estimait lui être dues – et qu'elle lui refusait la plupart du temps, prétextant une migraine. Mais il y avait pire : pendant les six mois qu'avait duré leur liaison, Marjorie avait discrètement manœuvré pour le conduire devant l'autel, alors qu'il ne lui avait pas caché son peu de goût pour le mariage.

Même s'il l'avait aimée suffisamment pour envisager de donner à leur relation une assise plus durable – ce qui n'avait pas été le cas –, il détestait qu'on se moque de lui et qu'on lui mente. Or, Marjorie ne s'en était pas privée. Elle avait d'abord prétendu être enceinte. Ensuite, elle avait raconté à qui voulait l'entendre que Derek lui avait promis de l'épouser. Le jour où elle était venue le dire à son propre père, ç'avait été la goutte d'eau qui avait fait déborder le vase.

Marjorie avait sous-estimé les Malory en s'imaginant pouvoir entrer dans leur famille par des mensonges. Jason connaissait assez son fils pour savoir qu'il n'avait jamais pu lui faire pareille promesse.

Pourtant, Jason aurait été le premier ravi que Derek se range. Mais pressentant qu'il n'était pas encore prêt à sauter le pas, il n'avait pas cherché à lui forcer la main. Derek saurait prendre ses responsabilités le moment venu, assurant la pérennité de la lignée et du titre dont il hériterait un jour.

Pas plus que Derek, Jason n'aimait les mensonges. C'était un homme de principes qui, toute sa vie, avait obéi à des règles très strictes. Peut-être parce qu'il avait été promu chef de famille très tôt : à seize ans, il avait dû s'occuper de ses chenapans de frères et leur apprendre les bonnes manières.

Ses colères étaient légendaires. Seuls les innocents s'en sortaient indemnes. Ceux qui n'avaient pas la conscience tranquille s'étouffaient bientôt de honte. Le sexe faible, lui, éclatait en sanglots.

Marjorie était repartie de chez lui en larmes et couverte d'opprobre. Elle n'avait plus jamais importuné Derek. Comme il s'était montré plus que généreux envers elle pendant les six mois de leur liaison, il n'avait pas éprouvé la moindre trace de culpabilité. L'aventure s'était donc terminée de façon sordide, mais il en avait tiré la leçon. Du moins le croyait-il.

Pour être honnête, la fille qu'il avait achetée chez Lonny ne pourrait pas être une seconde Marjorie. Audrey Langton n'appartenant pas à l'aristocratie – même si elle s'exprimait comme une lady –, elle n'avait jamais connu la richesse. Elle le remercierait de la plus menue babiole qu'il lui offrirait, alors que Marjorie considérait que tout lui était dû.

En outre, il l'avait *achetée* – le contrat dans sa poche le prouvait. Il ignorait pourquoi elle s'était résolue à cette extrémité, mais elle était consentante. Ce n'était pas comme si elle avait été vendue contre sa volonté. Toutefois, s'il n'était pas intervenu, elle serait tombée aux mains de cette crapule d'Ashford.

Derek avait pensé que la correction qu'il avait infligée à celui-ci quelques mois plus tôt l'aurait calmé. Il s'était trompé. Ashford essayait maintenant de satisfaire sa cruauté de manière plus légale, en fréquentant des maisons comme celle de Lonny où tout le monde savait que des femmes étaient parfois vendues aux enchères.

Auparavant, David Ashford avait l'habitude d'acheter pour une nuit les faveurs de catins de bas étage. Ces malheureuses n'avaient aucun recours contre un lord. Sans doute trouvaient-elles le courage d'endurer ces sévices en pensant aux quelques pièces qu'il leur jetterait avant de partir. Hélas, même si Derek traînait Ashford en justice, il savait qu'aucune de ses victimes ne viendrait témoigner contre lui à la barre. Il aurait acheté leur silence.

Ce constat d'impuissance révoltait Derek. Il aurait voulu empêcher Ashford de nuire et d'accroître le nombre de ses victimes. Il ne pouvait quand même pas lui souffler toutes les femmes qu'il convoitait ! Derek avait beau être riche, sa fortune n'était pas illimitée. Ce soir, il avait agi sur une impulsion.

Peut-être devrait-il s'ouvrir de ce problème à son oncle James. Ses années de piraterie lui avaient beaucoup appris sur la nature humaine. Si quelqu'un était capable d'imaginer le moyen de contrer ce maudit Ashford, c'était bien James Malory.

Mais l'affaire pouvait attendre le lendemain. Ce soir, Derek avait un mal de chien à apprécier le bal. Il finit par se demander si Percy et Jeremy n'avaient pas raison. Pourquoi diable s'y attardait-il, alors qu'une ravissante créature dormait sous son toit et qu'elle avait dû s'étonner d'aller se coucher seule ?

« Sous son toit » n'était certes pas l'expression la mieux appropriée. Derek s'était toujours très bien entendu avec son père car l'un et l'autre se respectaient mutuellement. Jason ne se mêlait jamais de la vie privée de son fils, pourvu que celle-ci demeurât discrète. Ce à quoi Derek s'était toujours employé.

Pas une seule fois il ne s'était permis d'amener une femme dans leur demeure londonienne. Les racontars des domestiques allaient si vite ! Du majordome à la gouvernante, de la gouvernante à la servante, de la servante au cocher et du cocher au cocher de la maison voisine, une nouvelle pouvait se propager dans le quartier comme une traînée de poudre. Eh bien, ce n'était pas ce soir que Derek lierait plus ample connaissance avec sa nouvelle maîtresse.

Renonçant à feindre de s'amuser, il alla trouver Percy et Jeremy pour leur annoncer son intention de partir. Ils lui adressèrent force clins d'œil et sourires entendus, persuadés qu'il rentrait pour se donner du bon temps. Derek ne chercha même pas à les dissuader : c'eût été peine perdue.

Pendant le trajet, cependant, il se ravisa. Après tout, Audrey Langton n'était pas une domestique et elle ne séjournerait qu'une nuit chez lui. Il pouvait bien lui rendre une petite visite et retourner dans sa chambre avant l'aube. Son valet n'y verrait que du feu.

Quelle ne fut pas sa déception de voir Roberts lui ouvrir, malgré l'heure tardive. Tous ses beaux projets étaient réduits à néant !

S'il n'avait pas senti le regard du majordome dans son dos, Derek serait allé tout droit au quartier des domestiques. À contrecœur, il monta à l'étage, convaincu que Roberts ne le quitterait pas des yeux tant qu'il n'aurait pas claqué la porte de sa chambre.

Cela voulait dire également que Jason serait tôt ou tard mis au courant de la présence d'Audrey et que Derek ne couperait pas à un sermon sur la bienséance, la discrétion et l'exemple à donner aux domestiques. Tout ça pour une fille qu'il pourrait voir à sa guise. Mais pas ici. Et pas ce soir.

Derek était si dépité qu'il eut le plus grand mal à trouver le sommeil.

— C'est ma faute, marmonna Mme Hershal. J'aurais dû m'en apercevoir tout de suite, mais je dois avouer que ma vue baisse. Surtout la nuit.

Audrey se frotta les paupières en découvrant la gouvernante occupée à défroisser une robe tirée de sa valise. Elle semblait se parler à elle-même.

Le feu avait été allumé, la table de toilette garnie de serviettes propres et une théière fumait sur le guéridon.

Audrey bâilla, heureuse de ne pas être désorientée par ce nouveau décor, à se demander qui pouvait être cette femme au chignon sévère qui fouillait dans ses affaires.

Elle ne se rappelait que trop bien la gouvernante. Son regard méprisant, quand elle lui avait désigné la porte de sa chambre la veille. Et sa remarque qu'Audrey n'oublierait pas de sitôt :

— Ne vous avisez pas de voler quelque chose, parce que nous saurions tout de suite que c'est vous.

Un tel dédain était difficile à supporter lorsqu'on n'avait jamais été traitée de la sorte. Audrey devinait que les rebuffades de ce genre seraient désormais son lot quotidien et qu'elle devait se forger une carapace.

Elle aurait souhaité que la gouvernante s'en aille, mais Mme Hershal continuait de maugréer, ne s'étant manifestement pas rendu compte qu'elle était réveillée. Cependant, en prêtant une oreille plus attentive à ses propos, Audrey comprit qu'elle se trompait.

— Je n'aurais pas dû écouter Roberts. Qu'est-ce qu'il y connaît, hein, je vous le demande ? Il m'avait dit que vous étiez une poule, et je l'ai cru. C'est ma faute, je le reconnais. J'aurais dû mieux ouvrir les yeux. Quand on vous voit, on comprend tout de suite.

— Je vous demande pardon ?

— Tiens... Qu'est-ce que je vous disais ? Si vous m'aviez demandé pardon cette nuit, milady, je ne vous aurais jamais conduite dans cette chambre. C'est à cause de cette robe rouge, voyez-vous. Et puis, j'ai la vue qui baisse, comme je vous l'ai déjà expliqué.

Audrey s'assit avec raideur. En se couchant, elle était si épuisée qu'elle n'avait même pas noté à quel point le lit était défoncé. Mon Dieu, cette femme lui présentait des excuses ! Tous ses marmottements se résumaient à cela. Pour on ne savait quelle raison, elle avait décidé qu'elle s'était trompée en reléguant Audrey parmi la lie de la société. Comment allait-elle se tirer de ce guêpier ? Personne ne devait la prendre pour une lady.

Elle n'était pas obligée de répondre. Puisqu'elle quittait la demeure le jour même, peu lui importait l'opinion de la gouvernante. Mais il y avait le risque que, sur sa lancée, Mme Hershal aille trouver lord Derek. Et ça, ce serait une catastrophe !

— Ce n'est pas ce que vous croyez, madame Hershal, dit-elle avec un sourire forcé. Cette robe vulgaire n'est certes pas à moi, mais je ne suis pas pour autant une aristocrate.

— Alors, comment expliquez-vous...

— Ma mère était gouvernante dans une demeure aussi belle que celle-ci. J'ai eu le privilège d'avoir les mêmes précepteurs que les jeunes ladies dont ma mère avait la charge. C'est sans doute cela qui vous a induite en erreur. Croyez-moi, vous n'êtes pas la première à vous tromper.

Le mensonge, à force d'être répété, coulait plus naturellement de ses lèvres. Cependant, Mme Hershal ne semblait pas convaincue. Sourcils froncés, elle la scrutait comme si son œil avisé pouvait lire la vérité sur son visage.

— Ça n'explique pas la finesse de votre ossature, milady. Vous avez les attaches déliées d'une aristocrate.

Audrey réfléchit à toute allure, puis dit la première chose qui lui vint à l'esprit :

— Eh bien... pour tout vous avouer, je n'ai pas connu mon père.

Et elle n'eut pas à forcer son talent pour rougir comme une pivoine.

— Une naissance illégitime ? rétorqua Mme Hershal, songeuse. (Elle hocha la tête en souriant, apparemment satisfaite de cette conclusion, avant d'ajouter avec sympathie :) Vous n'êtes pas la première, en ce bas monde. Même lord Derek, sauf son respect, est un bâtard. Comme son père, le marquis, l'a reconnu et a fait de lui son héritier, il est accepté partout. Mais ça n'a pas toujours été le cas. Quand il était plus jeune, il a dû souvent se bagarrer. Vous savez combien les enfants sont cruels pour ces choses-là.

Audrey ne s'attendait pas qu'on lui raconte la vie de l'ami de Jeremy. Que répondre ? Ce n'étaient pas ses affaires. Toutefois, puisqu'elle avait prétendu être une enfant naturelle, elle supposa qu'elle devait feindre un minimum de compréhension.

— À qui le dites-vous ! soupira-t-elle.

— Je m'en doute, mademoiselle. Je m'en doute.

Audrey se sentit soulagée d'entendre la gouvernante lui donner du « mademoiselle » et non plus du « milady ». De son côté, Mme Hershal semblait ravie de constater que son erreur n'aurait finalement pas de conséquences dramatiques et qu'elle ne s'attirerait pas les foudres de son maître.

— Vous avez dû avoir de gros ennuis, pour que lord Derek vous vienne en aide ? dit-elle.

En répondant « oui », Audrey pensait en être quitte. C'était mal connaître Mme Hershal et son insatiable curiosité.

— Vous connaissez milord depuis longtemps ?

— Non... pas du tout. Je suis arrivée récemment à Londres. J'ai eu la chance de trouver facilement à me loger, mais l'immeuble a hélas pris feu hier soir. Voilà pourquoi je portais cette horrible robe. Quelqu'un me l'avait prêtée le temps qu'on retrouve ma valise. Et... et lord Derek passait justement par là. Il a vu de la fumée et il a fait arrêter sa voiture pour porter secours.

Audrey n'était pas peu fière d'avoir improvisé cette histoire qui expliquait à la fois la robe rouge et sa présence ici. La gouvernante hocha vigoureusement la tête.

— Ça ne m'étonne pas de lui. Lord Derek est la bonté même. Je me souviens qu'une fois...

Un coup frappé à la porte l'interrompit dans ses souvenirs. Une jeune servante entra pour annoncer :

— La voiture est là. Milord attend.

— Bonté divine, déjà ! (Mme Hershal congédia la servante d'un geste de la main puis désigna la robe qu'elle tenait.) Nous n'aurons pas le temps de la donner à repasser. Heureusement, j'avais bien défroissé les plis. Pas de petit déjeuner non plus. Je demanderai à la cuisinière de vous préparer un panier pour le voyage.

— Ce n'est pas la peine, répondit Audrey.

Mais la gouvernante avait déjà disparu.

Audrey soupira, espérant que ses mensonges n'iraient pas plus loin. Elle aurait pu s'en moquer, puisqu'elle allait quitter cette maison et qu'elle n'y remettrait sans doute jamais les pieds. Mais mentir lui déplaisait. Et elle en avait si peu l'habitude qu'elle mentait mal. Jane et elle avaient été élevées dans le respect de l'honnêteté. Ni l'une ni l'autre n'avait failli à cette règle – en tout cas, jusqu'à maintenant.

Elle avala à la hâte une tasse de thé tiède tout en se débarbouillant et en s'habillant. Elle pensa un moment abandonner la robe écarlate sur place, mais elle se souvint des conseils de Mary : toujours se montrer séduisante devant son amant. Or, elle n'avait rien, dans sa valise, qui ressemblât, même de très loin, à une tenue aguichante. Cette robe lui paraissait d'un mauvais goût atroce mais, apparemment, les hommes ne partageaient pas son avis. Sinon, les enchères n'auraient jamais atteint de tels sommets.

Elle enfila la robe de laine beige sortie par Mme Hershal et éprouva grand plaisir à se sentir de nouveau décente. Même si « décente » n'était pas le qualificatif le plus approprié pour désigner sa nouvelle existence.

En arrivant en haut de l'escalier, elle aperçut lord Derek qui attendait dans le hall. La mine impatiente, il tapotait nerveusement ses gants contre sa cuisse. Audrey descendit, le regard rivé sur lui.

À la lumière du jour, il lui parut différent, mais tout aussi beau que la veille. Ses traits étaient parfaitement modelés et ses yeux... ses yeux étaient noisette. Elle s'était trompée en les croyant verts. Sans doute avait-elle été abusée par la lueur des chandelles.

Il semblait la jauger d'un regard critique, comme s'il n'aimait pas sa robe trop sage. C'était compréhensible. Ce matin, elle ressemblait à une lady et il ne s'était certainement pas attendu à cela. Mais Audrey s'en moquait complètement. Ce n'était pas lui qu'elle devait séduire.

En entendant la servante annoncer : « Milord attend », elle avait cru que Jeremy était venu la chercher. Pourtant, Derek se trouvait seul dans le hall. Jeremy avait dû rester dans la voiture.

— Avez-vous bien dormi ? lui demanda-t-il quand elle le rejoignit.

— Oui, merci.

Si étonnant que cela pût paraître, c'était vrai. À peine avait-elle posé la tête sur l'oreiller qu'elle avait sombré dans le sommeil.

— C'est pour vous, j'imagine.

Elle n'avait même pas remarqué le panier qu'il tenait à la main. Elle hocha la tête, priant le ciel pour que Mme Hershal ne le lui eût pas remis en main propre. Ou, en tout cas, qu'elle l'eût fait sans aucun commentaire. Hélas...

— Ainsi, je me vois crédité d'une bonne action dont je ne me souviens pas ?

Audrey s'empourpra, gênée d'être prise en flagrant délit de mensonge.

— Je suis désolée, mais votre gouvernante me harcelait de questions. J'ai pensé que vous n'aimeriez pas qu'elle sache la vérité.

— Vous avez eu raison. Cela ne la regarde pas. Vous avez réellement bien dormi ?

Elle fut surprise qu'il repose la question. Et sur un ton qui laissait supposer qu'il n'avait pas cru sa réponse.

— Oui. Je devais être très fatiguée. Ce fut une journée... éprouvante.

— Ah oui ? (Il parut sceptique, puis sourit.) Eh bien, gageons que celle d'aujourd'hui sera plus agréable. (Il lui désigna la porte.) Êtes-vous prête ?

Audrey hocha la tête. Cet homme se comportait bizarrement, mais cela n'avait probablement aucun rapport avec elle. Peut-être était-ce dans sa nature de douter de tout. Du reste, quelle importance ? Elle ne le reverrait sans doute jamais plus.

Il l'aida à monter en voiture. Quand leurs mains se touchèrent, Audrey en sentit des picotements partout.

La jeune femme fronça les sourcils.

— Nous prendrons Jeremy en route ?

— Jeremy ? répéta-t-il, étonné.

— Oui, Jeremy. Allons-nous le chercher chez lui ?

— Pour quoi faire ? Nous n'avons pas besoin de lui pour nous rendre à Bridgewater. (Il sourit.) Ce petit voyage à deux nous donnera l'occasion de mieux nous connaître. D'ailleurs, je crois bien que je ne vais pas résister plus longtemps à l'envie de savoir quel goût ont vos lèvres.

Avant qu'elle ait pu comprendre ce qui se passait, il l'avait déjà attirée contre lui. Audrey ne fut pas longue à réagir. Au moment où il s'apprêtait à l'embrasser, elle le gifla à toute volée. Il la regarda comme si elle était devenue folle. Elle-même le dévisagea comme s'il avait perdu l'esprit.

Il se rassit sur la banquette en face d'elle.

— Je ne suis pas sûr de vous devoir des excuses, mademoiselle Langton. Considérant le prix que j'ai payé pour avoir l'exclusivité de vos faveurs, je crois qu'une explication s'impose. À moins que vous ne vous soyez imaginé que je ressemble à ces clients de Lonny qui ne conçoivent pas le sexe sans quelques rudesses. Je peux vous assurer que ce n'est pas mon cas.

Audrey était cramoisie. C'était *lui* qui l'avait achetée. Pas Jeremy. Et elle avait commencé par le gifler !

— Je… je peux tout vous expliquer, bégaya-t-elle.

— Je l'espère, ma chère. Sinon, j'exigerai de me faire rembourser.

6

Audrey était mortifiée. Elle ne savait pas comment expliquer son geste. Elle était d'autant plus embarrassée que Derek la regardait sévèrement. C'était donc lui qui l'avait achetée ! Le seul des trois qui la troublait au point qu'elle aurait préféré ne pas tomber entre ses mains.

— J'attends, mademoiselle Langton.

— Vous m'avez surprise, finit-elle par répondre.

— Surprise ?

— Oui. Je ne m'attendais pas que vous m'attaquiez ainsi.

— Vous *attaquer* ?

Elle pataugeait lamentablement. Mais comment lui avouer la vérité sans admettre, du même coup, qu'elle était idiote ? Pourquoi n'avait-elle pas demandé tout de suite qui l'avait achetée ? Elle n'en serait pas là, à l'heure qu'il était.

— Le mot est mal choisi, je vous l'accorde. Mais je n'ai pas l'habitude qu'un homme m'attire brutalement dans ses bras, voyez-vous. J'ai été surprise, comme je vous l'ai déjà dit, et… et j'ai réagi un peu vivement…

Il semblait plus furieux que jamais. Audrey était à court d'excuses. Mieux valait dire la vérité sans fard.

— Pour tout vous avouer, j'ignorais lequel de vous trois m'avait achetée. J'avais simplement entendu parler d'un « lord Malory ». Et comme Jeremy s'appelle Malory...

— Bonté divine ! Vous avez cru que c'était mon cousin qui vous avait achetée ?

Audrey hocha la tête, rouge de confusion.

— Même après que je vous ai emmenée chez moi ?

Elle hocha encore la tête, avant d'expliquer :

— Vous m'aviez dit que ce serait provisoire. J'ai pensé que Jeremy habitait encore chez ses parents et qu'il vous avait demandé de m'héberger pour la nuit. Voilà pourquoi tout à l'heure j'ai voulu savoir si nous le prendrions en route.

Il sourit.

— Tout s'explique, en effet. Je ne vous cacherai pas, ma chère, avoir craint un instant que vous ne soyez tombée sous le charme de ce chenapan. Vous ne seriez pas la première. Malgré son jeune âge, Jeremy a beaucoup de succès auprès du beau sexe.

— Oui, il est très beau, acquiesça Audrey, avant de se mordre la langue.

Derek ne souriait plus.

— Je suppose que vous êtes déçue de vous retrouver avec moi.

Ce n'était vraiment pas de chance qu'il pose précisément cette question. La réponse était déjà inscrite sur son visage avant qu'Audrey ne trouve le courage de lui mentir encore une fois :

— Bien sûr que non ! Quelle idée !

À sa moue sceptique, elle comprit qu'il ne la croyait pas. Elle renonça à s'expliquer pour ne pas envenimer la situation.

Jeremy l'avait séduite par son physique, mais Derek la troublait jusqu'au plus profond d'elle-même. Avec Jeremy, elle était persuadée que tout se serait passé simplement. Avec Derek, rien ne semblait pouvoir être simple. Compte tenu de la relation qu'elle entretiendrait avec son acquéreur, elle aurait donc préféré que ce fût Jeremy.

Comme Derek ne disait toujours rien, elle se dépêcha d'ajouter :

— Je vous assure, lord Malory, que je vous préfère infiniment à ces deux gentlemen qui se disputaient les enchères. C'est fort heureux, car personne, dans cette transaction, ne s'est avisé de me demander mon avis ni de savoir si je vous trouvais à mon goût.

Elle venait d'inverser les rôles. Il lui adressa un sourire contraint.

— Bien joué, ma chère. Nous devrions peut-être repartir de zéro. Venez près de moi. J'essaierai de vous faire oublier que je ne suis pas Jeremy. De votre côté, essayez de me faire croire que vous l'avez déjà oublié.

Audrey se sentit prise au piège. Elle ne pouvait pas refuser ! Quand elle posa sa main sur la sienne, elle ne put réprimer un frisson d'appréhension.

— Voilà qui est mieux, dit Derek en l'asseyant sur ses genoux.

Audrey, rouge jusqu'à la racine des cheveux, s'attendait maintenant qu'il l'embrasse, mais il se contenta de la serrer contre lui.

— Détendez-vous, ma chère, lui murmura-t-il d'un ton amusé. Pour l'instant, je me satisferai de vous tenir dans mes bras.

Ses paroles la soulagèrent.

— Je ne suis pas trop lourde ?

Il rit.

— Vous êtes légère comme une plume.

L'attelage avançait lentement dans les rues de la capitale engorgées, à cette heure matinale, par les transports de marchandises et la foule des hommes et des femmes qui se rendaient à leur travail. Quand ils atteignirent enfin les faubourgs, Audrey s'était si bien détendue qu'elle avait abandonné sa tête sur la poitrine de Derek. Il posa la main sur sa joue, sans qu'elle s'en trouvât importunée. Au contraire. Elle se sentait mieux que jamais.

— Sommes-nous loin de Bridgewater ?

— Le voyage prendra toute la journée. Nous nous arrêterons en route pour déjeuner.

— Pourquoi allons-nous là-bas ?

— Je possède une propriété dans la campagne environnante. Le domaine comporte également un petit cottage inhabité pour l'instant. Il devrait parfaitement vous convenir, pendant une semaine ou deux, le temps que je vous trouve quelque chose à Londres.

— Je suis sûre que ce sera ravissant.

Ils n'échangèrent plus un mot pendant l'heure suivante. Audrey se sentait si bien qu'elle était sur le point de s'endormir.

— Audrey ?

— Hmm ?

— Pourquoi étiez-vous chez Lonny ?

— C'était la seule… commença-t-elle, avant de s'interrompre brutalement. (Il l'avait si bien mise en confiance qu'elle avait failli lui dire la vérité.) Pour être franche, je ne souhaite pas en parler.

Il lui souleva le menton et la regarda dans les yeux. Elle lut dans les siens de la curiosité et autre chose, aussi, qu'elle ne put définir.

— J'accepte cette réponse pour aujourd'hui, ma chère. Mais je ne vous promets pas de m'en satisfaire la prochaine fois.

Et sur ces mots, il se pencha pour l'embrasser. Audrey sentit la tendre caresse de ses lèvres sur les siennes. Ce n'était ni désagréable ni inquiétant.

À Kettering, plusieurs garçons l'avaient courtisée, mais aucun n'avait osé l'embrasser de peur d'encourir les foudres de sa mère, qui les tenait à l'œil. Pour un premier baiser, c'était vraiment très agréable. Audrey ne comprenait pas pourquoi les parents s'affolaient à l'idée que leurs filles y goûtent.

Derek la serra un peu plus fort contre lui, et son baiser se fit plus insistant. Quand leurs langues se mêlèrent, Audrey sentit des frissons lui parcourir tout le corps. Elle se rappela les conseils de Mary : « Ne restez jamais inerte comme une planche. Dès que vous vous trouvez seule avec votre amant, caressez-le. Faites-lui toujours croire que vous le désirez, que ce soit vrai ou non. »

Audrey ignorait comment montrer à Derek qu'elle le désirait. Elle décida de l'imiter et aventura la main sur sa joue. Sa peau était douce… Soudain, elle l'attira instinctivement contre lui comme si elle voulait que leurs deux corps se fondent en un seul.

Il relâcha brutalement ses lèvres.

— Finalement, ce n'était pas une bonne idée, dit-il d'une voix rauque.

Avant qu'Audrey ait eu le temps de dire ouf, il l'avait déjà rassise en face de lui. Elle piqua un fard et baissa les yeux, n'osant pas le regarder avant d'avoir repris un semblant de contenance. Avait-elle fait quelque chose de mal ?

Quand elle releva enfin la tête, elle vit qu'il n'était pas très à l'aise, lui non plus. Il s'agitait nerveusement sur son siège, en resserrant sa cravate.

— Quand je vous ferai l'amour, ce sera dans un lit, Audrey, finit-il par lui expliquer. Pas dans une voiture inconfortable et bringuebalante.

— Parce que vous alliez me faire l'amour ?

— Il s'en est fallu de peu, oui.

— Je vois.

En fait, elle ne voyait rien du tout. Ils étaient tout habillés, or Mary avait été catégorique : un homme gardait parfois ses vêtements avec sa femme, mais il se mettait toujours nu avec sa maîtresse. À présent, elle ne savait plus quoi penser, ni comment interpréter les paroles de Derek. Sa confusion était à son comble.

Ils s'arrêtèrent pour déjeuner dans une petite auberge de Newbury. Derek y descendait chaque fois qu'il se rendait à Bridgewater. C'était une maison bien tenue, la nourriture était excellente et une salle à manger privée permettait aux voyageurs de la bonne société de ne pas se mêler aux gens du commun. Ne sachant pas encore comment Audrey se tenait à table, Derek préférait que personne ne fût témoin de leur repas.

Ses manières se révélèrent parfaites. Derek savait maintenant qu'il n'aurait plus à se soucier de ce problème s'il conviait un soir Audrey à dîner avec quelques-uns de ses amis. Du coup, il ne voyait plus aucune raison de la tenir cachée. Dès qu'ils seraient de retour à Londres, il sortirait avec elle. Les endroits ne manquaient pas, dans la capitale, où un gentleman pouvait s'afficher avec sa maîtresse sans que les ladies en fussent scandalisées. Du reste, Audrey aurait pu tout aussi bien être la fille d'un duc. Pendant le voyage, il l'avait observée à la dérobée. Elle se tenait droite, son port de tête était noble et sa robe, quoique modeste, aurait pu convenir à une lady en voyage.

Cette robe l'avait d'ailleurs surpris. Il ne s'attendait pas qu'Audrey ressemblât aussi peu à une courtisane. Si sa valise ne recelait pas de toilettes plus suggestives, il se chargerait de lui en acheter.

Son élocution aussi était déconcertante. Elle s'exprimait mieux que la plupart des jeunes filles de l'aristocratie. Quant à ses traits, leur grâce était encore plus éclatante à la lumière du jour. Sa peau avait la couleur de l'ivoire, ses joues délicatement rosées contrastaient avec la ligne noire de ses sourcils. Un menton délicat, un petit nez parfait complétaient ce visage d'ange encadré par de longs cheveux noirs coiffés en tresse sur sa nuque. Et ses yeux, presque gris, étaient si expressifs ! Cependant, Derek se demandait dans quelle mesure son innocence était sincère ou soigneusement calculée.

Quoi qu'il en soit, Audrey le fascinait. Il avait eu toutes les peines du monde à fermer l'œil, sachant qu'ils couchaient sous le même toit. Alors qu'elle-même avait dormi comme un loir, sans s'inquiéter qu'il ne soit pas venu lui rendre visite ! Forcément, puisqu'elle croyait que c'était Jeremy qui l'avait achetée !

Derek ne savait toujours pas comment il devait le prendre. Il connaissait à peine cette fille. Le fait d'en être devenu le « propriétaire » n'était pas une raison suffisante pour le pousser à devenir jaloux – du moins, pas si vite. D'autant que Jeremy, tout heureux d'avoir retrouvé Florence, n'avait plus songé à Audrey.

De son côté, elle n'avait pas caché combien elle le trouvait beau. Aurait-elle prétendu le contraire, que Derek ne l'aurait pas crue. Aucune femme n'était insensible à la beauté de Jeremy.

Derek savait qu'elle avait menti en essayant de le convaincre qu'elle le préférait. Mais ce n'était pas si important, après tout. Il n'avait aucune envie qu'elle tombe amoureuse de lui, lui réclame des enfants et une vie de couple bien rangée. Une maîtresse n'était pas faite pour cela. C'était d'abord un objet de désir. Sur ce point, Audrey Langton remplissait parfaitement son rôle. Tout à l'heure, dans la voiture, il avait dû violemment se retenir pour ne pas la posséder sur la banquette. Elle ne l'aurait pas refusé. Elle avait beau préférer Jeremy, sa réponse à son baiser prouvait qu'elle n'était pas restée froide à ses caresses.

— J'ai bien envie de louer une chambre, annonça-t-il à la fin du repas. Mais si nous passons des heures à faire l'amour, nous ne serons jamais arrivés à Bridgewater avant la nuit... Pourquoi rougissez-vous ?

— Je n'ai pas l'habitude de parler de ces choses-là.

Il sourit. Son entêtement à vouloir jouer les innocentes l'amusait. Jusqu'où pousserait-elle cette comédie ? Cette nuit, au plus tard, il serait fixé. Et cette pensée le réjouissait.

— Vous vous y ferez vite.

— Je l'espère. Sinon, il me faudra porter des robes plus légères. À force de rougir, j'ai si chaud que je me croirais en été.

Derek sourit encore.

— D'ici à l'été, nous serons assez intimes pour que vous n'ayez plus à rougir à tout propos. (En fait, il était persuadé qu'elle pouvait rougir sur commande, comme maintenant. Mais pourquoi la démasquer ? C'était trop drôle.) Si nous partions, avant que je ne change d'avis à propos de la chambre ?

Elle ne bondit pas de sa chaise pour se ruer vers la porte, cependant tout, dans son attitude, montrait qu'elle se retenait de le faire. Derek la suivit en secouant la tête. Quelle étrange fille ! S'il se fiait uniquement à ses gestes et à son visage, il aurait pu croire qu'elle était aussi innocente qu'elle le prétendait. Mais il connaissait assez les femmes pour savoir qu'elles aimaient jouer à ces petits jeux pour mieux séduire les hommes.

Le crépuscule tombait quand ils parvinrent enfin à destination. Le cottage se composait de deux pièces : un séjour avec un coin-cuisine et une chambre agrémentée d'un cabinet de toilette où un baquet faisait office de baignoire. Le confort moderne n'était pas encore arrivé jusqu'ici.

Les meubles étaient peu nombreux et la couche de poussière qui les recouvrait attestait de l'abandon des lieux. Quelques ustensiles étaient pendus au mur entre le fourneau et l'évier ; une table et deux chaises servaient aux repas et le salon s'agrémentait d'un sofa sur lequel on avait posé une couverture de laine. Nulle penderie dans la chambre. Juste un lit, et encore était-il dépourvu de literie. En revanche, les murs étaient solides. Un bon coup de ménage rendrait l'ensemble parfaitement habitable.

Derek alla chercher du bois dans un appentis pour allumer le feu. Quand les bûches crépitèrent dans la cheminée, il s'essuya les mains avant de se tourner vers Audrey, qui attendait ses ordres.

— Je dois prévenir les domestiques de mon arrivée. Je préfère y aller seul. Personne n'a besoin de savoir que vous êtes là. Ni qui vous êtes. Je n'ai jamais amené de femme ici, et je n'ai pas envie que mon père apprenne votre existence par les racontars des domestiques. Je reviendrai aussitôt que possible avec la literie et tout ce qui manque. Vous pourrez rester seule un moment ?

— Bien sûr.

Il lui sourit, manifestement ravi qu'elle ne se plaigne pas de l'inconfort de sa situation.

— Parfait. Que diriez-vous de dîner en ville ? Bridgewater est à moins de deux kilomètres et j'y connais deux ou trois bonnes auberges. (Il s'approcha d'elle et lui donna un petit baiser.) Je suis impatient d'être à ce soir, ma chère. Vous aussi, j'espère ?

Audrey rougit une fois de plus, mais il ne fit aucun commentaire car il était déjà parti. Elle soupira en regardant la porte. Non, elle n'était pas du tout pressée d'être à ce soir. Pour s'éviter d'y penser, elle entreprit de commencer le nettoyage de la maison.

Dans l'appentis, elle trouva quelques vieux chiffons avec lesquels elle dépoussiéra les meubles, les vitres et les ustensiles de cuisine. Le reste du ménage nécessitait un balai et du savon, aussi attendit-elle le retour de Derek.

La nuit était complètement tombée, à présent. Audrey ressentit brutalement la fatigue de la journée. Le voyage avait été d'autant plus harassant qu'elle avait constamment senti le regard de Derek posé sur elle. Se demander ce qu'il pouvait bien penser l'avait épuisée nerveusement. Si bien qu'à peine assise sur le sofa elle sombra aussitôt dans un profond sommeil.

7

Quand elle ouvrit les yeux le lendemain matin, Audrey trouva le cottage dans l'état où elle l'avait laissé la veille. Cette découverte la rendit perplexe. Apparemment, Derek n'était pas revenu – à moins qu'il n'ait pas osé la réveiller. En tout cas, il n'était pas là et elle ne vit pas trace de la literie ni des autres choses qu'il avait promis de lui apporter.

Elle tourna en rond pendant toute la matinée. Pourquoi avait-il brusquement changé ses plans ? Lui était-il arrivé quelque chose ? De toute façon, elle n'avait pas d'autre solution que d'attendre. Comme il lui avait clairement expliqué qu'elle ne devait pas se montrer aux domestiques, elle renonça à partir à sa recherche.

Par chance, elle avait pris le panier préparé par Mme Hershal et n'y avait pas encore touché. Elle n'avait rien mangé depuis le déjeuner de la veille et mourait de faim. Elle découvrit un morceau de jambon et quelques pâtisseries. Elle dévora le tout sans être rassasiée pour autant et regretta presque de n'avoir pas dormi plus longtemps.

Aucun signe de Derek. Vers midi, Audrey commença sérieusement à perdre patience. Le problème de la nourriture l'obsédait, car elle n'avait aucun moyen de s'en procurer par elle-même : il ne lui avait laissé ni argent ni moyen de transport. S'il ne revenait pas bientôt, elle connaîtrait le dénuement qu'elle avait précisément voulu éviter en se vendant aux enchères !

Il reviendrait. De cela, elle était certaine. Ce n'était qu'une question de temps. Mais, comme l'après-midi s'avançait, la faim poussa Audrey à réagir. Puisque, de toute évidence, il avait oublié que le cottage ne contenait aucune réserve de nourriture, elle décida d'enfreindre son interdiction de se montrer chez lui.

Quand elle ouvrit la porte, une lettre coincée dans le chambranle tomba à terre. Audrey se dépêcha de la ramasser et de la décacheter.

Chère Audrey,

Un messager envoyé par mon père m'a trouvé à l'instant où j'arrivais chez moi. Je dois me rendre à Haverston de toute urgence, c'est pourquoi je vous écris ce mot plutôt que de revenir au cottage.

J'ignore pourquoi mon père me réclame, mais je pense être de retour d'ici à un ou deux jours. Dans le cas contraire, je vous préviendrai par lettre. Je suis sûr que tout ira bien pour vous d'ici là. Dans l'attente de vous revoir…

Votre dévoué,
Derek.

Audrey se sentit suffoquer d'indignation. Comment pouvait-il prétendre que tout se passerait bien alors qu'il l'avait abandonnée sans nourriture ? Il avait dû être troublé par le message de son père au point d'oublier que le cottage était à peine habitable. Avant qu'il s'aperçoive de sa distraction, Audrey aurait le temps de mourir de faim. C'était intolérable !

Elle était si furieuse qu'elle froissa la lettre et la jeta dans le feu, à défaut de pouvoir brûler Derek Malory lui-même. Puis elle quitta le cottage et partit à la recherche de la maison de maître.

Elle l'atteignit au bout d'une demi-heure. C'était beaucoup plus qu'une simple maison de campagne, comme elle se l'était imaginé. Ses dimensions, ainsi que les écuries et les nombreuses dépendances qui l'entouraient en faisaient un véritable château.

Audrey frappa à la porte et demanda à parler à la gouvernante. Elle lui expliqua que lord Malory lui avait loué le cottage en lui promettant qu'il serait nettoyé et pourvu de tout le nécessaire pour l'habiter pendant quelques jours. Comme ce n'était pas le cas, elle supposait que cet oubli serait facile à réparer. Hélas, la gouvernante ne l'entendit pas de cette oreille.

— Je n'ai pas le temps de m'occuper de ce cottage, milady. J'ai déjà assez de travail avec ce vieux manoir. Le régisseur de lord Derek veillera à votre confort, mais il est absent pour le moment. Dès son retour, à la fin de la semaine, je lui demanderai de passer vous voir.

— Vous ne comprenez pas, insista Audrey. J'avais déjà payé la location du cottage et je n'ai pas pris d'argent en venant ici. Je n'ai rien d'autre que les vêtements que je porte. Lord Derek m'avait assuré que la literie et la nourriture seraient mises à ma disposition le jour de mon arrivée.

La gouvernante fronça les sourcils.

— Alors, montrez-moi votre contrat de location. Je supervise toutes les dépenses de cette maison. Si je dois acheter quelque chose pour le cottage, j'aurai à en rendre compte à lord Derek. D'autant qu'il ne m'a parlé de rien quand il est passé ici, hier soir.

Il n'y avait pas de contrat de location, bien sûr. Et le seul document qu'Audrey aurait pu produire pour prouver qu'elle connaissait bien Derek avait été rageusement jeté au feu…

— Tant pis, fut-elle obligée de répondre. J'irai demander crédit à Bridgewater. Si vous voulez bien m'indiquer la bonne direction ?

— Certainement, milady, acquiesça la gouvernante, beaucoup plus aimable maintenant qu'elle se savait débarrassée d'Audrey. (Elle lui désigna un chemin du doigt.) Continuez par là. C'est toujours tout droit.

Audrey repartit, fort contrariée. Si elle n'avait pas menti en prétendant avoir loué le cottage, elle aurait obtenu tout ce dont elle avait besoin. Mais son noble souci de ne pas fâcher Derek s'était retourné contre elle. Cette gouvernante arrogante ne l'avait même pas invitée à prendre le thé.

Elle rentra au cottage plus affamée que jamais. Évidemment, elle n'avait aucune chance d'obtenir le moindre crédit. Elle se voyait mal négocier un prêt avec pour seul argument d'être la maîtresse de Derek Malory. N'importe quel banquier lui rirait au nez avant de la chasser de son bureau.

En revanche, elle possédait deux ou trois choses qu'elle pourrait vendre en ville pour se procurer de quoi manger. Une petite montre de poche, incrustée de deux diamants, que ses parents lui avaient offerte pour ses quatorze ans. Et aussi cette affreuse robe rouge. Audrey était ulcérée de devoir se séparer de sa montre, mais elle n'avait pas le choix.

Elle plia la robe dans le panier de Mme Hershal dont elle se resservirait au retour pour transporter ses achats, puis elle se mit en route.

Tout en cheminant, elle considérait maintenant sa situation d'un meilleur œil. Le cottage ne manquait pas de bois de chauffage et la pompe installée sur l'évier de la cuisine lui fournirait toute l'eau dont elle aurait besoin. Avec les vivres qu'elle rapporterait de la ville, elle tiendrait facilement plusieurs jours.

Malheureusement, tout son bel optimisme fut bientôt réduit à néant. Aucun des bijoutiers qu'elle consulta n'accepta de lui acheter la montre. La nuit tombait déjà et son dernier espoir résidait maintenant dans la robe rouge.

Mme Lafleur, la couturière, s'apprêtait à fermer boutique quand Audrey poussa sa porte pour lui présenter la robe. Quand elle lui expliqua qu'elle cherchait à la vendre, Mme Lafleur se sentit insultée.

— Dans *ma* boutique ? s'exclama-t-elle en regardant la robe comme si Audrey venait de poser un serpent sur son comptoir. Je n'ai jamais servi ce genre de clientèle et je n'ai pas l'intention de commencer aujourd'hui.

— Je suis désolée, s'excusa Audrey. Connaîtriez-vous quelqu'un qui serait intéressé ?

— Pas dans cette ville, répliqua sèchement Mme Lafleur. Éventuellement, je peux vous racheter la dentelle, mais seulement si vous arrivez à la découdre sans l'abîmer. Je n'ai pas le temps de m'en occuper moi-même. Mon aide est partie et lady Ellen m'a commandé un nouveau trousseau pour sa fille à livrer la semaine prochaine. C'est ma meilleure cliente. Si tout n'est pas prêt à temps, je risque de la perdre.

Audrey se serait bien passée d'apprendre les soucis de la couturière alors qu'elle en avait tant elle-même. Cela lui donna pourtant une idée.

— Donnez-moi cinq livres en échange de la robe et je vous aiderai à terminer une des toilettes pour lady Ellen, proposa-t-elle.

— Cinq livres ! Pour une malheureuse dentelle ? Une livre, et vous m'aidez à terminer trois robes.

— Une livre pour la dentelle et dix livres pour terminer deux robes, marchanda Audrey.

Mme Lafleur faillit s'étrangler.

— Dix livres pour deux robes ? Je ne donne même pas autant pour un mois de travail !

Audrey ne se laissa pas démonter.

— Je sais ce que coûtent des vêtements de bonne qualité, madame Lafleur. Si vous ne payez pas plus vos employées, c'est que vous les volez.

Malheureusement pour elle, son estomac émit un gargouillement de protestation juste à ce moment-là. Au regard qu'elle lui jeta, Audrey comprit que la couturière saurait exploiter la situation.

— Très bien, concéda-t-elle. Dix livres pour trois robes. Je vous assure que je couds très bien.

Quand elle eut fini de marchander, la nuit était complètement tombée. Mais Audrey ressortit du magasin avec un billet d'une livre en poche et la promesse d'en toucher quatre autres quand elle rapporterait les *cinq* robes que la couturière avait entassées dans son panier avec du fil, des aiguilles et une paire de ciseaux. Heureusement, la fille de lady Ellen avait à peine dix ans, ce qui ramenait ses robes à des dimensions raisonnables.

À cette heure tardive, Audrey ne put trouver une seule épicerie encore ouverte. Elle fut obligée de dîner dans une auberge, ce qui lui coûta trois fois plus cher.

Il lui restait tout de même de quoi s'acheter à manger le lendemain. Mais comment paierait-elle le savon pour se laver, les chandelles pour coudre le soir ?

Décidément, cette journée avait été pénible de bout en bout. Quelle ironie ! Audrey se retrouvait exactement dans la situation à laquelle elle avait pensé échapper en se rendant chez Lonny. Dieu merci, sa famille n'en était pas réduite aux mêmes extrémités qu'elle. C'était sa seule consolation.

Quand elle pénétra dans le cottage, elle vit que le feu s'était éteint ; il faisait à peu près aussi froid que dehors. Mais son ventre ne criait plus famine et dès qu'elle aurait terminé les robes, elle toucherait assez d'argent pour tenir plusieurs jours.

Elle était résolue à survivre – au moins jusqu'au retour de Derek Malory. Pour avoir le plaisir de l'étrangler.

8

Derek n'avait pas séjourné à Haverston depuis des mois. Comme la plupart des jeunes gens de son âge, il préférait les plaisirs et les divertissements londoniens à la vie campagnarde. Cependant, il aimait Haverston. Plus que n'importe où ailleurs, il s'y sentait chez lui.

Ses trois oncles – Edward, James et Anthony – devaient éprouver le même sentiment, puisqu'ils avaient été eux aussi élevés à Haverston. Tout comme sa cousine, Regina, qui était venue vivre au château après la mort de ses parents.

Pour s'y rendre plus vite, Derek y alla à cheval. Il arriva au milieu de la nuit et voulut faire prévenir immédiatement son père pour savoir ce qui se passait. Mais le regard affolé du majordome à l'idée de réveiller lord Jason en pleine nuit le fit renoncer à son projet.

Finalement, Derek alla s'enfermer dans sa chambre où il réussit à se convaincre qu'il avait eu raison de ne pas insister. Après tout, si son père l'avait appelé pour le sermonner, il ne servirait à rien de troubler son sommeil : la réprimande n'en serait que plus sévère.

Derek ne voyait rien, dans ses actions récentes, qui aurait pu motiver la colère de Jason. Mais celui-ci n'avait pas besoin d'un motif particulier pour convoquer un membre de sa famille. Il était l'aîné des

Malory et, à ce titre, il était considéré comme le chef de famille. Lorsqu'il souhaitait voir tel ou tel, il le sommait de se rendre à Haverston. Que Derek ait prévu un autre emploi du temps n'entrait pas en ligne de compte. Quand Jason Malory requérait votre présence à Haverston, on accourait sur-le-champ. C'était aussi simple que cela.

Après une courte nuit, Derek se leva aux premières lueurs de l'aube. Il descendit au rez-de-chaussée et tomba d'abord sur Molly. Le contraire l'aurait étonné. Molly semblait toujours être avertie de ses visites. Elle mettait un point d'honneur à être la première à l'accueillir. C'était devenu une telle habitude que Derek se serait inquiété s'il ne l'avait pas croisée sur son chemin.

Molly Fletcher était une belle femme de bientôt cinquante ans, aux cheveux blonds et aux yeux marron. Entrée à Haverston comme simple servante, elle avait gravi tous les échelons de la domesticité pour atteindre, par son travail irréprochable, le grade le plus élevé, celui de gouvernante. Dans le même temps, elle s'était progressivement débarrassée de son accent populaire pour se composer un personnage réfléchi et maître de soi.

Comme toutes les autres femmes de la maison, depuis la cuisinière jusqu'à la lingère, Molly avait traité Derek et Regina – que tout le monde appelait Reggie – avec un soin maternel, en leur prodiguant tour à tour affection, mises en garde ou réprimandes pour pallier l'absence d'une vraie mère.

Conscient du problème, Jason avait épousé Frances dans l'intention de réparer ce manque pour les deux enfants. Malheureusement, rien ne s'était passé comme il l'avait prévu. Lady Frances s'était révélée être une personne maladive qui partait régulièrement prendre les eaux à Bath, au point qu'elle était plus souvent en cure que chez elle. Pour autant que Derek se la rappelait, c'était une assez jolie femme. Mais il la connaissait à peine.

Il s'était souvent demandé si Jason lui-même la connaissait davantage. Ils semblaient si peu faits l'un pour l'autre ! Elle, très maigre, toujours pâle et nerveuse. Lui, si robuste et bon vivant. Derek ne se souvenait pas de les avoir entendus échanger un seul mot tendre. En vérité, cela ne le regardait pas. Mais il se sentait désolé pour son père.

— Bienvenue à la maison, Derek ! s'écria chaleureusement Molly.

Derek lui rendit son sourire.

— Bonjour, Molly chérie. Je suppose que vous savez où est mon père ?

— Bien sûr.

À n'importe quel moment de la journée, Molly savait toujours où se trouvait n'importe quel occupant de la demeure. Derek s'était souvent demandé comment elle réalisait ce prodige alors que le château était si vaste et comptait tant de domestiques. Pourtant, Molly n'était jamais prise en défaut.

— Il est dans la serre, ajouta-t-elle. Il taille ses rosiers.

Derek sourit. L'horticulture était le passe-temps favori de son père. Bien que le domaine ne manquât pas de jardiniers, il y consacrait lui-même une bonne partie de ses journées. Une fois, il s'était même rendu jusqu'en Italie pour obtenir une variété de roses qu'il souhaitait acclimater en Angleterre.

— Savez-vous pourquoi il m'a demandé de venir ?

Molly secoua la tête.

— Il ne m'informe pas de ses affaires privées. Mais, à ma connaissance, il n'a rien à vous reprocher.

Derek soupira de soulagement. Il eut tout d'un coup envie de serrer Molly dans ses bras, mais elle l'arrêta :

— Oh, non, Derek ! Ne nous donnons pas en spectacle devant les domestiques.

Derek éclata de rire avant de gagner la porte. Au moment de l'ouvrir, il se retourna et dit, assez fort pour être entendu à la cantonade :

— Je pensais que tout le monde savait déjà que je vous aimais, Molly ! Mais si vous insistez, je garderai notre amour secret !

Molly piqua un fard, avant de sourire tendrement à ce garnement qu'elle aimait comme un fils.

La première serre, devenue trop petite, avait été déplacée et reconstruite quelques années plus tôt derrière les écuries. C'était une grande construction rectangulaire tout en verre. En hiver, ses parois étaient recouvertes d'une buée épaisse dégagée par les braseros qui entretenaient une température tropicale.

Derek ôta sa veste dès qu'il en eut franchi la porte. Des centaines de fleurs embaumaient l'air de leurs senteurs exotiques et il resta un moment à s'emplir les poumons de cette fragrance délicieuse avant de chercher son père du regard. Il le trouva penché sur un rosier qu'il taillait amoureusement.

Un visiteur non averti aurait eu du mal à se convaincre que cet homme en manches de chemise et tablier de jardinier était bien Jason Malory, marquis de Haverston.

Grand, blond, il avait les yeux verts comme la plupart des Malory. Peu d'hommes, dans la famille, avaient hérité des cheveux noirs et des yeux bleus de la grand-mère de Derek dont on disait qu'elle avait du sang gitan dans les veines.

Derek dut tousser à deux reprises pour signaler sa présence, tant Jason était absorbé par sa tâche. Quand il releva enfin la tête, un sourire radieux éclaira aussitôt son visage.

— Ravi de te voir, mon garçon. Tes visites se font rares, ces derniers temps.

— Vous ne venez pas souvent à Londres, rétorqua Derek.

Jason haussa les épaules.

— C'est vrai. (Il s'approcha de la pompe et plongea les mains dans un baquet d'eau.) Les affaires ou les mariages sont les seules raisons qui me poussent à aller en ville. Il y a beaucoup trop de monde à mon goût.

— Pour ma part, j'aime bien le monde.

— Bah ! tu raisonnes comme n'importe quel jeune homme de ton âge. La ville vous attire pour les plaisirs qu'elle recèle. Tu te conduis comme James et Tony, à cet égard.

C'était dit sur le ton de la réprobation, mais Derek feignit de l'ignorer.

— Ils se sont mariés ! se récria-t-il en faisant mine d'être horrifié. À ma connaissance, je n'ai pas encore commis une telle erreur.

— Tu sais *très bien* ce que je veux dire, grommela Jason, l'air soudain sévère.

Être le fils de Jason Malory donnait un droit : celui d'être plus effronté que ne pouvait se le permettre n'importe quel autre membre de la famille. Dès son enfance, Derek avait constaté que son père avait toujours l'air plus méchant qu'il ne l'était réellement. Du reste, qui ignorait encore que James et Anthony Malory avaient été, dans leur jeunesse, deux coureurs impénitents ?

— Bien sûr, je le sais, répondit-il avec un sourire taquin. Mais rassurez-vous : quand j'aurai leur âge, je me marierai à mon tour et je vous donnerai de beaux petits-enfants. En attendant, je préfère suivre leurs traces – sans causer de scandales, évidemment.

Jason soupira. Derek n'était pas encore prêt à entendre raison sur ce point.

— Je t'attendais hier, dit-il.

— J'étais en route pour Bridgewater. C'est là que votre messager m'a trouvé. Je suis parti aussitôt.

— Bridgewater, tiens, tiens ? Ainsi, tu t'occupes de tes propriétés. J'aurais volontiers juré le contraire, si je devais en croire Bainsworth. Il m'a écrit qu'il cherchait à te joindre depuis plus d'une semaine. Sans succès. Il avait un problème urgent à régler. C'est pourquoi je t'ai appelé.

Derek fronça les sourcils. Certes, il n'avait pas trié son courrier récemment, La saison des bals venait de s'ouvrir. Avec toutes les invitations auxquelles il devait se rendre, il manquait de temps pour surveiller ses affaires. Mais l'idée que Bainsworth continuât d'en référer à Jason au moindre problème lui déplaisait. Il avait reçu le domaine de Bridgewater en propre et sa gestion ne regardait plus que lui.

— Je devrais peut-être engager un secrétaire, admit-il. Mais Bainsworth s'alarme trop facilement. De quoi s'agit-il ?

— Il a reçu une proposition d'achat pour le moulin.

— Il faudrait peut-être aussi que je songe à changer de régisseur, grommela Derek. Le moulin n'est pas à vendre. *Bainsworth le sait parfaitement*.

— Même contre une somme alléchante ?

— Pas même pour le double de sa valeur. Je refuse de démanteler le domaine.

Jason lui tapa sur l'épaule avec un grand sourire.

— Bravo, mon fils ! Pour tout t'avouer, j'ai pensé un moment que Bainsworth avait reçu cette offre parce que *tu* avais mis le moulin en vente. C'est pourquoi je voulais m'en expliquer immédiatement avec toi. La prochaine fois, je saurai que je peux te faire confiance – s'il y a une prochaine fois.

— Il n'y en aura pas, décréta Derek alors qu'ils se dirigeaient vers la porte.

— Nous parlions de mariage, tout à l'heure...

Derek écarquilla les yeux.

— Ah bon ?

— Je te rappelle que celui d'Amy a lieu dans quatre jours.

— Pensez-vous que Frances y assistera ?

Jason haussa les épaules.

— Qui peut savoir ce que fera ma femme ? Pas moi, en tout cas, dit-il avec une indifférence appuyée. En revanche, cette cérémonie me rappelle que mon frère Edward, pourtant plus jeune que moi, mariera son troisième enfant cette semaine, alors que moi...

— Il marie sa *troisième fille*, le coupa Derek, ayant deviné où son père voulait en venir. Aucun de ses fils n'a encore la bague au doigt, que je sache.

Jason soupira encore. Ils regagnèrent la maison en silence. Ce n'est que dans la salle à manger, où un copieux petit déjeuner les attendait, que Derek revint de lui-même sur le sujet :

— Avez-vous réellement envie de devenir grand-père ?

Jason ne s'attendait pas à cette question. Il réfléchit un moment, avant de répondre :

— Oui. J'en ai envie.

Derek hocha la tête.

— Très bien. Je vais y penser.

— Parfait. Mais tu n'es pas obligé d'imiter James en tout. Le mariage *d'abord*, les enfants *ensuite !*

Derek éclata de rire. Non pas parce que la fille de James Malory était née moins de neuf mois après son mariage. Mais parce que son père – c'était très rare – avait rougi en se rendant compte de sa bévue. Derek n'était-il pas lui-même un bâtard ?

L'hilarité de son fils vexa Jason. Il décida de le cueillir à froid.

— Qui est cette fille que tu as ramenée l'autre nuit, à Londres ?

Derek écarquilla les yeux de stupeur. La rapidité avec laquelle son père était averti de tout l'étonnerait toujours.

— Juste quelqu'un qui avait besoin d'un peu d'aide.

Jason ne parut pas convaincu.

— J'ai des avis divergents, à son sujet. Roberts prétend que c'est une cocotte et Mme Hershal, une lady. Qui dit vrai ?

— Ni l'un ni l'autre. Elle a reçu une excellente éducation, mais ce n'est pas une aristocrate.

— Elle avait simplement besoin d'aide ?

Derek n'avait aucune envie que son père apprenne la vérité.

— Oui, se contenta-t-il de répondre d'un air indifférent.

— Pourras-tu éviter de la ramener chez nous, à l'avenir ?

— Certainement. C'était une sottise de ma part, je le reconnais. Vous n'entendrez plus jamais parler d'elle.

— Je voudrais surtout que les domestiques ne m'en reparlent plus. La famille a déjà créé assez de scandales sans qu'il soit besoin d'en rajouter.

Derek hocha la tête. Excepté sa naissance illégitime, il avait toujours mis un point d'honneur à ce que son nom ne soit entaché d'aucun scandale. Il entendait bien continuer dans cette voie.

Derek ne rentra pas à Bridgewater. Il passa le restant de la journée avec son père et repartit le lendemain matin à Londres pour s'expliquer avec Bainsworth.

Puis, profitant de ce qu'il se trouvait en ville, il chercha une maison à louer pour Audrey.

Le plus simple aurait été de s'adresser à son oncle Edward : il possédait tellement de maisons à Londres que Derek aurait trouvé à coup sûr ce qu'il cherchait. Mais Edward lui aurait demandé à qui servirait cette location, or Derek ne souhaitait pas qu'il apprenne l'existence d'Audrey. Edward était trop proche de Jason. Et surtout, il avait toujours mené une vie très rangée. Avec ses deux autres oncles, cela n'aurait posé aucun problème. Ils auraient compris la situation et seraient restés discrets. Malheureusement, ni Tony ni James ne possédaient de maisons à louer. Derek fut donc obligé de chercher par lui-même.

Il en visita beaucoup. La plupart étaient trop grandes, trop chères ou en piteux état. Il trouva finalement quelque chose de convenable la veille du mariage de sa cousine Amy, trop tard pour envisager de faire un aller et retour à Bridgewater.

Cependant, il n'y avait plus aucune raison pour qu'Audrey restât à la campagne, puisqu'il avait signé un bail pour une maison meublée et libre tout de suite. Il ne manquait plus que les domestiques, qu'elle pourrait elle-même engager. Derek chargea donc son cocher de la ramener en ville.

En vérité, il était impatient de la revoir et d'approfondir ce qu'il avait commencé avec elle.

9

Ce n'était pas souvent que la famille Malory se trouvait réunie au grand complet sous le même toit. Même ses deux nouveaux membres. Jacqueline, la fille de James et de Georgina, et Judith, celle d'Anthony et de Roslynn, étaient là. On avait installé leurs berceaux à l'étage, pour que leurs mères n'aient pas à retourner chez elles pour les nourrir. Le fils de Reggie aussi était de la fête. Mais lui était déjà assez grand pour manger tout seul.

Reggie parcourait du regard cette imposante famille qui venait encore de s'agrandir après la cérémonie à laquelle ils venaient tous d'assister. À présent, Warren Anderson était bel et bien entré dans le clan Malory. Les mariés formaient un couple magnifique. Warren, aussi grand que n'importe quel Malory, avec ses cheveux châtains et ses yeux verts, et Amy, toute vêtue de blanc, avec ses cheveux noirs et ses yeux bleu cobalt.

La réception se déroulait chez oncle Edward, dans sa maison de Grosvenor Square. Jovial et toujours de bonne humeur, Edward souriait fièrement à ses invités tandis que Charlotte, sa femme, reniflait bruyamment dans son dos. Tante Charlotte avait pleuré pendant toute la cérémonie. Amy était sa fille cadette. De toute façon, tante Charlotte pleurait à tous les mariages.

Les cousins de Reggie s'étaient dispersés dans la pièce. Derek, le fils unique d'oncle Jason, parlait avec son mari, Nicholas, et ses oncles Tony et James. Derek et Nicholas s'étaient connus au collège. Ils étaient déjà amis bien avant que Reggie rencontre Nicholas et tombe éperdument amoureuse de lui.

Reggie soupira. Elle s'inquiétait toujours, quand elle voyait Tony et James avec son mari. Feraient-ils un jour vraiment la paix ? Elle en doutait. Tony prétendait depuis le début que Nick était trop débauché pour mériter d'être son époux. Avec James, c'était pire encore, puisqu'ils s'étaient battus du temps où James Malory était pirate. La confrontation avait tourné au désavantage de James – son fils, Jeremy, avait même été blessé dans la bataille – et celui-ci n'avait eu de cesse qu'il ne prît sa revanche.

Bien sûr, depuis que Nicholas était entré dans la famille, l'animosité des deux oncles à son égard s'était calmée. Ils pouvaient se rencontrer tous les trois sans nécessairement vouloir s'entre-tuer. Peut-être même finiraient-ils un jour par s'apprécier mutuellement, mais pour l'instant ils refusaient encore d'admettre cette éventualité. À les entendre, on aurait pu se persuader qu'ils étaient restés des ennemis jurés.

En fait, c'était une habitude, dans cette famille. Tout le monde savait que les quatre frères Malory n'étaient jamais aussi heureux que lorsqu'ils se chamaillaient. Mais ils retrouvaient leur unité face à tout agresseur extérieur. L'histoire de Warren Anderson et de ses frères en était la parfaite illustration.

James avait ouvert les hostilités du temps où il était encore pirate en coulant deux bateaux de leur compagnie – la Skylark – avant de courtiser effrontément leur sœur, Georgina. Alors que les Anderson envisageaient des représailles, il avait réussi à leur échapper en enlevant Georgina sous leur nez. Tenaces comme pouvaient l'être des Américains, ils l'avaient suivi jusqu'en Angleterre pour récupérer leur sœur. C'est alors qu'ils avaient découvert que Georgina aimait James et voulait l'épouser. Les deux familles avaient donc conclu la paix. Les cousins de Reggie s'étaient liés d'amitié avec les jeunes frères Anderson et, aujourd'hui, Warren entrait à son tour dans la famille Malory en épousant Amy.

C'était incroyable comme l'amour avait transformé ce garçon. Avant, Reggie n'avait jamais connu quelqu'un d'aussi aigri. On aurait dit que Warren en voulait au monde entier. À présent, il souriait à tout. Amy Malory était la seule et unique responsable de cette bienheureuse métamorphose.

— Cette fois, c'est officiel. Il fait vraiment partie de la famille, dit Anthony Malory en regardant le couple de jeunes mariés. (Il se tourna vers son frère, debout à côté de lui.) C'était déjà ton beau-frère, mais pour nous il n'était rien – jusqu'à aujourd'hui.

James Malory hocha la tête en silence.

— Crois-tu qu'il la rendra heureuse ? demanda Anthony sans quitter les mariés des yeux.

— Il a intérêt. Sinon, je m'occuperai personnellement de lui.

Anthony éclata de rire, avant de secouer brusquement son frère par l'épaule.

— Vois un peu ! Frances est finalement venue.

James suivit le regard de son frère. Il découvrit à son tour la créature diaphane qui venait d'entrer dans le salon.

— On dirait que ça t'étonne ? demanda-t-il à Tony. Ne me dis pas que Jason et Frances se sont encore séparés ?

— Tu espérais qu'ils se seraient réconciliés pendant ton voyage ? (Anthony secoua la tête.) Elle passe le plus clair de son temps dans la maison qu'elle a achetée à Bath tandis qu'il ne bouge pas de Haverston. Je crois que c'est la première fois que je les vois réunis dans une même pièce depuis plus d'un an.

— J'ai toujours pensé que Jason avait été stupide de l'épouser, dit James d'un air de dédain.

Anthony haussa les sourcils.

— Vraiment ? Personnellement, je trouvais cela plutôt noble de sa part. Il voulait donner une mère à Jason et à Regina.

— Les enfants n'avaient pas tant besoin d'une mère. Nous nous occupions très bien d'eux. De toute façon, Frances ne s'est jamais montrée maternelle à leur égard.

— C'est vrai, admit Anthony. (Après un silence, il ajouta :) Dis-moi, qu'est-ce que Derek est venu te chuchoter, tout à l'heure ?

James haussa les épaules.

— Qu'il avait besoin d'un conseil mais que ce n'était pas le bon moment pour en discuter.

— Tu crois qu'il s'est attiré des ennuis ? Après tout, ce ne serait pas étonnant. Il se conduit comme nous à son âge.

— Le pire, c'est qu'il entraîne Jeremy sur la même voie, grommela James.

Anthony s'esclaffa.

— La belle affaire ! Ton fils avait à peine seize ans, qu'il courait déjà les jupons avec les membres de ton équipage. Derek n'a plus rien à lui apprendre... Sinon à se comporter en gentleman.

— Espérons-le.

Lady Frances traversa le salon pour rejoindre son mari. Elle était si nerveuse qu'elle en tremblait, mais sa résolution était intacte. Elle avait décidé – avec le soutien de son cher Oscar – de tout avouer à Jason. Ou, du moins, de lui révéler ce qu'il n'avait peut-être pas encore deviné de lui-même.

Il était grand temps que cesse la comédie de leur mariage. Elle n'avait jamais voulu l'épouser, du reste. Tout, chez lui, l'effrayait : son physique massif comme son tempérament austère et coléreux. Elle savait pertinemment qu'ils ne pourraient jamais s'entendre. Malgré tout, son père l'avait obligée à épouser Jason pour s'allier à la famille Malory. Suprême ironie du sort, il n'avait même pas vécu assez longtemps pour en profiter !

Pour Frances, ces dix-huit années de mariage avaient été un vrai calvaire. Elle appréhendait chaque minute qu'elle devait passer avec son mari. Non pas qu'il l'eût jamais frappée, bien qu'elle l'en sût capable : il était violent, et cela suffisait à la ronger d'angoisse. Jason Malory passait son temps à fulminer contre tout ce qui lui déplaisait, que ce fût la conduite de ses frères, la politique du royaume ou le mauvais temps.

Heureusement, Frances n'avait jamais été à court d'excuses pour l'éviter. À commencer par sa santé, dont elle avait réussi à persuader Jason et le reste de la famille qu'elle était précaire. Sa maigreur naturelle et son teint de lait – qui pouvait passer pour une extrême pâleur – l'avaient bien aidée. En réalité, Frances se portait comme un charme.

Cependant, elle était fatiguée de jouer la comédie. Fatiguée aussi d'être mariée à un homme qu'elle ne supportait pas alors qu'elle avait rencontré l'élu de son cœur.

Oscar Adams était tout le contraire de Jason Malory. Il n'était pas très grand – plutôt petit, même, pour être honnête – et encore moins musclé. Les prouesses physiques n'étaient pas son fort. En revanche, il excellait dans les disciplines intellectuelles.

Oscar et Frances partageaient bien d'autres points communs. Ils avaient découvert leur amour réciproque depuis bientôt trois ans, mais il avait fallu tout ce temps à Frances pour trouver le courage d'affronter Jason. Quelle meilleure occasion aurait-elle pu imaginer qu'un mariage d'amour débutant pour mettre fin à un autre mariage, raté celui-là ?

— Jason ?

Il parlait avec Derek et ne l'avait pas vue arriver. Père et fils se tournèrent vers elle en souriant. Mais si le sourire de Derek lui parut sincère, Frances jugea celui de Jason forcé. Il n'avait pas plus envie de la voir qu'elle n'appréciait sa compagnie.

— Pourrais-je m'entretenir avec vous, Jason ? En privé.

— Certainement. Le bureau d'Edward vous convient-il ?

Frances hocha la tête et le suivit hors du salon, plus nerveuse que jamais. Elle regrettait d'avoir insisté pour le voir en tête à tête. Ils auraient très bien pu s'installer dans un coin du salon et converser à voix basse. Personne n'aurait entendu ce qu'ils avaient à se dire, mais si Jason perdait son sang-froid, il n'aurait pas manqué de témoins pour intervenir.

Mais les dés étaient lancés : il refermait déjà la porte du bureau. Elle s'agrippa au dossier d'un fauteuil comme s'il pouvait lui servir de rempart et s'éclaircit la gorge. Jason la regardait d'un œil interrogateur.

Frances prit une profonde inspiration avant de lâcher brusquement :

— Je voudrais que nous divorcions.

— *Quoi ?*

Elle se raidit.

— Vous avez parfaitement entendu, Jason. Ne m'obligez pas à répéter et ne jouez pas la surprise. Vous vous y attendiez, non ?

— Vous vous méprenez, madame. Je ne suis pas simplement *surpris*. Je suis littéralement abasourdi que vous puissiez suggérer une chose pareille.

Au moins, il ne criait pas – pas encore. C'était déjà ça.

— Il ne s'agissait pas d'une suggestion, rectifia-t-elle. Mais d'une demande.

Il la dévisagea un long moment, incrédule, avant de froncer les sourcils. Comme d'habitude en pareil cas, Frances se sentit mal à l'aise.

— Vous savez autant que moi qu'un divorce est hors de question. Dans nos milieux, le divorce n'existe pas...

— Bien sûr que si ! Évidemment, cela cause toujours un scandale, mais le scandale n'est pas nouveau, dans votre famille. Vous-même n'avez pas hésité à faire d'un fils naturel votre héritier.

Il commençait à s'empourprer. Il détestait qu'on critique les siens. Or, dire que les Malory étaient coutumiers des scandales passait forcément pour une critique – même si cela n'était que l'exacte vérité.

— Il n'y aura pas de divorce, Frances. Vous pouvez vous installer à Bath si vous le souhaitez, mais vous resterez ma femme.

C'en fut trop pour Frances.

— Vous êtes le plus immonde goujat que j'aie eu la malchance de connaître, Jason Malory ! Je voudrais enfin profiter de ma vie, mais vous vous en moquez complètement. Quoi d'étonnant ? Votre maîtresse vit déjà sous votre toit, vous n'avez pas intérêt à ce que les choses changent. Vous ne pourriez pas l'épouser sans provoquer un scandale encore plus grand que notre divorce. Mais ne croyez pas que je ne sois pas au courant. Je sais parfaitement ce que représente Molly pour vous.

— Vous n'avez jamais voulu coucher avec moi. Je n'allais quand même pas mener une existence de moine !

Frances refusait qu'il lui fasse porter l'échec de leur mariage.

— Ce n'est pas une excuse valable, Jason. Molly était déjà votre maîtresse avant notre mariage. Sincèrement, cela ne m'a jamais gênée. Loin de là.

— Quelle générosité, ma chère !

— Gardez vos sarcasmes, je vous en prie. Je ne vous aime pas et je ne vous ai jamais aimé. Vous le savez pertinemment.

— Aucune clause de notre arrangement ne vous obligeait à m'aimer.

— En effet. Car notre mariage se résumait pour vous à cela : un arrangement. Eh bien, dorénavant, je veux en être libérée. J'ai rencontré un homme que j'aime et que je souhaite épouser. Ne me demandez pas son nom, je ne vous le donnerai pas. Sachez simplement qu'il ne vous ressemble en rien.

Elle avait encore réussi à le surprendre. Elle aurait préféré laisser Oscar en dehors de la discussion, mais parler de lui était le meilleur moyen de prouver à Jason qu'elle était sérieuse. Cela ne suffirait peut-être pas à le décider d'accepter le divorce – il n'y avait pas d'homme plus entêté que Jason ! Cependant, elle gardait un autre argument en réserve. Celui-là, elle espérait ne pas avoir à l'utiliser. Le chantage lui répugnait. Mais elle était prête à tout pour arriver à ses fins.

— Je viens de vous fournir une excellente raison de demander le divorce, Jason, lui fit-elle remarquer.

— Vous ne m'avez pas bien compris…

— Non ! C'est *vous* qui ne m'avez pas comprise. Je ne voulais pas en arriver là, mais votre obstination m'y oblige. Accordez-moi le divorce, ou sinon Derek saura que sa mère n'est pas morte. Il apprendra non seulement qu'elle est toujours vivante, mais qu'en plus elle habite Haverston et couche toutes les nuits avec vous. Si vous ne vous montrez pas raisonnable, votre précieux secret sera étalé sur la place publique, Jason. Alors, maintenant, dites-moi : quel scandale préférez-vous ?

10

La maison était ravissante, mais Audrey n'aurait pas juré qu'il s'agissait de sa nouvelle demeure : elle avait été trop échaudée, ces derniers temps, pour se risquer à la moindre hypothèse. De toute façon, même à supposer que cette maison fût désormais la sienne, le luxe de sa décoration ne suffirait pas à apaiser sa colère. Rien ne pourrait la calmer, après les cinq horribles journées qu'elle venait de passer.

Le cocher de Derek était arrivé au moment où elle s'apprêtait à partir chez la couturière. Elle avait aussitôt pensé qu'il lui apportait une lettre de Derek. Elle s'était trompée une fois de plus : l'homme lui avait annoncé qu'il était venu la chercher pour la ramener à Londres. Il n'avait pas d'autre explication à lui donner, ni le moindre message à lui remettre de la part de Derek pour s'excuser des désagréments de son séjour à Bridgewater.

Elle avait bouclé sa valise à la hâte, puis demandé au cocher de la conduire chez Mme Lafleur pour y rapporter les robes qu'elle avait terminées la veille au soir. La couturière, qui avait apprécié son premier travail, lui avait confié une autre commande.

En tout, Audrey avait cousu huit robes. Comme elle disposait d'un peu d'argent devant elle, elle en avait profité pour s'acheter quelques provisions de bouche pendant le voyage. Il lui resterait encore assez pour faire face à l'imprévu, au cas où Derek lui réserverait une autre mauvaise surprise.

Il lui devait une explication. Audrey espérait garder suffisamment longtemps son sang-froid pour lui permettre de se justifier. Mais les choses commençaient mal : il n'était même pas là – ni personne d'autre – pour l'accueillir.

Le cocher avait pris la peine d'allumer le feu avant de repartir. Puisqu'elle était toute seule, Audrey décida d'explorer les lieux.

Ce n'était pas une maison immense, cependant chacune des sept pièces était de dimensions respectables et le voisinage ne manquait pas de charme, avec le petit square au centre de la place. Il y avait une cuisine, une chambre à lits jumeaux pour deux domestiques, une salle à manger où on pouvait dîner à six, un salon, un petit bureau et deux chambres à l'étage.

Le tout était meublé. Il y avait même des livres dans les rayonnages du bureau et des napperons sur les meubles. Audrey en déduisit qu'elle se trouvait chez quelqu'un. Elle savait que certains lords n'hésitaient pas à mettre en location leur résidence londonienne pendant leurs séjours à la campagne ou à l'étranger.

La plus grande des deux chambres avait une salle de bains attenante. Tout naturellement, c'est celle-là qu'Audrey décida d'occuper – si toutefois elle devait bien rester ici. Dès qu'elle eut terminé son exploration, elle prit un agréable bain parfumé, puis redescendit dans la cuisine. Les placards étaient vides, aussi dîna-t-elle des provisions qu'elle avait eu la bonne idée d'acheter avant son départ.

Une fois restaurée, elle se sentit brusquement lasse et même un peu fiévreuse. Ses trajets quotidiens à Bridgewater dans le froid – et même un jour sous la pluie – avaient mis à mal sa santé.

N'ayant pas le courage de remonter à l'étage, elle s'allongea sur le sofa du salon. Le bruit de la porte d'entrée la réveilla en sursaut. Elle eut juste le temps de s'asseoir avant que Derek entre dans la pièce.

Elle avait presque oublié combien il était beau. Surtout dans ce superbe habit de soirée. Il devait sortir d'une réception.

— Bonsoir, Audrey, dit-il avec un tendre sourire. Il est un peu tôt pour se coucher. Le voyage a donc été si fatigant ?

Audrey hocha vaguement la tête. Elle avait encore l'esprit embrumé par le sommeil. Il avait dû s'apercevoir à ses yeux qu'elle avait dormi.

— J'aurais voulu venir plus tôt, ajouta-t-il. Mais j'arrive d'un mariage où toute ma famille était réunie et... Mais qu'avez-vous fait à votre nez ?

Elle écarquilla les yeux et porta instinctivement la main audit appendice. Il était enflé. Elle n'eut pas besoin de se précipiter vers une glace pour deviner qu'il était également rouge.

— J'ai attrapé un rhume, figurez-vous, répondit-elle, retrouvant soudain ses esprits. À force de marcher tous les jours jusqu'à Bridgewater ! En plein hiver ! Vous vous demandez peut-être pourquoi je m'amusais à ce petit jeu ? Eh bien, j'avais faim, tout simplement. Comme il n'y avait rien à manger dans le cottage, j'ai bien été obligée de me servir de mes jambes pour trouver de quoi subsister. Comme je n'avais pas non plus d'argent, j'ai dû travailler pour payer ma nourriture.

Derek fronça les sourcils. En général, quand une fille dans son genre parlait de « travail », il fallait comprendre qu'elle monnayait ses faveurs.

— Quelle sorte de travail avez-vous déniché à Bridgewater ? demanda-t-il sèchement.

Audrey vit rouge. Ainsi, c'était tout ce qu'il désirait savoir après ce qu'elle venait de lui raconter !

— Ce n'est pas ce que vous pensez ! Quand bien même le serait-ce, qu'auriez-vous à y redire ? Auriez-vous préféré que je meure de faim ?

Derek sentit la colère le gagner à son tour. De quoi osait-elle l'accuser ?

— Je ne comprends rien à ce que vous racontez, dit-il. Comment auriez-vous pu mourir de faim alors que j'avais prévu pour vous assez de nourriture pour tenir un siège ?

Audrey le regarda, incrédule. Soit il s'abusait lui-même, soit il mentait. Elle penchait plutôt pour la seconde hypothèse. Après tout, elle le connaissait si peu ! Il s'était montré aimable et prévenant avec elle. Mais si c'était une ruse ? S'il aimait être sadique avec les gens ? Leur infliger des privations, leur faire peur… ? Dans ce cas, elle était dans de beaux draps ! Le contrat de Lonny la liait à lui jusqu'à ce qu'il la répudie. Elle bondit sur ses pieds et lui lança à la tête le premier chandelier venu.

— Il n'y avait pas de provisions ! cria-t-elle. Si vous croyez vous en tirer aussi…

Elle n'eut pas l'occasion de terminer sa phrase. Derek avait évité de justesse le projectile. Avant qu'elle ne lui en lance un second, il s'était rué pour la plaquer sur le sofa.

— Lâchez-moi !

— Pour que vous recommenciez à vouloir m'assommer ? Certainement pas ! Pas de violence dans notre relation, ma chère. Il me semblait vous l'avoir déjà dit.

— M'écraser comme vous le faites, ce n'est pas de la violence ?

— Non. Simple question de prudence. En fait… c'est plutôt agréable.

Audrey fronça les sourcils.

— Je ne vous conseille pas de m'embrasser.

— Non ?

— Non.

Il soupira.

— Tant pis. (Il sourit, avant d'ajouter :) Je n'ai jamais su écouter les conseils.

Dans la position où elle se trouvait, Audrey ne pouvait pas l'empêcher de l'embrasser. Mais à peine eut-il effleuré ses lèvres qu'il s'écarta aussitôt, comme s'il s'était brûlé.

— Grands dieux, vous avez de la fièvre ! Avez-vous vu un médecin ?

— Avec quoi l'aurais-je payé ? J'ai gagné juste assez d'argent pour m'acheter à manger.

Il la relâcha brusquement.

— Expliquez-vous, à la fin ! Le cottage a-t-il été cambriolé ? Incendié ? Comment se fait-il que vous ayez dû travailler, avec tout ce que je vous avais envoyé ?

— C'est vous qui le prétendez. Moi, je n'ai rien vu arriver.

Il se raidit.

— Ne m'accusez pas de mensonge, Audrey ! J'ignore ce qu'il est advenu des provisions que je vous avais destinées, mais je vous promets que je le découvrirai.

Il semblait sincère. Audrey jugea plus prudent de lui accorder le bénéfice du doute, tant qu'elle n'aurait pas la preuve qu'il mentait.

— Si vous le dites... répondit-elle en lissant les plis de sa robe. En tout cas, je vous répète que j'ai été obligée de me rendre chaque jour en ville pour travailler et m'acheter à manger.

Derek prit soudain conscience de la solitude qui avait dû être la sienne pendant ces cinq jours.

— Je suis désolé, Audrey, vraiment désolé. Croyez-moi, si j'avais su que vous étiez si mal installée, je serais revenu sur-le-champ.

Il avait l'air si navré qu'elle eut presque envie de le rassurer. Tout bien réfléchi, son sort n'avait pas été si terrible. Elle avait juste un peu souffert du froid. Ce qui lui avait quand même valu ce rhume.

— Je me sens un peu fatiguée, dit-elle en renversant la tête sur le dossier.

— Vous avez surtout besoin d'un médecin, décréta-t-il en la portant dans ses bras pour la monter dans sa chambre.

— Je peux marcher, protesta-t-elle.

Il ne répondit même pas. Audrey fut soudain prise de vertige. Les murs défilaient devant elle à toute vitesse, comme s'il courait dans l'escalier.

En vérité, elle était en train de perdre connaissance.

11

— Molly ?

Molly ouvrit les yeux et sourit en découvrant Jason assis au bord de son lit. Elle ne s'attendait pas si tôt à son retour, car il avait parlé de coucher à Londres si le mariage d'Amy devait se prolonger trop longtemps. En revanche, le trouver dans sa chambre au beau milieu de la nuit n'avait rien de surprenant.

— Bonsoir, mon amour.

C'était bien cela. Jason Malory était depuis des années son seul et unique amour. Molly avait longtemps hésité à croire qu'un homme aussi important que le marquis de Haverston pût tomber amoureux d'elle, mais elle avait fini par se persuader de la réciprocité de ses sentiments.

Au départ, il s'était contenté de la courtiser, comme n'importe quel jeune lord célibataire l'aurait fait avec n'importe quelle jolie servante vivant sous son toit. Il n'avait que vingt-deux ans, Molly à peine dix-huit. Elle avait été immédiatement conquise par sa beauté et par son charme.

Ils s'étaient toujours montrés discrets – pour ne pas dire secrets – car Jason tenait à donner l'exemple à ses frères cadets qui habitaient encore avec lui. Une fois, Anthony avait failli les surprendre. Heureusement, ils avaient pu se cacher à temps.

Quand il s'était marié avec Frances, Jason avait voulu mettre un terme à leur relation. Il n'avait tenu que quelques mois. Du jour où il était venu retrouver Molly, leur passion avait repris, intacte. Dès lors, il avait juré qu'il ne la quitterait plus jamais.

Il avait tenu parole. Molly était comme une épouse, pour lui. À cette différence près qu'ils ne pourraient jamais se marier. Il s'ouvrait à elle de ses projets comme de ses soucis et la chérissait tendrement dès qu'ils étaient seuls. Un vieux château comme Haverston, qui avait traversé des époques de troubles religieux ou politiques, ne manquait ni d'escaliers dérobés ni de passages secrets. Grâce à ces accommodements, ils dormaient chaque nuit dans le même lit depuis des années sans que personne, pas même les domestiques, s'en fût aperçu.

— Que se passe-t-il ? demanda soudain Molly en remarquant l'air soucieux de Jason.

— Frances réclame le divorce.

Molly comprit immédiatement l'absurdité d'une telle requête. Le divorce était admis dans la bourgeoisie, mais certainement pas dans l'aristocratie. Il était stupéfiant que lady Frances, fille d'un duc et femme d'un marquis, ait pu y songer un seul instant.

— Serait-elle devenue folle ?

— Non. Elle est tombée amoureuse d'un crétin rencontré à Bath et elle s'est mis en tête de l'épouser.

Molly écarquilla les yeux de stupeur.

— Frances a un amant ?

Jason hocha la tête, d'un air furieux.

Molly n'en revenait pas. Frances Malory avait toujours été si timide ! Elle pensait la connaître mieux que son propre mari, car les deux femmes passaient toujours beaucoup de temps ensemble les rares fois où Frances séjournait à Haverston. Elle savait que Frances était intimidée par Jason. Il suffisait qu'il élève la voix pour qu'elle soit au bord des larmes, même si son éclat ne la visait pas personnellement.

Molly s'était toujours sentie dans une position délicate en écoutant les confidences de Frances alors qu'elle était la maîtresse de Jason. D'un côté, elle était ravie que Frances n'aime pas Jason, sinon elle en aurait éprouvé une terrible culpabilité. De l'autre, elle avait du mal à supporter que Frances dénigre Jason à tout propos, car elle-même ne lui trouvait aucun défaut.

— C'est tout à fait stupéfiant, dit-elle, songeuse. Tu n'es pas de mon avis ?

— Qu'elle veuille divorcer ?

— Ça aussi, bien sûr. Mais surtout qu'elle ait un amant. Cela ne lui ressemble guère. J'aurais juré qu'elle avait peur des hommes. Souviens-toi, nous en avions déjà discuté. Apparemment, elle a réussi à surmonter sa peur.

— C'est aussi mon impression ! Et tout ça dans mon dos, depuis je ne sais combien de temps !

— Jason Malory, tu ne vas quand même pas te mettre dans tous tes états sous prétexte que ta femme a un amant, alors que tu n'as jamais couché avec elle et que tu...

— Question de principe ! la coupa-t-il.

— Vraiment ?

Il soupira.

— Tu as raison. Je devrais me réjouir que Frances ait rencontré quelqu'un. Mais, bon Dieu, elle n'a pas besoin de l'épouser !

Molly sourit.

— Je me doute que tu refuseras toujours le divorce à cause du scandale. Alors, où est le problème ?

— Elle sait tout, Molly.

Il n'avait pas besoin d'en dire plus. Molly avait compris. Frances avait percé leur secret à jour.

— C'est impossible ! Elle ne peut pas *savoir*. Elle doit juste supposer.

— Cela ne change rien à l'affaire. Elle m'a menacé de tout raconter à Derek et au reste de la famille. Si mon fils m'interroge là-dessus, tu sais bien que je n'aurai pas le cœur de lui mentir. Je me demande comment elle a pu l'apprendre. À part Amy, qui nous avait surpris un jour à nous embrasser dans mon bureau, personne ne sait rien.

— Tu m'avais dit qu'Amy t'avait juré le silence.

— Oui. Et je suis sûr qu'elle a tenu parole.

Molly commençait à s'inquiéter sérieusement. Dès le début, c'était elle qui avait insisté pour que leur liaison restât secrète. Par amour pour elle, Jason avait accepté. Du jour où il avait reconnu Derek et fait de lui son héritier, elle avait craint que le futur marquis de Haverston ne se trouve un jour embarrassé en apprenant que sa mère n'était qu'une simple domestique. Le mensonge avait donc continué. Derek croyait avoir été mis au monde par une aristocrate morte peu de temps après sa naissance.

En ne disant rien à Derek, Molly s'était privée du plaisir d'élever son fils. Même si elle avait toujours été proche de lui.

À présent que Derek était un homme, elle ne souhaitait pas davantage qu'il puisse avoir honte de sa mère.

— Tu as donc accepté de divorcer, dit-elle.

Ce n'était pas une question. Jason ne pouvait pas ne pas avoir cédé au chantage de Frances.

— Non, répondit-il.

— Jason !

— Molly, écoute-moi, s'il te plaît ! Derek est un grand garçon, maintenant. Je suis persuadé qu'il réagirait très bien. Il n'est plus impressionnable comme un enfant. Ne crois-tu pas qu'il serait heureux d'apprendre que sa mère vit toujours ?

— Non. Il est trop tard pour avouer la vérité. Je ne le connais peut-être pas autant que toi, Jason, mais je suis convaincue qu'il nous en voudrait de lui avoir menti.

— Pas du tout.

— Réfléchis, Jason. Il ne s'est jamais senti orphelin, car tout le monde s'est toujours occupé de lui. Mais s'il apprenait la vérité, il aurait le sentiment d'avoir été trahi. Sans parler de sa honte d'app...

— Ça suffit, Molly ! Les temps ont changé. L'aristocratie n'est plus seule à gouverner le monde. Tu n'as pas à avoir honte de ce que tu es.

— Dieu merci, je n'ai pas honte de moi, Jason. Seulement, les gens de ta caste sont loin de tous penser comme toi. J'ai bien peur que leur mentalité n'évolue pas de sitôt. Ils tiennent trop à la pureté de leur sang pour accepter des mésalliances. Du reste, toi-même tu as été le premier à montrer l'exemple. Tu as épousé la fille d'un duc pour donner une mère à ton fils, alors que sa vraie génitrice dormait déjà dans ton lit.

Molly regretta aussitôt ses paroles. Elle avait toujours su que Jason ne pourrait pas l'épouser. Pas une seule fois elle ne s'en était plainte. C'était déjà si beau qu'il lui ait accordé une place dans sa vie ! Bien qu'elle ait eu beaucoup de chagrin lorsqu'il s'était marié avec Frances, elle avait mis un point d'honneur à ce qu'il ne se doute de rien. À présent, sa remarque stupide menaçait de ruiner tous ses efforts. Elle s'empressa de dévier la conversation.

— Apparemment, Frances est décidée à provoquer un scandale, quel qu'il soit. Alors, autant choisir le moindre, Jason. Tout le monde sait que votre mariage est un fiasco. Un divorce ne surprendra personne. J'imagine même que certains de tes amis te demanderont pourquoi tu ne t'y es pas résolu plus tôt. Dis à Frances que tu as changé d'avis.

— Je ne lui avais pas donné de réponse définitive, ronchonna-t-il. Pareille décision mérite réflexion.

Molly soupira de soulagement. Elle connaissait assez Jason pour savoir, à son ton, qu'elle l'avait convaincu. Leur secret ne serait pas dévoilé.

12

Elle semblait si fragile, ainsi endormie, les joues pâles et le front encore un peu fiévreux. Derek savait pourtant qu'il ne fallait pas se fier aux apparences. Audrey Langton possédait un solide tempérament. L'autre soir, elle était déjà malade. Cela ne l'avait pas empêchée de lui lancer un chandelier à la tête.

Il ne pouvait pas lui reprocher ce geste, après ce qu'elle avait enduré. Il avait renvoyé son cocher à Bridgewater pour éclaircir le mystère : la servante à qui il avait confié le soin de pourvoir le cottage avait été renvoyée par la gouvernante. Au lieu d'en avertir Derek, la soubrette avait enregistré son ordre comme si de rien n'était, avant d'empaqueter ses affaires et de quitter le domaine. La nourriture n'avait jamais été livrée. Audrey n'avait donc pas menti.

Derek n'avait pas encore pu lui expliquer toute l'histoire, car, depuis son évanouissement elle n'avait retrouvé sa lucidité que par intermittence. Le médecin, appelé en urgence à son chevet, avait prédit que la fièvre monterait jusqu'à un pic avant de refluer lentement. Il ne s'était pas trompé. Ce soir, Audrey dormait paisiblement. Sa température était redevenue presque normale.

Pendant deux jours et deux nuits, Derek ne l'avait pas quittée. La maison n'ayant toujours pas de domestiques, il s'était même chargé de lui préparer à manger. Le lendemain, une cuisinière recrutée par son cocher viendrait le relayer. À son grand soulagement, car Derek ne se sentait aucun talent de cordon-bleu. Le reste de la domesticité serait embauché par Audrey dès qu'elle serait remise sur pied.

Quant à la nuit qu'il avait rêvé de passer avec elle dès son retour à Londres, cela aussi pouvait attendre. Ils avaient tout le temps devant eux, maintenant qu'elle était installée en ville.

Audrey fut réveillée par les premiers rayons du soleil. C'était le troisième jour qu'en ouvrant les yeux elle trouvait Derek à côté d'elle. Cette fois, il ne s'était pas contenté de lui apporter un plateau avec du thé, des toasts et des médicaments. Il s'était couché sur son lit.

Elle ne savait pas très bien si elle devait s'étonner de la situation. Avait-il dormi là parce qu'il était trop fatigué pour regagner sa chambre ? Elle avait beaucoup de mal à se rappeler ce qui s'était passé durant ces trois jours.

Ce matin, en tout cas, elle se sentait nettement mieux. Un peu faible, encore, mais la fièvre était tombée. Son front ne la brûlait plus. Elle frissonna même de froid en constatant que le feu, dans la cheminée, s'était éteint.

Le grand corps, à côté d'elle, était une source de chaleur bien tentante. Cependant, elle n'osa pas se serrer contre lui, bien qu'il dormît encore. L'idée qu'elle deviendrait sa maîtresse la mettait d'autant plus mal à l'aise qu'il se trouvait tout à côté d'elle. En fait, il la troublait plus que jamais. Elle profita de ce qu'il avait les yeux fermés pour l'observer attentivement.

Il était allongé sur le dos, à même les couvertures, un bras replié sous sa tête et l'autre le long de son flanc.

Ses manches de chemise relevées jusqu'aux coudes révélaient le duvet blond qui couvrait ses avant-bras. Sa chemise entrouverte laissait apparaître le même duvet sur son torse musclé. Ses jambes étaient si longues qu'elles atteignaient le pied du lit. Il avait les sourcils légèrement froncés, comme s'il rêvait à quelque chose de déplaisant.

Audrey ne voulait pas qu'il se réveille à côté d'elle. Cette intimité pourrait lui donner des idées. Encore qu'après trois jours de fièvre et de transpiration elle ne devait pas montrer une figure très séduisante.

Un bain lui ferait le plus grand bien. Ne serait-ce que pour dégourdir ses membres raidis par une immobilisation prolongée. Elle avait largement le temps d'en prendre un avant que Derek ne se réveille. Ainsi, elle serait décente pour lui souhaiter le bonjour et le remercier des attentions qu'il lui avait prodiguées.

Elle était étonnée, à la réflexion, qu'il soit demeuré pour la soigner alors que rien ne l'y obligeait : il aurait très bien pu engager une infirmière. Les remords, sans doute, à cause de ce qui s'était passé à Bridgewater. Quoi qu'il en soit, elle lui savait gré de son attitude. Cela prouvait qu'il n'était pas si insensible qu'elle l'avait craint.

Elle se glissa silencieusement hors du lit et ramassa ses vêtements avant de s'enfermer dans la salle de bains. Elle était si convaincue que Derek dormait à poings fermés qu'elle ne s'aperçut même pas qu'il avait entrouvert les yeux pour la regarder quitter la chambre.

Le bain fit merveille. En sortant de l'eau, Audrey se sentait toute ragaillardie. Sa maladie n'était déjà plus qu'un mauvais souvenir. Elle prit le temps de se sécher les cheveux avant de s'habiller et de revenir dans la chambre.

Derek avait disparu. Une flambée crépitait dans la cheminée. Audrey sourit en voyant qu'il avait même pris la peine de refaire le lit.

Elle se coiffa, puis descendit au rez-de-chaussée voir si Derek avait quitté la maison. Elle le trouva dans la cuisine, occupé à préparer le thé. À côté de lui, des biscuits reposaient sur une grille à pâtisserie. Il l'avait entendue entrer et se retourna. Elle lui sourit.

— J'ai du mal à croire que vous avez eu le temps de confectionner ces gâteaux.

Il sourit à son tour.

— Non, je ne m'y risquerai plus. Je les ai achetés à un livreur qui passait dans la rue. Ils sont encore tièdes. Ce sera parfait, avec le thé.

Son « je ne m'y risquerai plus » devint limpide pour Audrey quand elle prit note de l'état pitoyable de la cuisine.

Il avait suivi son regard.

— Une cuisinière arrive aujourd'hui, la rassura-t-il.

— Elle va s'enfuir à toutes jambes en découvrant son domaine, prédit Audrey.

Il fronça les sourcils.

— Vous croyez ? J'essaierai de la convaincre de rester. Si elle ne vous satisfait pas, de grâce, attendez d'en avoir une nouvelle avant de la congédier ! À moins que vous n'ayez vous-même envie de vous mettre aux fourneaux.

— Alors, je vais rester ici ?

— La maison ne vous plaît pas ?

Il paraissait si déçu qu'elle s'empressa de le rassurer.

— Bien sûr que si. Je me posais la question, c'est tout.

— C'est vrai. Je ne vous en avais pas encore parlé. J'ai signé un premier bail de six mois, renouvelable à volonté. Si vous souhaitez changer quoi que ce soit dans la décoration, n'hésitez pas. Cette maison est la vôtre, Audrey. Je veux que vous vous y sentiez bien.

Audrey ne put s'empêcher de rougir. Il avait donc décidé d'installer leur relation dans la durée.

— C'est très aimable à vous. Je suis certaine que j'y serai comme un coq en pâte.

— À la bonne heure ! Maintenant, si nous prenions le petit déjeuner dans un endroit moins dévasté ?

Elle sourit et le suivit dans la salle à manger, que baignaient les premiers rayons du soleil.

— Combien de domestiques dois-je recruter ? demanda-t-elle pendant qu'il lui versait son thé.

— Autant qu'il vous sera nécessaire.

— Paierez-vous leurs gages, ou préférez-vous que je m'en occupe ?

— Hmm. Je n'avais pas encore réfléchi à la question. Le plus simple serait que je vous donne une allocation pour le train de maison et pour votre garde-robe. À ce propos, dès que vous serez en état de sortir, nous irons vous choisir quelques nouvelles toilettes. Votre valise est si petite que je doute qu'elle en contienne beaucoup.

— Comme vous voudrez, répondit Audrey, espérant qu'il ne l'obligerait pas à porter des tenues aussi vulgaires que la robe écarlate de chez Lonny.

— Comment vous sentez-vous, ce matin ? La fièvre est tombée ?

— Oui. Je crois que je suis tout à fait rétablie.

— Très bien. Dans ce cas, je vais pouvoir vous laisser seule, aujourd'hui. (Il sourit avec sensualité, avant d'ajouter :) Mais je reviendrai passer la soirée en votre compagnie.

Audrey hocha la tête et rougit une fois de plus. Il n'y avait pas besoin d'être sorcier pour deviner ses projets.

La cuisinière arriva peu après le départ de Derek. Quelques phrases échangées avec elle suffirent à convaincre Audrey que toutes deux s'entendraient à merveille. Alicia Whipple ne se donnait pas de grands airs et savait se tenir à sa place. Quand Audrey, passablement embarrassée, lui eut expliqué qu'un gentleman viendrait tous les soirs, Alicia répondit qu'elle pouvait bien recevoir qui elle voulait, cela ne la regardait pas.

Pour beaucoup de domestiques, le statut social de leur maître était un motif de fierté. Audrey comprenait que servir la maîtresse d'un lord n'avait rien de très glorieux. Elle s'attendait que certains des candidats qu'elle recevrait refusent d'entrer à son service. Heureusement, elle savait pouvoir compter sur ceux qui auraient besoin coûte que coûte d'un emploi.

Un attelage s'arrêta devant la maison peu avant midi. Le cocher sonna à la porte et annonça qu'il était désormais aux ordres d'Audrey. Il expliqua où il remiserait la voiture et logerait les chevaux – la demeure ne disposant pas d'écuries – et comment on pourrait le joindre à tout moment.

Audrey étrenna la calèche l'après-midi même. Après y avoir mûrement réfléchi, elle avait décidé de donner un tour romantique à la soirée, pour en atténuer le côté sordide. À cet effet, elle avait commandé à Alicia un souper fin, avec du vin, et lui avait donné de quoi faire son marché en conséquence.

En la quittant, Derek lui avait remis une liasse de billets. « Cela devrait vous suffire pour un moment », avait-il dit. En effet ! Audrey avait compté plus de cent livres. Avec une telle somme, elle tiendrait des semaines.

Pendant qu'Alicia s'occupait des provisions, Audrey partit faire ses propres emplettes. Comme elle connaissait très peu Londres, elle dut expliquer au cocher ce qu'elle cherchait. Il la conduisit dans une boutique qui vendait des dessous de bon ton, mais beaucoup plus osés que ce qu'elle avait jamais porté.

La vendeuse eut raison de ses dernières réticences en lui assurant que toutes les jeunes mariées se vêtaient ainsi pour leur nuit de noces. Que ce fût vrai ou non, Audrey opta finalement pour un déshabillé de soie. Elle ressortit de la boutique satisfaite de son achat. Il ne lui resterait plus qu'à trouver le courage de l'enfiler le moment venu...

Derek ne lui avait pas dit à quelle heure il reviendrait et elle n'avait pas songé à le lui demander. Alicia ne s'en formalisa guère. Les aristocrates prenaient leurs repas aux heures les plus diverses, en fonction de leur agenda mondain. Elle garderait le dîner au chaud.

Derek arriva juste après le coucher du soleil. Il s'était retenu de venir encore plus tôt. Heureusement, il n'en souffla mot à Audrey. Elle était déjà assez nerveuse comme cela. Savoir qu'il l'aurait volontiers conduite tout droit au lit, sans même prendre le temps de dîner, lui aurait fait perdre tous ses moyens.

Il se conduisait au contraire en parfait gentleman, ne révélant ni par ses paroles ni par ses regards ce qu'il avait en tête. Délicate attention, il était même arrivé avec un bouquet de fleurs. Audrey les arrangea elle-même dans un vase, pour se donner une contenance pendant les premières minutes de leur tête-à-tête.

Hormis le déshabillé, elle n'avait rien acheté d'autre. Elle portait une de ses anciennes robes, en taffetas rose, élégante mais très sage. Son décolleté n'avait rien de provocant. Malgré cela, Derek ne la quittait pas du regard.

Ils prirent l'apéritif dans le salon et, dès que le dîner fut servi, ils passèrent dans la salle à manger.

Pendant tout le repas, Derek bavarda de choses anodines. Il décrivit un étalon dont son ami Percy avait fait récemment l'acquisition et dont il attendait des merveilles sur les champs de courses. Il évoqua ses souvenirs de collège, sa rencontre avec son meilleur ami, Nicholas Eden. Il parla aussi de quelques-uns des membres de sa famille. Sa cousine, Regina, qui avait épousé Nicholas. Et son oncle Anthony, qu'il avait vu dans la journée.

Audrey lui savait gré de raconter ces anecdotes personnelles, car elle ne pouvait quasiment rien dire sur elle-même sans être obligée de mentir – ou de lui laisser entrevoir la vérité. Ils se connaissaient depuis trop peu de temps pour discuter de souvenirs communs.

Ce n'est qu'au moment du dessert qu'il dissipa enfin le mystère de Bridgewater.

— La servante à qui j'avais demandé d'approvisionner le cottage a été renvoyée, annonça-t-il.

— Parce qu'elle ne l'a pas fait ?

— Non. Elle était déjà renvoyée avant. Je l'ignorais et elle ne me l'a pas dit. Elle s'était disputée avec la gouvernante. Aussitôt après m'avoir vu, elle a bouclé ses bagages et elle est partie.

— Alors, je vous dois des excuses.

— Non, vous ne m'en devez aucune, assura-t-il.

— Si. Ne serait-ce que parce que j'avais jeté votre lettre au feu en souhaitant vous voir brûler à sa place.

Il la regarda avec incrédulité avant d'éclater de rire.

Audrey s'empourpra. Elle ignorait pourquoi elle s'était laissée aller à cette confession, mais elle ne comprenait pas son hilarité.

— Quel tempérament explosif ! s'exclama-t-il. Pourtant, à vous voir, on ne s'en douterait pas.

— Je suppose que c'est dans ma nature, mais il faut une provocation pour s'en apercevoir. Je dois tenir cela de ma famille. Au moins, du côté de ma mère.

En réalité, c'était un euphémisme ! N'importe qui aurait trouvé que sa mère avait le sang trop chaud, étant donné qu'elle avait tué son mari lors d'une violente dispute. Involontairement il est vrai, mais le résultat avait été le même.

— Vous ne m'en voulez pas ?

— Pas vraiment. Ma famille aussi possède un solide tempérament. J'y suis habitué. (Il sourit, avant d'ajouter :) Je prendrai simplement garde à ne pas vous provoquer trop souvent.

Audrey lui rendit son sourire. Elle était heureuse de savoir qu'elle n'avait finalement rien à lui reprocher. Du coup, elle était d'autant plus satisfaite d'avoir consenti un petit effort pour rendre la soirée plus agréable. En fait, elle se blâmait presque d'avoir pensé que quoi que ce fût pût être sordide avec Derek.

Certes, leur relation avait goût de péché. Mais elle n'avait pas d'autre choix que de s'en accommoder. N'avait-elle pas signé un contrat pour éviter à sa famille d'être jetée à la rue ? Tout compte fait, elle devait plutôt se réjouir d'avoir été achetée par Derek Malory.

Du reste, beaucoup de femmes auraient sans doute envié son sort. Cependant, Audrey s'inquiétait toujours au sujet de ce qui l'attendait cette nuit. Cette nuit ? Non, maintenant ! Ils avaient fini de dîner. Elle pouvait encore faire durer les choses, mais à quoi bon ? Elle n'en serait que plus nerveuse. Toute rougissante, elle proposa :

— Si vous le permettez, je voudrais me retirer pour me changer. J'ai besoin d'une tenue plus légère... pour la nuit.

— Naturellement. Faites donc.

Soudain, elle se rendit compte qu'il attendait fiévreusement cet instant. Cette impatience la flatta... et la fit rougir de plus belle. Elle se leva.

— Je vous reverrai tout à l'heure... là-haut.

Il prit sa main pour la baiser.

— Vous êtes nerveuse, ma chère. Il ne faut pas. Nous allons passer un très bon moment ensemble. Je vous le promets.

Incapable de dire quoi que ce soit, Audrey se contenta de hocher la tête. Elle aurait voulu étrangler oncle Elliott. À cause de lui, elle allait passer une nuit de noces – sans noce. La perte de sa virginité l'horrifiait et cependant, Dieu la protège, elle n'avait qu'une envie : regoûter aux baisers de Derek Malory !

13

Audrey enfila le déshabillé, les doigts tremblants. Elle savait d'avance qu'elle se sentirait mal à l'aise dedans, mais elle devait le mettre.

Le vêtement était indécent. Non pas qu'il fût transparent – sa matière était une belle soie bleu ciel – mais à cause de sa coupe très moulante, largement échancrée sur la poitrine et qui révélait une longueur de jambes qu'elle n'avait encore jamais montrée à personne.

Elle se campa devant la cheminée et se brossa les cheveux, jusqu'à ce qu'elle entende frapper. Elle ne trouva pas la force de dire « Entrez ».

Derek se passa de son invitation. Il poussa la porte et resta un moment à la contempler sur le seuil.

— Il faudra *vraiment* que nous arrivions à ce que vous ne rougissiez plus, Audrey, dit-il sur un ton amusé.

— Je sais, répondit-elle en virant au cramoisi.

— Vous êtes superbe, dit-il en s'approchant d'elle. (Il lui prit la brosse des mains et la posa sur la cheminée, puis il souleva une de ses longues mèches brunes avant de la laisser retomber sur ses épaules.) Une véritable déesse !

Elle osa croiser son regard et, à cet instant, elle aurait pu jurer que ses yeux étaient d'un vert profond. Le sentir si près d'elle la rendait plus nerveuse que jamais. Elle se surprit à regarder ses lèvres et à désirer qu'il l'embrasse encore, pour retrouver les sensations de la première fois.

— Je vous en achèterai d'autres, dit-il en désignant son déshabillé d'un œil admiratif. Beaucoup d'autres.

Audrey demeura interdite. Tout son corps était tendu.

Il posa tendrement la main sur sa joue.

— Savez-vous que j'ai souvent rêvé de ce moment ? chuchota-t-il.

De nouveau, elle ne savait que répondre. De toute façon, il ne lui aurait pas laissé le temps de parler, car il s'était déjà emparé de ses lèvres. Elle désirait si fort le sentir contre lui qu'elle ne put résister à la tentation de s'abandonner dans ses bras.

Il la souleva et la porta jusqu'au lit, avant d'enlever sa veste et de dénouer sa cravate. Elle le regarda faire, fascinée par sa beauté, impatiente qu'il la rejoigne.

Derek était émerveillé par le spectacle qui s'offrait à ses yeux. Dès l'instant où il était entré dans la chambre pour la découvrir dans ce déshabillé de soie bleue, il l'avait désirée. Avec une violence qui l'avait déconcerté.

Il avait déjà couché avec des femmes plus jolies. Mais Audrey avait un charme particulier. À cause de sa fausse innocence, peut-être. Ou de ses rougeurs à répétition. Ou simplement parce qu'il l'avait achetée... Quelle qu'en fût la raison, il brûlait d'envie de se perdre dans ses bras.

Un instant, l'idée lui traversa l'esprit de se plonger dans un bain froid pour tempérer ses ardeurs. C'était ridicule : il se sentait comme un collégien trop pressé. Quoi qu'il dût lui en coûter, il était résolu à ne pas la brusquer.

Il la rejoignit et l'embrassa de nouveau, longuement. Cependant, il ne pouvait pas s'empêcher de laisser ses mains s'aventurer à la découverte de son corps.

Ses seins étaient ronds et fermes. Sa bouche ne tarda guère à en trouver le chemin. Le gémissement de plaisir qu'elle laissa échapper lui sembla la plus exquise des mélodies.

Il la caressait partout, à présent. Audrey avait beau se répéter qu'il en avait le droit, elle sentait son corps s'embraser, comme si la fièvre était soudain revenue.

Quand il essaya d'écarter ses cuisses, elle se raidit et les serra l'une contre l'autre. Il rit, avant de l'embrasser encore, si fougueusement qu'il n'eut, cette fois, aucune peine à parvenir à ses fins.

Audrey en perdit presque la respiration. Jamais elle n'avait imaginé quelque chose d'aussi choquant que cette caresse intime. Ni d'aussi terriblement délicieux. Instinctivement, elle s'arqua contre lui.

À cet instant, Derek perdit le peu d'empire qu'il avait encore sur lui-même. Il la pénétra si violemment qu'il se rendit à peine compte qu'une barrière avait cédé sous sa poussée. Perdu dans son désir, il courut jusqu'à sa propre jouissance sans s'inquiéter de celle d'Audrey. Quand ce fut terminé, il ignorait si elle avait pris un quelconque plaisir. Le lui demander serait faire preuve d'un total manque de tact. Bah ! ils auraient bien d'autres occasions de refaire l'amour ! À cette idée, il sentait déjà son désir renaître...

— Pourriez-vous vous pousser, s'il vous plaît ?

La pauvre ! Il pensait si peu à elle qu'il l'écrasait de tout son poids. Il roula sur le côté, prêt à s'excuser. C'est alors qu'il vit les draps. Il en écarquilla les yeux de stupeur.

— Bonté divine, *vous étiez vierge* ! s'exclama-t-il.

Elle rougit aussitôt.

— Je croyais que vous le saviez. Lonny l'avait dit.

Il la regarda, incrédule.

— Qui aurait pu croire une fable pareille ? Pourquoi diable une vierge se trouverait-elle dans un bordel ?

— Précisément pour y être vendue aux enchères, répliqua Audrey un peu sèchement. Je suis désolée. J'ignorais que ma virginité vous poserait un problème.

— Ne dites pas de bêtises. C'est surprenant, voilà tout.

Une vierge ! Voilà qui expliquait ses rougeurs incessantes, ses regards innocents... Pas étonnant qu'Ashford ait été si furieux de la voir lui échapper.

Une vierge... sa première, s'il exceptait la fille de cuisine, à Haverston, qui, sitôt déflorée, avait accordé ses faveurs à tous les valets de la maison. Plus il prenait conscience de ce qui venait de se passer et plus Derek se sentait dévoré par une fierté possessive qu'il n'avait jamais ressentie auparavant. Il était son premier amant. Le premier homme à l'avoir touchée. En plus, il l'avait achetée. *Elle lui appartenait*.

— Pour une première fois, je me suis bien mal comporté, s'excusa-t-il. Je me suis laissé entraîner par mon désir comme un jouvenceau. À l'avenir, je vous donnerai autant de plaisir que vous m'en avez donné. Avant cela, nous allons laver votre blessure.

Audrey n'eut pas le temps de protester. Il l'avait déjà soulevée dans ses bras pour l'emmener dans la salle de bains. Il l'enroula dans une serviette, puis lui fit couler un bain. Assise au bord du tub, Audrey fixait le niveau d'eau pour ne pas avoir à regarder Derek, nu comme un ver.

Quand il voulut la glisser dans l'eau, elle l'arrêta d'un geste de la main.

— Je peux me débrouiller seule.

— Certainement pas, répondit-il en lui enlevant la serviette. Ce sera un plaisir pour moi.

Agenouillé devant le tub, il la lava soigneusement. *Partout*. Puis il la frictionna, la sécha, la ramena dans la chambre, l'allongea sous les couvertures où il la rejoignit. Il l'enlaça.

Audrey se détendit enfin. C'était terminé pour ce soir. Finalement, l'épreuve n'avait pas été si pénible. Même leur nudité ne la gênait plus, à présent.

Elle sombrait doucement dans le sommeil, quand elle entendit :

— Merci de m'avoir fait don de votre virginité, Audrey Langton.

Elle se retint de lui objecter qu'on ne lui avait pas demandé son avis. Après tout, elle n'avait pas trop à se plaindre. Elle avait même ressenti un peu de plaisir, après la douleur. Cela n'aurait sans doute pas été meilleur avec un autre.

— De rien, Derek Malory, répondit-elle en réprimant un bâillement.

Elle ne le vit pas sourire, mais elle sentit qu'il la serrait un peu plus contre lui. Elle s'enhardit à poser la main sur son torse. Elle pouvait le toucher. Après ce qui s'était passé entre eux, elle en avait autant le droit que lui. Et, mon Dieu, elle devait bien s'avouer qu'elle aimait ça !

Le lendemain matin, Audrey se réveilla seule. Derek était parti dans la nuit, lui épargnant la gêne de se retrouver nue à côté de lui à la lumière du jour. Sans doute serait-ce son habitude de la quitter ainsi avant le lever du soleil. Il l'avait installée dans un quartier résidentiel ; or il semblait tenir à la discrétion, comme l'avait montré son séjour à Bridgewater.

Il était probablement marié. Cette idée lui déplaisait, mais elle savait qu'elle devait s'y attendre. Elle allait lui poser la question. Autant être fixée une bonne fois pour toutes.

Elle se tourna vers l'oreiller à côté d'elle. Il gardait l'odeur de Derek. Son mot était posé dessus. Il lui expliquait qu'il passerait la prendre l'après-midi pour faire quelques courses avant de dîner en ville. Audrey sourit. Ce programme lui plaisait. Elle adorait courir les magasins. Elle espérait seulement que Derek ne voudrait pas lui acheter quelque horrible robe de courtisane pour remplacer l'écarlate. Hélas, si telle était son intention, elle n'aurait pas voix au chapitre.

Malgré tout, elle se sentait d'excellente humeur. Ce qui était arrivé cette nuit l'avait soulagée d'un grand poids. Non pas qu'elle se félicitât d'avoir perdu sa virginité – elle n'avait pas eu le choix. Mais, l'épreuve étant passée, son angoisse était partie avec. D'autant que Derek lui avait promis qu'elle aurait davantage de plaisir les prochaines fois. Elle le croyait volontiers, car elle ne pouvait plus nier qu'il prenait soin d'elle. En plus, il était beau. Compte tenu des circonstances, que pouvait-elle espérer de mieux ?

14

— Oh, mais tu m'as l'air repu ! s'exclama Nicholas Eden.

Il venait d'entrer dans la salle à manger, où Derek était déjà attablé devant un copieux petit déjeuner. Les deux amis avaient depuis toujours l'habitude de prendre leurs aises chez l'un comme chez l'autre. Le mariage de Nicholas n'y avait rien changé.

Derek savait que Nick et Reggie allaient séjourner quelques jours à Londres avant de repartir dans leur propriété de Silverley. Comme il n'avait pas eu beaucoup le temps de discuter avec son ami le jour du mariage d'Amy, ni pendant la maladie d'Audrey, il était venu chez lui directement après avoir quitté sa maîtresse.

— Repu ? demanda-t-il en désignant son assiette encore pleine. Je viens juste de m'asseoir !

Nicholas sourit.

— Je ne parlais pas de nourriture, mon vieux, mais d'un autre plaisir. Le contentement se lit sur ta figure. On dirait un coq au milieu de sa basse-cour. Elle était si bien que ça ?

Derek rougissait rarement. Cette fois, il ne put s'en empêcher. Lui qui, d'ordinaire, parlait volontiers de ce genre de choses avec ses amis, était horriblement gêné. Peut-être parce qu'il avait juré de ne plus avoir de maîtresse et qu'il devrait avouer à Nick qu'il en avait repris une. Bizarrement, il avait envie de parler d'Audrey avec lui et, en même temps, il aurait préféré ne rien dire pour l'instant.

Les deux amis avaient beaucoup de points communs. Nicholas était juste un tout petit peu plus vieux, plus grand et plus noir de cheveux. Nicholas était vicomte, comme Derek, qui tenait ce titre de l'une de ses propriétés en attendant de devenir un jour le quatrième marquis de Haverston.

Ils étaient tous deux illégitimes, quoique, dans le cas de Nicholas, cela soit resté un secret. Même Derek n'en avait rien su, jusqu'au mariage de son ami avec Regina.

En revanche, Nicholas connaissait sa vraie mère. Pour éviter le scandale, on avait fait croire qu'il était bien le fils de la femme de son père. En réalité, c'était la sœur de celle-ci – celle que Nick avait longtemps crue sa tante – qui lui avait donné naissance. Il n'avait découvert la vérité que fort tard. Cela lui avait soudain expliqué pourquoi il s'était toujours si mal entendu – et réciproquement – avec sa prétendue mère.

Derek regrettait de ne pas avoir connu sa mère. Ni même su son nom. Quand il avait posé la question à son père, plusieurs années auparavant, Jason lui avait répondu qu'elle était morte et que ce sujet n'avait plus d'importance.

— En fait, c'est ma nouvelle maîtresse, avoua-t-il à Nicholas.

Son ami haussa les sourcils.

— Excuse-moi si je me trompe, mais je croyais que tu avais juré de ne plus avoir de maîtresse.

— C'est vrai. Il se trouve que les circonstances en ont décidé autrement.

— On dit toujours ça, répliqua Nicholas avec son cynisme habituel. (Il haussa les épaules.) Bah ! profites-en bien pour l'instant. L'attrait de la nouveauté ne durera pas longtemps. J'ai connu ça, moi aussi, avant de tomber amoureux de ta cousine.

— Non, Nick. Les *circonstances* sont vraiment différentes. En réalité… eh bien, je l'ai achetée.

— Pardon ?

— Je l'ai achetée, répéta Derek. Elle était à vendre, et j'ai emporté les enchères.

— Bonté divine ! J'espère que ton père n'en saura jamais rien !

Derek grimaça à cette idée.

— Je l'espère aussi. Mais il n'y a aucune raison pour qu'il l'apprenne.

Nicholas secoua la tête.

— Je suppose qu'elle était si belle que tu n'as pas pu résister à son charme ?

— Pas du tout. C'était plutôt la réaction de Jeremy. Ce galopin voulait m'emprunter l'argent pour l'avoir, alors qu'il n'avait même pas de quoi la loger. J'ai eu du mal à lui faire entendre raison.

— Donc, Jeremy était avec toi ?

— Percy aussi.

— Où cette réjouissance se passait-elle ?

— Chez Lonny.

Nicholas sourit.

— Je crois que j'ai compris. Vous avez participé aux enchères et Jeremy a voulu t'emprunter l'argent pour l'emporter. C'est assez effronté de sa part, mais ça ne m'étonne pas vraiment. Il tient son culot de son père.

— N'accable pas oncle James, alors que je sais que tu l'aimes beaucoup ! Du reste, tu te trompes encore. Je ne participais pas aux enchères et ce n'était pas mon intention.

— Alors, pourquoi as-tu acheté cette fille ?

— Pour contrer quelqu'un d'autre. As-tu déjà eu affaire avec lord David Ashford ?

— Pas que je sache. Pourquoi ?

— Nous nous sommes querellés avec lui, il y a quelques mois, au sujet d'une fille qu'il maltraitait. Il la fouettait, enchaînée à un lit. Si la malheureuse n'avait pas réussi à se libérer de son bâillon, nous n'aurions jamais entendu ses cris.

— Ce genre d'individus mérite d'être enfermé dans un asile.

— C'est aussi mon avis. Hélas, jusqu'ici personne n'a pu l'empêcher de mettre ses vices en pratique. Il paie trop bien ses victimes pour qu'elles se risquent à porter plainte. Quand j'ai vu qu'il convoitait la fille de chez Lonny, je suis intervenu. Qu'aurais-tu fait, à ma place ?

— Une bonne bagarre t'aurait coûté moins cher. D'autant que tu ne voulais pas d'une maîtresse.

— Non. Ashford était le dernier à enchérir, il aurait donc eu la fille de toute façon. Et puis, je ne suis pas fâché de l'avoir achetée.

Nicholas éclata de rire.

— Nous revoilà à notre point de départ. Ta nouvelle acquisition te comble de plaisir.

Derek se sentit encore rougir. C'était à croire qu'Audrey déteignait sur lui.

— Elle ne ressemble pas du tout aux filles qu'on s'attend à trouver dans ce genre d'endroits. Sa mère était gouvernante. Elle a reçu une excellente éducation, digne d'une lady. Ses manières sont irréprochables. Lonny avait raison de prétendre qu'elle était vierge.

— *Était* ? Ce n'est donc plus vrai ?

Derek rougit une troisième fois avant de hocher la tête. Il n'aimait pas parler d'Audrey ainsi, même avec son meilleur ami. C'était surprenant. Et un peu ridicule. Audrey n'était rien de plus qu'une fille parmi tant d'autres avec lesquelles il avait pris du plaisir au lit. Nicholas avait raison. Quand l'attrait de la nouveauté serait passé, il chercherait une nouvelle conquête dans le cercle de ses relations mondaines.

— Malgré le prix, je suis surtout content d'avoir pu contrer Ashford. Malheureusement, cela ne l'empêchera pas de recommencer ailleurs. Tu n'aurais pas une idée pour l'empêcher de nuire ?

— On pourrait le castrer.

— Hmm. Je ne suis pas sûr que cela suffirait. Il aime voir les femmes souffrir. C'est une jouissance mentale.

— Peut-être. N'empêche qu'il mériterait quand même qu'on la lui coupe. J'imagine qu'aucune fille n'osera porter plainte contre lui ?

— Non, évidemment. C'est un lord, ne l'oublie pas. Je suppose en outre qu'il achète le silence de ses victimes.

— On pourrait leur offrir plus ?

— J'y ai pensé. Mais elles seraient obligées d'avouer devant le tribunal qu'elles étaient consentantes au départ. Cela se retournerait contre elles.

Nicholas soupira.

— C'est un douloureux problème que tu soulèves là, mon vieux. J'y réfléchirai à tête reposée. Pour l'instant, je ne vois pas comment nous pourrions mettre fin à ses agissements. Il trouvera toujours des catins assez pauvres ou assez naïves pour céder à ses avances. Tu devrais demander conseil à ton oncle James. Je dois reconnaître que, pour ce genre de choses, son avis est précieux.

Derek sourit.

— J'ai eu la même idée. Je passerai chez lui demain lui en toucher deux mots.

— Parfait. Maintenant, assez parlé de choses sérieuses. Je suis ravi de te voir. Pendant que Reggie fera du shopping, j'espère que nous resterons ensemble ?

— D'accord pour ce matin. En revanche, j'ai déjà prévu un autre programme pour l'après-midi.

— Eh bien, va pour ce matin ! Je ne veux pas accaparer ton emploi du temps, mais tu me manques, tu sais. Tu ne viens pas assez souvent nous voir à la campagne.

À part ça, je viens d'acheter un nouveau cheval que j'aimerais te montrer.

— Percy également. Tu resteras béat d'admiration en le voyant.

Nicholas éclata de rire.

— C'est déjà fait. À qui crois-tu que j'aie acheté mon fringant coursier ? J'ai réussi à convaincre ce cher Percy qu'il n'avait pas besoin d'une telle bête.

15

— Êtes-vous marié ?

Derek haussa les sourcils. Ils venaient à peine de monter en voiture qu'Audrey lui posait déjà cette question. En réalité, elle y pensait depuis son réveil. Elle était si impatiente de connaître la réponse qu'elle n'avait pas pu attendre davantage.

— Dieu merci, non ! s'exclama-t-il. Ce n'est pas dans mes intentions avant longtemps. (Elle paraissait si soulagée qu'il ajouta :) Non, ma chère, vous ne me volez à personne.

— Même pas à une autre maîtresse ?

Il sourit.

— Encore moins. J'en ai eu une, autrefois. L'expérience a été si désastreuse que je m'étais juré de ne pas recommencer. Les circonstances en ont décidé autrement.

— Les circonstances ? Que voulez-vous dire ?

— Eh bien... (Il hésita.) Pour tout vous avouer, je ne pouvais pas laisser lord Ashford vous acheter, alors que je connais les perversités dont il est capable.

Audrey frissonna rétrospectivement. Elle avait compris qu'il parlait du jeune lord au regard cruel. Derek l'avait donc sauvée d'un sort encore plus atroce qu'elle ne l'avait craint.

— Je vous en suis très reconnaissante.

— De rien, ma chère. À présent, je ne regrette vraiment pas mon argent.

Derek s'amusa de la voir rougir, comme prévu. Cependant, Audrey n'avait pas totalement satisfait sa curiosité.

— J'ai cru comprendre que vous souhaitiez garder notre relation discrète. Pourquoi, puisque vous n'avez pas d'épouse ?

— Mes deux oncles ont eu une jeunesse fort dissolue. Ils provoquaient des scandales à tour de rôle. J'ai tellement entendu mon père tempêter contre ses deux frères que je ne souhaite pas en rajouter.

— Parce que je suis un sujet de scandale ?

— Non, pas le moins du monde ! Mais je ne veux pas qu'on chuchote quoi que ce soit sur mon nom. Mon père déteste les ragots ancillaires.

Audrey hocha la tête en souriant. Elle comprenait sa réaction, car elle avait été élevée selon les mêmes principes. Quand ses parents se disputaient, ils redevenaient brusquement silencieux dès qu'un domestique entrait dans la pièce.

— Excusez-moi d'être aussi indiscrète. Je voulais simplement savoir si rien ne contraindrait vos visites.

Derek fronça les sourcils. Il n'avait pas encore réfléchi à cette question mais, de toute évidence, la prudence s'imposait. Si on le voyait se rendre quotidiennement chez Audrey, le voisinage finirait par s'interroger. Cependant, il n'avait aucune envie de se restreindre de la voir.

— Je n'en sais rien, pour l'instant, répondit-il évasivement. Je ne fréquente personne, dans ce quartier, alors nous verrons. Cela dit, vous n'avez pas à vous excuser de votre curiosité. Il faut bien que nous apprenions à nous connaître. D'ailleurs, j'aurais moi-même deux ou trois questions à vous poser.

— Je serais enchantée d'y répondre, si je le puis.

— Magnifique ! D'abord, dites-moi pourquoi vous n'avez pas suivi l'exemple de votre mère en devenant à votre tour gouvernante. Avec l'éducation que vous avez reçue, vous n'auriez eu aucun mal à trouver une place. Ce n'est pas que je réprouve la voie que vous avez choisie... J'aimerais simplement comprendre.

Audrey soupira. En l'interrogeant sur sa vie privée, elle aurait dû se douter qu'elle lui tendait une perche pour lui rendre la pareille. Heureusement, elle s'attendait à cette question depuis longtemps.

— Je suis trop jeune pour assurer des fonctions de gouvernante.

— Vous n'aviez pas d'autre solution ?

— Aucune qui m'aurait permis de rembourser mes dettes.

— Comment diable une personne de votre âge aurait pu accumuler vingt-cinq mille livres de dettes ?

Elle sourit.

— Je l'ignore. Ce n'étaient pas mes dettes. Du reste, elles s'élevaient à moins de quinze mille livres.

— Ah ! Vous avez donc empoché un joli bénéfice.

— Non. Personnellement, je n'ai pas touché un sou. M. Lonny a pris une coquette commission. Tout le reste a servi à rembourser les créanciers.

Elle espérait qu'il en aurait terminé sur ce sujet, mais, bien sûr, il insista.

— De qui vous êtes-vous sentie obligée de payer les dettes ?

Elle pouvait mentir. Ou éluder la question. Elle lui avait déjà assez menti comme cela. Elle choisit donc d'éluder.

— Je préfère ne pas en discuter, si vous n'y voyez pas d'inconvénient.

À son expression, elle comprit qu'il ne se satisfaisait pas de sa réponse.

— Votre mère vit-elle encore ?

— Non.
— Et votre père ?
— Non plus.
— Vous n'avez pas d'autre famille ?

Elle savait où il voulait en venir : découvrir à qui l'argent avait servi. Il était exclu qu'elle dise la vérité.

— Derek, je vous en prie, ce sujet est déplaisant pour moi. Je souhaiterais ne plus en parler.

Il soupira, preuve qu'il renonçait à insister – du moins pour cette fois. Il l'attira contre lui, comme s'il voulait lui apporter quelque réconfort.

— J'ai le sentiment, ma chère, que nous allons devenir très proches, vous et moi, dit-il tendrement. Un jour viendra où vous me ferez si aveuglément confiance que vous n'hésiterez plus à tout me raconter. Je suis très patient, savez-vous. Vous apprendrez aussi que je ne cède pas volontiers.

Autrement dit, il remettrait le sujet sur le tapis à la première occasion.

— Vous ai-je remercié de m'avoir offert cette voiture ? demanda-t-elle.

Sa manœuvre pour dévier la conversation était si flagrante qu'il éclata de rire.

Audrey ne s'attendait pas que Derek la conduise chez une couturière aussi renommée que Mme Westerbury. La boutique était d'une rare élégance. Un grand salon meublé de chaises tendues de satin était réservé à la présentation des créations de la maison ou à la consultation des revues de mode. Plusieurs petits salons privés permettaient également de ménager les susceptibilités des clientes. L'établissement recevait beaucoup de ladies, mais, en commerçante avisée, Mme Westerbury ne refusait aucune femme qui avait les moyens de s'acheter ses modèles. Les affaires étaient les affaires.

Audrey s'étonnait pourtant que Derek ait pris le risque de la conduire dans un haut lieu de l'aristocratie. Peut-être ne connaissait-il pas d'autre couturière ?

Il chuchota quelques mots à Mme Westerbury, puis revint lui expliquer qu'il la laissait en de bonnes mains et repasserait la chercher deux heures plus tard.

Avec cela, Audrey ne savait ni ce qu'elle devait commander, ni de quelle somme elle disposait. Heureusement, la couturière connaissait les réponses à ces deux questions. Elle appela une assistante qu'elle chargea de prendre les mensurations d'Audrey pendant qu'elle-même s'occupait de lui présenter des modèles.

À aucun moment Mme Westerbury ne donna le sentiment de savoir qu'elle était la maîtresse de Derek et qu'elle devait l'habiller en conséquence. Certes, elle lui suggérait des coloris et des coupes qu'Audrey n'aurait jamais osé choisir elle-même. Mais rien, dans ses propositions, n'était vulgaire comme cette horrible robe écarlate dont le souvenir la faisait encore frissonner.

Elles avaient quasiment terminé quand une autre cliente entra dans la boutique, une jeune lady ravissante qui réclama l'aide de Mme Westerbury pour changer quelques détails à la robe de bal qu'elle avait commandée la veille. Elle fut assez aimable pour se présenter à Audrey, qui lui rendit la politesse, avant d'entraîner la couturière à l'écart.

Quand la modification fut notée, Mme Westerbury revint vers Audrey. Cependant, la jeune lady ne se décidait pas à partir. Audrey s'aperçut qu'elle la regardait.

— Cette couleur ne vous va pas du tout, dit-elle. C'est trop… trop vert pour vous, vous ne croyez pas ? (Elle désigna des échantillons de tissus, sur une chaise.) Je vous verrais mieux dans ce satin argenté. Ou même celui-ci, couleur saphir.

Audrey hocha la tête, ravie. Elle avait lorgné sur ce bleu sans oser le demander à la couturière. Depuis le début de la séance, Mme Westerbury ne lui avait guère laissé d'occasions de discuter ses choix. Cette fois, elle fut bien obligée de se soumettre. La jeune lady attendait une réponse à son conseil.

— Très bien, milady, dit la couturière en prenant les étoffes pour les déployer devant Audrey.

Outre le saphir et l'argenté, il y avait un gris perle qui lui allait également à ravir.

La jeune lady s'attarda encore pour savoir quels rubans et quelles dentelles orneraient chaque tissu. Audrey se retrouva ainsi à la tête d'une nouvelle garde-robe dont même sa mère aurait été fière.

Pour finir, la couturière lui présenta une robe du soir en soie lavande. Par chance, elle ne nécessitait que quelques retouches pour être ajustée à sa taille, si bien qu'Audrey pourrait la porter en quittant la boutique.

— C'est terminé ? demanda la jeune lady en remettant ses gants. Voulez-vous que je vous reconduise ? Ma voiture attend devant la porte.

Audrey aurait aimé accepter la proposition. La jeune femme semblait vraiment sympathique. Dieu sait si elle aurait apprécié de pouvoir compter une amie dans cette grande ville ! Mais c'était impossible. Dès qu'elle apprendrait qui elle était vraiment, la jeune lady la mépriserait.

— C'est très gentil à vous, mais ma voiture va venir me chercher, répondit-elle.

La conversation aurait dû s'arrêter là. Cependant, la jeune lady n'était toujours pas décidée à partir.

— Ne nous sommes-nous pas déjà rencontrées ? Votre visage me dit quelque chose.

Il fallait s'y attendre. Audrey s'était souvent entendu répéter qu'elle ressemblait à sa mère comme deux gouttes d'eau. Or, ses parents avaient séjourné à plusieurs reprises dans la capitale.

— Une simple coïncidence, suggéra-t-elle. Je doute que nous ayons pu nous rencontrer. C'est ma première visite à Londres.

— Alors, vous devez être enchantée.

— Intimidée, pour être honnête.

La jeune lady s'esclaffa.

— Oui, c'est une ville si gigantesque ! On s'y perd très facilement. Tenez... (elle tira de son réticule une carte de visite qu'elle tendit à Audrey)... si vous avez besoin de quoi que ce soit, ou simplement envie de bavarder, n'hésitez pas à me rendre visite. J'habite tout près d'ici, sur Park Lane. Je vais rester à Londres encore une semaine ou deux.

— J'y penserai, assura Audrey.

Ce mensonge la désolait. Elle aurait aimé mieux connaître cette jeune femme d'un abord si attachant. Mais il ne servait à rien de se lamenter sur son sort. Puisqu'elle l'avait accepté, elle devait maintenant apprendre à s'en accommoder.

Une séduction folle !

Audrey avait souri du compliment. Derek n'avait rien dit d'autre en venant la chercher chez la couturière, mais ce simple commentaire l'avait comblée d'aise. Tout d'un coup, elle s'était trouvée belle, ce qui ne lui était encore jamais arrivé.

Depuis qu'ils étaient montés dans la voiture, il ne cessait de la regarder. Au point qu'elle se sentit mal à l'aise.

— Quelque chose ne va pas ? finit-elle par demander.

— Avez-vous conscience que vous ressemblez à une jeune débutante faisant ses premiers pas dans le monde, avec cette robe ?

Elle rougit. Une fois de plus, il la prenait pour une lady. Elle devait le détromper au plus vite.

— À quoi ressemblais-je, dans la robe écarlate, chez Lonny ?

Comme elle l'espérait, il secoua la tête, amusé.

— Vous voyez ? reprit-elle. L'habit ne fait pas le moine. C'était la seule toilette que je pouvais emporter aujourd'hui. Mme Westerbury a jugé qu'elle conviendrait parfaitement pour un dîner en ville.

— Elle a eu raison. Sauf que je vais devoir modifier mes plans.

— Quels plans ?

— J'avais prévu de dîner dans une petite auberge discrète, mais ce serait dommage de ne pas vous montrer alors que vous êtes si ravissante.

Elle rougit encore. Chacun de ses compliments lui allait droit au cœur.

— Je vous en prie ! Vous n'avez pas besoin de changer…

— Tsst, tsst, la coupa-t-il gentiment. De toute façon, j'avais envie de tester le nouveau chef de l'*Albany*. Ensuite, nous irons nous promener à Vauxhall.

Audrey avait entendu parler de ces célèbres jardins, fréquentés par ses parents lors de leurs séjours londoniens. Elle ignorait qu'ils restaient ouverts la nuit.

Comme il était encore trop tôt pour dîner, ils se rendirent dans d'autres boutiques. La voiture déborda bientôt de cartons de toutes sortes : chaussures, chapeaux, gants… sans oublier quelques déshabillés supplémentaires que Derek avait tenu à choisir lui-même, à la grande confusion d'Audrey.

Elle commençait à se sentir un peu lasse quand ils arrivèrent enfin à l'*Albany*, l'un des plus grands hôtels de la ville, sur Piccadilly.

La salle à manger était magnifique. Après un premier verre de vin, Audrey se sentit revigorée. Elle s'aperçut que Derek était très connu dans l'établissement. Il avait dû prévoir ce risque, car aux deux gentlemen qui vinrent successivement le saluer, il la présenta comme la veuve Langton. Le deuxième gentleman ne put cacher sa surprise :

— La lady Langton qui a tué son mari ?

Derek lui expliqua qu'il ne s'agissait pas de la même famille. Dans sa bouche, le mensonge paraissait plus crédible que si Audrey avait dû répondre à sa place. D'autant plus crédible qu'il ignorait en toute bonne foi qu'il s'agissait d'un mensonge.

— Pourquoi une veuve ? lui demanda-t-elle pendant le dîner.

— Parce que les veuves ont le droit d'agir à leur guise, alors que les débutantes ne peuvent sortir sans chaperon. Or, j'ai bien peur qu'on ne me prenne pas pour un chaperon convenable, ajouta-t-il avec une grimace comique.

Ils furent interrompus par deux autres gentlemen, à la rencontre desquels Derek ne s'attendait pas du tout : Jeremy Malory et Percy Alden.

— Comment diable m'avez-vous trouvé ? demandat-il, alors qu'ils s'asseyaient à leur table sans y avoir été invités.

— En nous promenant sur Piccadilly, nous avons reconnu ta voiture, expliqua Percy. (Il désigna leurs assiettes.) Comment est la cuisine ? Aussi bonne qu'on le prétend ?

Derek semblait contrarié, pour ne pas dire plus.

— Vous n'avez vraiment rien de mieux à faire ce soir ?

— Mieux que de manger ? demanda Percy, incrédule.

Jeremy sourit.

— Tu devrais rappeler le serveur, mon cousin. Tu ne vas quand même pas nous priver d'un dîner en aussi galante compagnie. Un peu de générosité, que diable !

Derek soupira.

— C'est bon. Restez, si le cœur vous en dit.

Audrey avait du mal à se retenir d'éclater de rire. Jeremy rayonnait d'avoir obtenu ce qu'il voulait. Il se tourna vers elle en souriant :

— Comment vous traite mon cousin, ma chère ?

Elle rougit. Sa question était très intime. Mais Dieu qu'il était beau !

— Cet après-midi il a dépensé une fortune pour m'habiller, répondit-elle du ton le plus neutre possible.

Jeremy balaya l'argument d'un revers de la main.

— Je ne parlais pas de ça. Comment se *comporte-t-il* avec vous ? Si vous avez besoin d'aide, sachez que vous pourrez toujours compter sur moi.

La table tressauta brusquement, comme si quelqu'un venait de décocher un coup de pied dans les tibias du voisin. À voir la mine de Derek et de Jeremy, il n'était pas sorcier de deviner qui avait tapé sur qui.

Percy éclata de rire.

— Bon sang, Jeremy, personne ne t'a donc appris qu'il était inconvenant d'essayer de voler la femme d'un autre à son nez et à sa barbe ?

Jeremy grimaça.

— Loin de moi l'idée de vouloir voler quoi que ce soit à mon cher cousin. Je plaisantais, c'est tout. N'est-ce pas, Derek ? (Voyant sa mine renfrognée, il ajouta, stupéfait :) Je n'en crois pas mes yeux ! Derek, jaloux ? Ce serait bien la première fois !

— Gare à ton autre tibia, mon garçon ! l'avertit Percy.

Jeremy recula si brusquement sa chaise qu'il faillit tomber à la renverse.

Derek secoua la tête.

— Tu es vraiment incorrigible, Jeremy.

Audrey n'avait pas souvenir de s'être autant amusée qu'à ce dîner avec Derek et ses amis. Les trois hommes se chamaillaient perpétuellement, mais on voyait bien que, derrière leurs plaisanteries, se cachaient une affection et une estime réciproques.

Les rires continuèrent après le dîner. Audrey ayant évoqué à table leur projet de promenade à Vauxhall, Percy et Jeremy avaient aussitôt déclaré qu'ils avaient précisément la même intention. C'était faux, évidemment, mais Derek avait dû renoncer à l'espoir de se débarrasser d'eux.

Cependant, les deux comparses ne tardèrent pas à regretter leur entêtement à les suivre. Alors que Derek et Audrey étaient chaudement vêtus, ni Jeremy ni Percy n'avaient prévu de faire une promenade nocturne dans le froid. C'était réjouissant de les voir sauter d'un pied sur l'autre en moulinant des bras pour tenter de se réchauffer.

Finalement, Derek accompagna Audrey chez elle. Pendant que le cocher déchargeait les paquets de la voiture, il l'embrassa dans le hall, puis lui prit la main pour l'entraîner à l'étage. Une température agréable régnait dans la chambre. Alicia avait allumé le feu avant de rentrer chez elle pour la nuit. Elle avait aussi disposé une corbeille de fruits et du vin sur le guéridon.

— Charmante attention, remarqua Derek.

— Oui. Mme Whipple est très compétente, acquiesça Audrey.

— Vous allez donc la garder ?

— Oh, oui ! Elle cuisine bien et ses petits déjeuners sont un régal.

— J'en jugerai par moi-même demain matin.

— Vous allez rester ici… toute la nuit ?

— Certainement.

Il avait répondu cela d'un ton qui sous-entendait beaucoup de choses. Audrey frissonna. Pour tout avouer, elle avait hâte de refaire l'amour avec Derek. Elle voulait connaître ce plaisir qu'il lui avait promis.

Pendant la promenade dans les jardins, il avait passé le bras autour de sa taille. Ce simple geste avait suffi à la troubler. Dès qu'il la touchait, son cœur battait plus fort, dans l'attente de quelque chose. Était-ce cela qu'on appelait le désir ?

Il déboucha la bouteille de vin et emplit les deux verres avant de se tourner vers elle.

— Approchez. Laissez-moi vous enlever votre capeline.

Elle obéit. Ses doigts, sur sa nuque, étaient chauds. Il dénoua le lacet qui retenait le chapeau et l'envoya rejoindre son manteau sur une chaise. Puis il lui tendit un verre. Elle le vida d'un trait. Elle se sentait de plus en plus nerveuse.

— J'ai beaucoup aimé cette soirée, merci.

— Vous n'avez pas à me remercier, ma chère. Je l'ai appréciée, moi aussi.

C'était vrai. Derek brûlait d'envie de lui refaire l'amour, mais il y avait plus que cela. À sa propre surprise, il avait pris un réel plaisir en sa compagnie. D'ordinaire, il passait très peu de temps avec les femmes – hors de leur chambre à coucher. Excepté, bien sûr, les femmes de sa famille.

Il n'avait pas moins été étonné de sa réaction devant l'intrusion de Percy et de Jeremy à l'*Albany*. La remarque de Jeremy l'accusant de jalousie l'avait piqué au vif.

— Vos amis sont très drôles, dit-elle.

— Effrontés conviendrait mieux.

— Pourtant, vous n'étiez pas le dernier à rire, lui rappela-t-elle.

Il haussa les épaules.

— C'est exact.

Il prit une grappe de raisin dans la corbeille de fruits, mangea quelques grains avant d'en coincer un entre ses lèvres pour le lui offrir. Elle le croqua en rougissant.

— Un autre ? demanda-t-il.

— Je préférerais un baiser.

Elle devint cramoisie. Comment avait-elle pu oser dire une chose pareille ? Cependant, il parut enchanté. Souriant, il reposa leurs verres sur le guéridon.

— Ça tombe bien, dit-il en l'enlaçant. J'en mourais justement d'envie.

Quand il s'empara de ses lèvres, Audrey crut défaillir. Cette fois, elle s'enhardit à lui rendre son baiser. Elle se sentait déjà assez d'expérience en la matière : Derek était un merveilleux professeur.

Elle s'aperçut à peine qu'il la portait pour l'allonger sur le lit. En revanche, elle remarqua qu'il lui ôtait sa robe. Elle ne songea même pas à protester, car il embrassait chaque centimètre de peau qu'il découvrait. Audrey sentait ses dernières inhibitions s'envoler. Elle s'arqua contre lui, dans une imploration muette.

Cependant, au lieu de la posséder tout de suite, comme la nuit précédente, il s'attarda longuement à la caresser du bout de la langue. Audrey gémissait de plaisir. Elle avait l'impression que tout son corps n'était plus qu'un brasier qu'il attisait avec ses lèvres.

Après ce qui lui parut une éternité, cette torture délicieuse cessa brusquement quand il la pénétra enfin. Mais déjà un autre plaisir la submergeait. Un plaisir sans nom. Puissant comme une déferlante qui les porta tous deux jusqu'au sommet de la jouissance, avant de les laisser pantelants.

— C'était mieux, cette fois ? lui demanda-t-il tendrement, bien qu'il connût déjà la réponse.

— Incomparable, répondit-elle dans un soupir langoureux.

Son sourire s'élargit encore.

— Je m'en doute. Mais ce n'est qu'un début.

Audrey écarquilla les yeux. Il se chargea aussitôt de lui prouver qu'il disait vrai.

16

Quelques jours plus tard, Derek décida d'emmener Audrey aux courses. Il avait d'abord prévu de s'y rendre avec Percy et Jeremy, mais au dernier moment il les fit prévenir qu'il les rejoindrait sur l'hippodrome.

Il savait qu'Audrey aimerait cette distraction, quoique sa vraie motivation fût beaucoup plus égoïste. Il avait pensé un moment se satisfaire des visites qu'il lui rendait chaque soir. Mais, après une semaine de ce régime, il devait bien s'avouer qu'il lui était pénible de la quitter chaque matin et de passer le restant de ses journées à ronger son frein en attendant le coucher du soleil.

Pour être franc, il adorait sa compagnie. Pas seulement parce qu'elle l'amusait. C'était une fille intelligente qui avait de la conversation. Un soir, ils avaient débattu pendant des heures de littérature.

Audrey ne ressemblait vraiment pas à Marjorie. D'ailleurs, elle ne lui avait encore rien demandé. Sinon, l'autre soir, de l'embrasser. Cet agréable souvenir le fit sourire. L'existence d'Audrey lui était devenue un plaisir de tous les instants.

Il appréciait aussi qu'elle ne passât pas des heures à sa toilette, bien qu'elle fût toujours parfaitement habillée et coiffée. Elle était retournée seule chez Mme Westerbury chercher les vêtements commandés, dont la somptueuse robe en velours saphir qu'elle portait aujourd'hui. Audrey était si ravissante que Derek avait hâte d'être aux beaux jours pour la promener en calèche découverte dans Hyde Park. Cette idée scandaleuse le surprenait lui le premier. Parcourir le parc en compagnie d'une lady n'était pas la même chose que de s'y afficher au bras de sa maîtresse. Certes, ses deux oncles ne se seraient pas arrêtés à un tel détail. Mais ils n'avaient pas mérité leur réputation de débauchés pour rien.

Les courses se déroulaient dans les faubourgs de Londres. Une foule abondante se pressait déjà autour de l'hippodrome. Le cocher de Derek arrêta ses chevaux dans la partie réservée aux aristocrates. C'était un grand espace en bordure de la piste, avec une excellente vue. L'hiver, les voitures se garaient les unes à côté des autres, pour que leurs passagers n'aient pas à sortir dans le froid.

À cette saison, peu de ladies acccompagnaient leurs maris. Derek ne voyait donc pas quel danger il pouvait courir à se montrer avec Audrey. Du reste, seuls Jeremy et Percy sauraient qu'elle était là.

Un petit brasero chauffait l'intérieur de la voiture. Des vendeurs ambulants proposaient des provisions de bouche, mais Mme Hershal leur avait préparé un panier. Derek en tira des sandwiches et deux bouteilles de vin.

Percy et Jeremy se joignirent à eux après la première course. Percy souriait, comme à son habitude. Il semblait posséder un sixième sens pour tout ce qui touchait aux chevaux. Bien qu'il perdît rarement, il n'était pas esclave de la fièvre du jeu. Il savourait simplement le plaisir de voir ses pronostics se réaliser.

— Tu as déjà empoché quelques paris ? voulut savoir Derek en lui servant à boire.

Jeremy éclata de rire.

— As-tu vraiment besoin de poser la question ?

Derek fit la moue.

— Bah ! Percy n'est pas infaillible. Je me souviens qu'une fois il m'a fait perdre quelques centaines de livres.

Percy leva les yeux au ciel.

— Dans dix ans, il en parlera encore, dit-il à Jeremy.

— En tout cas, tu as fait gagner ce vieux Nick dans la première course, riposta celui-ci.

— Nicholas est ici ? demanda Derek.

Percy hocha la tête.

— Il a engagé dans la quatrième course l'étalon qu'il m'a racheté la semaine dernière.

— Vous auriez dû lui demander de se joindre à nous, leur reprocha Derek.

Jeremy secoua la tête.

— Ça n'aurait pas été une bonne idée, car il…

Avant qu'il n'ait pu terminer sa phrase, la porte de la voiture s'était ouverte sur Regina Eden – la femme de Nick et la cousine de Derek. Les propos de Jeremy prenaient tout leur sens : Derek se demanda comment il allait présenter Audrey à son imprévisible cousine.

— J'étais sûre d'avoir reconnu ta voiture, Derek, dit-elle en s'installant à côté de lui. (Elle se tourna vers Jeremy.) Pourquoi ne m'aviez-vous pas dit qu'il était ici ?

Jeremy s'agita sur son siège.

— Je n'y ai pas pensé, répondit-il sans conviction.

— Franchement, Reggie, je suis surpris de te voir, dit Derek. Je croyais que tu n'aimais pas les courses ?

Elle haussa les épaules.

— Je ne les aime toujours pas. Mais j'ai parié avec Nicholas que son nouveau cheval ne gagnerait pas aujourd'hui. Alors j'ai préféré venir m'en assurer moi-même. Je ne lui fais pas confiance !

Derek espérait que sa stature suffirait à cacher Audrey, assise de l'autre côté, dans l'ombre. C'était compter sans l'éclat de sa robe saphir. Reggie se pencha vers elle.

— Quel plaisir de vous revoir, Audrey ! J'ignorais que vous connaissiez mon cousin.

Audrey s'était sentie terriblement embarrassée dès l'instant où Regina était montée dans la voiture. Elle n'aurait jamais imaginé la revoir un jour.

— Derek est votre cousin, lady Eden ? demanda-t-elle.

— Bien sûr. Nous avons même grandi ensemble. Mais je vous en prie, appelez-moi Reggie, comme tout le monde.

Derek était stupéfait.

— Reggie, comment connais-tu Audrey ?

— Nous nous sommes rencontrées chez la couturière, l'autre jour. Mais j'y pense... Que fait-elle avec toi, Derek ? Tu sais à quelle vitesse les ragots circulent...

— C'est... c'est...

Derek était à court d'inspiration. Heureusement, Jeremy vola à son secours.

— Audrey est la cousine de Percy, annonça-t-il.

Percy faillit s'étrangler.

— Quoi ? (Jeremy lui donna un coup de coude.) Ah, oui ! c'est ma cousine. Une cousine éloignée, du côté de ma mère.

— Merveilleux ! s'exclama Reggie. J'avais deviné, quand nous nous sommes rencontrées, que nous deviendrions amies. Maintenant, je sais pourquoi. Amenez donc Audrey à dîner ce soir, Percy. (Elle se tourna vers Derek et Jeremy.) Mes cousins sont également invités, ça va de soi.

Les trois hommes se récrièrent en même temps :

— Ce n'est pas possible...

— J'avais justement...

— Je ne crois pas que...

Reggie les interrompit :

— Vous n'allez quand même pas me refuser cette invitation alors que je repars à la campagne la semaine prochaine ? Ton père et Georgina seront là, Jeremy. Ainsi que Tony et Roslynn. Ce sera une charmante réunion de famille. Oubliez donc vos autres projets.

Derek pesta intérieurement. Regina ne se laissait jamais manœuvrer facilement.

— Si j'ai bien compris, dit Percy en se tournant vers lui, nous y allons tous ?

Derek fusilla son ami du regard. S'il n'y avait pas eu autant de témoins, il l'aurait volontiers étranglé.

— Leur attitude m'a vraiment paru étrange, déclara Reggie alors qu'elle s'apprêtait à recevoir ses invités avec son mari. C'était à croire qu'aucun n'avait envie de venir. Mon Dieu, ce n'est jamais qu'un dîner ! Cela ne les empêchera pas de terminer leur soirée ailleurs.

— La cousine de Percy, dis-tu ? demanda Nicholas en fronçant les sourcils.

Reggie soupira.

— Oui. Si je comprends bien, tu n'as même pas écouté la suite ?

Nicholas secoua la tête, perplexe. Percy lui avait dit un jour qu'il ne lui restait plus aucune famille. Cette cousine tombait du ciel...

— Si, si, j'ai entendu, mon amour. À mon avis, tu te fais des idées. Ils avaient dû prévoir autre chose. Ton invitation les aura déroutés.

— Ils n'avaient rien pu prévoir d'important, sinon ils me l'auraient dit. Je t'assure, j'avais le sentiment qu'ils ne souhaitaient pas venir à la maison.

Nicholas s'esclaffa.

— Derek et Percy sont comme chez eux, ici. Vraiment, Reggie, je suis persuadé que tu as rêvé.

— Crois-tu ? (Elle ne semblait pas convaincue.) Nous verrons bien ce soir si leur comportement est normal ou pas. Dans ce cas, tu essaieras de leur tirer les vers du nez. Ils se confieront plus volontiers à toi.

— Reggie, ne parlons plus de cela pour l'instant, veux-tu ? Tu as monté un détail en épingle. Je suis sûr qu'il n'y a rien. Tu devrais plutôt te réjouir. Maintenant, tu n'as plus à craindre de ne pas avoir assez de monde à ton dîner.

Il faisait allusion à ses oncles James et Tony. Reggie s'était inquiétée de les voir dîner seuls avec Nick.

— Pas de querelle, ce soir, le mit-elle en garde. Tu as promis de bien te tenir.

Il lui sourit avec l'air de la plus parfaite innocence.

— Tout dépendra d'eux.

Reggie soupira. Un désastre n'était pas à écarter.

Pendant l'apéritif, pris au salon, James et Anthony se montrèrent de la plus exquise politesse, chose rare lorsqu'ils se trouvaient dans la même pièce que Nicholas Eden. La présence de leurs enfants – James tenait Jacqueline sur ses genoux et Roslynn berçait Judith dans ses bras – n'était peut-être pas étrangère à cette attitude. Il était étonnant de voir à quel point les deux oncles de Derek changeaient de comportement devant leur petite famille.

Avant de passer à table, Anthony prit Derek à part. Il avait soudain l'air grave.

— Crois-tu qu'il soit raisonnable de coucher avec la cousine de Percy ? lui demanda-t-il.

Derek eut l'impression d'avoir reçu un coup de poing à l'estomac.

— Qu'est-ce qui vous fait penser que...

L'éclat de rire d'Anthony l'empêcha de continuer.

— Allons, mon vieux, ne me raconte pas d'histoires ! Si tu voyais la façon dont tu la regardes !

Derek se sentit rougir. Dire que la soirée avait si bien commencé, malgré ses appréhensions…

Il n'avait trouvé aucun moyen de se soustraire à l'invitation de sa cousine. Prétexter un accident ou une maladie subite n'aurait servi à rien : Reggie aurait été capable de lui dépêcher un médecin. Aussi, après en avoir discuté avec Jeremy et Percy – Percy ayant promis qu'il continuerait de faire passer Audrey pour sa cousine –, il avait décidé de courir le risque. Après tout, si jamais leur petit secret était éventé, le scandale ne serait pas immense. Derek se ferait simplement passer un savon par son père. Car Jason serait furieux, il n'en doutait pas.

Nicholas avait instantanément deviné qui était Audrey quand Derek les avait présentés. C'était logique, puisqu'il lui avait parlé de son existence. Nicholas avait échangé un regard incrédule avec son ami, avant de soupirer de soulagement, en constatant les manières impeccables de la jeune femme. Elle ressemblait à s'y méprendre à une lady. Et se conduisait comme telle. Malheureusement, Derek n'avait pas prévu que Tony découvrirait lui aussi le pot aux roses.

— Audrey n'est pas la cousine de Percy, fut-il obligé d'avouer.

— Non ?

— Ils ne sont même pas parents. Reggie l'avait rencontrée chez sa couturière et l'avait prise pour une aristocrate. Alors, quand elle m'a vu avec elle cet après-midi, sans chaperon, nous nous sommes trouvés à court d'explications. C'est Jeremy qui a eu l'idée de la faire passer pour la cousine de Percy.

— Qui est-elle, alors ?

— Ma maîtresse, marmonna Derek.

Anthony haussa les sourcils.

— Je crains d'avoir mal entendu. Tu n'as pas dit ta… ? (Voyant que Derek hochait la tête, il ne put se retenir d'éclater de rire.) Bonté divine, Reggie va t'étrangler si jamais elle apprend que tu lui as fait fréquenter ta maîtresse !

— Il n'y a aucune raison pour qu'elle l'apprenne, répliqua Derek. Elle rentre à Silverley la semaine prochaine. Elle ne reverra plus Audrey.

— L'espoir fait vivre ! Moi, à ta place, je lui aurais dit la vérité dès le début. Reggie est mariée, à présent. Elle n'aurait pas été choquée.

— C'est vrai. Sur le coup, aucun de nous trois n'avait les idées très claires. Jeremy a trouvé cette idée pour nous tirer d'embarras.

— Percy est un fieffé crétin d'avoir accepté de rentrer dans ton jeu.

— Percy est un merveilleux ami, protesta Derek. Loyal et fidèle.

Anthony posa une main affectueuse sur l'épaule de son neveu. Ils n'allaient pas se disputer pour si peu.

— Il y a tout de même quelque chose qui m'étonne, ajouta-t-il alors qu'ils entraient dans la salle à manger. On jurerait vraiment qu'il s'agit d'une aristocrate. Es-tu sûr qu'elle ne te fait pas marcher ?

Derek réfléchit un instant. Se pouvait-il que son oncle eût raison ? Non, c'était impossible. Aucune lady ne se serait abaissée jusqu'à se vendre aux enchères chez Lonny.

— Oui, j'en suis sûr, répondit-il.

— Tant mieux, parce qu'on a déjà vu des lords tomber dans ce genre de pièges tendus par les ladies avec la complicité de leurs familles. Tout ça pour obtenir le mariage ! Quoi qu'il en soit, reste sur tes gardes, mon garçon. Ni James ni moi ne songerons jamais à te faire la morale. Mais tu sais comment est ton père. Je ne voudrais pas être à ta place si jamais il avait vent de la petite comédie de ce soir.

Rien que d'y penser, Derek en avait la chair de poule.

Après le dîner, les hommes se retirèrent dans le fumoir pour savourer cognac et cigares.

— J'ai reçu une lettre de Jason, aujourd'hui, annonça Tony. Il me donne rendez-vous chez lui demain après-midi, sans m'en dire plus. Quelqu'un sait-il pourquoi il vient à Londres ?

— J'ai reçu le même message, répondit James, l'air songeur. D'habitude, Jason ne descend à Londres que pour ses affaires. Ou parce qu'il a quelqu'un à tancer, ajouta-t-il en se tournant vers son fils.

Jeremy se raidit.

— Ne me regardez pas comme ça, père ! se récria-t-il. Je n'ai rien à me reprocher.

Anthony vola au secours de son neveu.

— Jason ne réclamerait pas ma présence s'il en avait après Jeremy.

Derek écoutait cette conversation d'une oreille distraite. Il s'inquiétait pour Audrey. Elle avait suivi les femmes à l'étage et il craignait qu'elles ne lui posent des questions indiscrètes. Aussi, ne remarqua-t-il pas tout de suite que ses oncles l'interrogeaient du regard.

Il haussa les épaules.

— Je ne suis pas repassé chez moi depuis ce matin, expliqua-t-il. J'ignore donc si j'ai reçu une lettre, moi aussi. En tout cas, à ma connaissance, Jason n'a rien non plus à me reprocher.

— Tu oublies la vente chez Lonny, lui rappela Percy. Vu le nombre de témoins, il serait bien étonnant que le bruit ne lui en soit pas venu aux oreilles.

Derek fusilla son ami du regard. Mais c'était trop tard.

— Quelle vente ? demanda James.

— Bonté divine ! s'exclama Tony, qui venait de comprendre. *Tu l'as achetée !*

Avant que Derek n'ait pu répondre, James s'exclama à son tour :

— Il a acheté Audrey ?

Derek se tourna vers Anthony, le regard accusateur.

— Vous lui avez dit ?

Anthony s'esclaffa.

— Bien sûr que non, mon garçon. Mais si j'ai deviné, comment veux-tu que cela ait pu échapper à James, alors qu'il a toujours été plus lubrique que moi ?

James regarda son frère, stupéfait.

— Moi ? Lubrique ?

— Oserais-tu le nier ?

— Admettons. Mais le mot me choque. Je préfère l'expression de Reggie : « Amateur de jolies femmes ».

— Si tu veux, acquiesça Anthony. Cette chère Regina formule toujours joliment ses pensées.

Nicholas, qui était resté silencieux jusqu'ici, leva son verre et proposa de porter un toast à la santé de sa femme. Derek aurait pu profiter de la diversion et clore une conversation embarrassante pour lui. Mais puisque le sujet avait été abordé, il préféra aller jusqu'au bout.

— J'avais l'intention de vous en parler, oncle James, dit-il. Je suis passé deux fois chez vous cette semaine. Vous n'étiez pas là.

— Je sais. Mon majordome m'en a averti. Je m'apprêtais justement à t'écrire. Mais puisque nous sommes ici...

— C'est un sujet déplaisant. Je ne voudrais pas gâcher votre digestion.

— Ma digestion me regarde, répondit James en souriant.

Derek hocha la tête.

— Pour tout vous avouer, nous nous sommes retrouvés par hasard dans cette vente. Je n'avais nullement l'intention d'y participer. J'ai changé d'avis en découvrant qui poussait les enchères. (Il raconta tout ce qu'il savait sur David Ashford, avant de conclure :) Dans ces conditions, je ne pouvais raisonnablement pas laisser Audrey tomber entre ses mains.

— C'est évident, approuva Tony.

— Pourquoi tenais-tu à me raconter tout cela ? demanda James.

Derek soupira.

— Je ne supporte pas l'idée que cette crapule puisse sévir impunément. J'espérais que vous sauriez comment le rendre inoffensif.

James réfléchit quelques secondes avant de répondre, avec un sourire inquiétant :

— Oh, oui ! Je dois bien connaître un ou deux moyens...

Les femmes étaient montées à l'étage pour passer un moment avec les enfants. Tandis que Judith dormait paisiblement dans son berceau, Jacqueline, assise sur les genoux de sa mère, agitait énergiquement ses petits bras et Thomas parcourait la pièce à quatre pattes en traînant un jouet en bois.

Audrey adorait les enfants, qui le lui rendaient bien. Elle avait longtemps rêvé du jour où elle en aurait enfin à elle. À présent, cela ne lui paraissait plus possible. Cette idée l'attristait. Heureusement, elle passait une excellente soirée. Son hôtesse et ses deux autres invitées étaient vraiment charmantes.

— J'ai entendu dire qu'oncle Tony avait marié Judith à Jacqueline avant même leur naissance, dit Reggie.

— Judith étant venue la première, je vous assure que je n'ai pas eu une fille uniquement pour le contrarier, répondit Georgina. (Elle ajouta, avec un sourire entendu :) Quoique l'idée soit séduisante. J'essaierai, la prochaine fois. Je suis sûre que cela plairait à James.

— Contrarier mon Tony ? Oh ! James Malory n'en perdrait pas une occasion, assura Roslynn.

— Ne sont-ils pas frères ? demanda Audrey, étonnée.

— Si, bien sûr, répondit Roslynn. Mais les frères Malory ont toujours aimé se chamailler. Surtout Tony et James. À les entendre, on pourrait croire qu'ils se détestent, alors que c'est tout le contraire.

— Ils retrouvent leur unité contre ceux qui n'appartiennent pas au clan, ajouta Reggie en soupirant. Spécialement mon mari, d'ailleurs. J'espère qu'ils n'auront pas trop versé de sang dans le fumoir. J'ai peur de ne pas pouvoir récupérer les tapis.

Audrey faillit s'étrangler, mais Georgina et Roslynn éclatèrent de rire.

— Il n'y a pas de souci à se faire quand Derek se trouve avec eux, rassura Roslynn. Il a le don de tempérer les ardeurs de ses deux oncles.

— Je l'ai remarqué également, dit Georgina. Peut-être parce qu'il est le fils de Jason et qu'ils ont un peu l'impression d'être avec son père.

— Dois-je comprendre qu'ils n'aiment pas votre mari, Reggie ? demanda Audrey, toujours étonnée.

— Bien sûr que si ! s'exclamèrent les trois femmes à l'unisson.

Reggie sourit, avant d'expliquer :

— Voyez-vous, James et Nicholas ont été ennemis, par le passé. Puis, j'ai rencontré Nicholas et je l'ai épousé, ce qui a mis un terme à leurs querelles personnelles. Oncle James ne pouvait raisonnablement pas chercher à se venger de quelqu'un qui était devenu son neveu par alliance. Nous sommes une famille très unie, malgré les apparences. Quant à oncle Tony, il en a beaucoup voulu à Nicholas de m'avoir compromise. Il lui reprochait d'être un débauché.

— Comme s'il n'en était pas un lui-même ! commenta Roslynn, amusée.

— James était le pire des trois, sur ce point, précisa Georgina.

— Tout cela est du passé, reprit Reggie. Leurs disputes ne vont jamais très loin.

— D'autant qu'avec Warren ils ont trouvé une nouvelle cible de choix, ajouta Georgina.

— Qui est Warren ? demanda Audrey.

— Mon frère, répondit Georgina. Il s'est marié la semaine dernière avec une fille du clan Malory. Lui aussi a eu quelques démêlés avec James. Une fois, ils ont même failli s'étriper. C'est oublié, désormais, même si James conserve encore une dent contre Warren.

— Amy a complètement changé Warren, remarqua Reggie. Je ne l'ai jamais vu aussi heureux que maintenant. (Elle se tourna brusquement vers Audrey.) D'ailleurs, cela me donne une idée. Si vous ne vous êtes pas encore engagée avec Derek, l'un des autres frères de Georgina ferait un merveilleux parti pour vous. Elle en a cinq, figurez-vous ! Quatre sont encore célibataires.

— Attention à vous, Audrey, la mit en garde Roslynn avec un sourire. Reggie est une marieuse !

— Ainsi, vous vous intéressez à Derek ? lui demanda Georgina. Ça ne m'étonne pas vraiment, vu les regards que vous échangiez, pendant le dîner.

Audrey devint cramoisie. Elle savait qu'elle n'aurait pas dû se trouver là, bien que Derek lui eût assuré qu'il n'y avait aucun moyen de refuser l'invitation de Reggie après leur rencontre fortuite aux courses. Ces femmes étaient d'une extrême gentillesse, mais elles seraient horrifiées si elles apprenaient qu'elle était la maîtresse de Derek. Toutes trois s'imaginaient qu'elle cherchait un mari. Qui aurait pu les en blâmer ? Elles étaient convaincues d'avoir en face d'elles la cousine de Percy, une jeune fille pure et vierge. Elles ne pouvaient pas penser qu'Audrey Langton avait perdu toute chance de faire un mariage honorable.

— Derek est très aimable, commença Audrey, sans savoir comment elle se tirerait de cette situation. Mais...

— Et très beau, la coupa Roslynn.

— Et titré, ajouta Georgina.

— Derek est un excellent parti, résuma Reggie. Mais il ne me semble pas disposé à fonder une famille, pour l'instant. (Elle se tourna vers Georgina.) Audrey devrait vraiment rencontrer tes frères. Drew est un séducteur qui...

— Qu'est-ce qui te fait penser que mes frères sont disposés à faire une fin ? la taquina Georgina.

Reggie sourit.

— En fait, la plupart des hommes y rechignent. Il faut toujours un petit coup de pouce pour les décider. Dans le cas de Nicholas, toute la famille Malory lui serait tombée dessus s'il ne m'avait pas épousée.

— C'était la moindre des choses, ma chère, étant donné qu'il vous avait compromise, lui rappela Roslynn.

Reggie secoua la tête.

— En réalité, il ne m'avait pas compromise. Mais tout le monde le croyait.

— Ce qui revenait au même. La vérité n'a pas grande importance, quand un scandale éclate.

— Je ne vais pas me plaindre, répliqua Reggie. Nicholas non plus. Nous voulions de toute façon nous marier. Les choses se sont passées un peu plus vite que prévu, c'est tout.

— En ce qui me concerne, je ne cherche pas encore de mari, dit Audrey, dans l'espoir d'en finir avec le sujet. Je suis venue à Londres uniquement pour renouveler ma garde-robe, comme Percy vous l'a expliqué. Pas pour me marier, ajouta-t-elle, furieuse d'avoir encore à mentir pour se tirer d'affaire. Je rentrerai chez moi dans quelques jours.

— C'est une honte ! s'exclama Reggie. Je parlerai à Percy pour qu'il prolonge votre séjour. Vous n'avez même pas encore assisté à un bal ! Je vais rester moi-même un peu plus longtemps en ville pour vous accompagner. Vous verrez, Audrey, nous nous amuserons beaucoup.

Audrey ne répondit rien. Elle n'avait jamais été invitée à un grand bal. C'était son rêve. Elle avait attendu patiemment d'en avoir l'âge, mais à présent… ce genre de mondanités lui était interdit. Elle ne devait pas oublier ce qu'elle était devenue.

17

Jason ne se souvenait pas d'avoir connu épreuve plus pénible que celle de devoir annoncer son divorce à sa famille. La perspective de provoquer un scandale, alors qu'il avait si souvent chapitré les autres – spécialement James et Tony – sur leur vie privée le rendait malade. À coup sûr, ses frères se gausseraient de ce renversement des rôles.

Pour commencer, il n'avait pas voulu convoquer tout le monde, mais seulement ses frères et Derek. La façon dont son fils accueillerait la nouvelle le préoccupait. Après tout, Derek n'avait jamais connu d'autre mère que Frances.

Il aurait dû lui en faire part en privé, mais il n'en avait pas eu le courage. Il espérait que Derek n'oserait pas trop le questionner en présence de ses oncles.

On n'attendait plus que James. Jason avait prévenu qu'il ne parlerait pas tant que tout le monde ne serait pas arrivé.

Il se tenait debout contre la cheminée. Edward et Anthony, assis face à face dans des fauteuils, discutaient de quelque investissement minier. Edward était très doué en affaires. Assis un peu à l'écart, Derek semblait mal à l'aise, comme s'il n'avait pas la conscience tranquille. Pourtant, Jason n'avait rien à lui reprocher.

James arriva enfin.

— Tu es en retard, vieux frère, se plaignit Anthony.

— Tant que ça ?

— Jason t'attendait pour commencer, confirma Edward.

— Ce n'est pas moi qui suis en retard, ironisa James. C'est vous qui êtes arrivés en avance.

— Prends un siège, James, dit Jason.

Dès que son frère se fut calé dans un fauteuil, Jason se lança :

— Je vous ai réunis aujourd'hui pour vous annoncer, avant le reste de la famille, que Frances et moi allons divorcer.

Il n'en dit pas plus, s'attendant à un flot de questions. Mais son annonce avait provoqué un silence stupéfait. Jason laissa donc à ses frères le temps de digérer la nouvelle.

Ce fut Anthony qui parla le premier :

— Tu es sérieux, Jason ?

— Tout ce qu'il y a de plus sérieux.

— Je voulais juste m'en assurer, répondit Anthony avant d'éclater de rire.

Edward fronça les sourcils.

— Je ne vois pas ce qu'il y a de drôle, Tony.

— Moi si ! répliqua Tony entre deux hoquets.

— Je ne vois vraiment pas...

— N'insiste pas, Eddie, tu ne comprendrais pas, le coupa James. Anthony rit de voir Jason provoquer un scandale. Moi-même je trouve cette nouvelle plutôt réjouissante. Du reste, il était temps.

— Quel esprit charitable ! s'exclama Edward, d'un air de dégoût.

— Je ne parlais pas du scandale, mais du divorce. Ce mariage était absurde depuis le début. Il était temps que Jason en tire enfin les conséquences.

— C'est Frances qui réclame le divorce, précisa Jason.

— *Elle* ? Alors, ça change tout, répliqua Edward. Tu n'as qu'à dire non.

— J'ai décidé d'accéder à sa requête.

— Pourquoi ? demanda Edward.

Jason soupira. Il avait espéré qu'Edward serait le premier à le comprendre – tandis que ses autres frères le railleraient. Et voilà que James prenait son parti. C'était le monde à l'envers. Seul Derek n'avait encore rien dit. Il paraissait soucieux.

— Elle désire se remarier, expliqua Jason. Elle a rencontré quelqu'un. Ç'aurait été très égoïste de ma part de lui refuser sa liberté alors que nous n'avons jamais rien partagé ensemble.

Edward secoua la tête.

— Je t'avais mis en garde contre ce mariage de convenance, Jason. Si tu avais épousé une femme que tu aimais vraiment, nous n'en serions pas là aujourd'hui.

— C'est vrai, tu m'avais prévenu, admit Jason. Devrais-je pour autant rendre toute ma vie des comptes à propos d'une décision qui, à l'époque, me paraissait judicieuse dans l'intérêt des enfants ? Frances a un amant, Eddie. Je n'ai aucune raison de lui interdire de se remarier.

— Un amant, Frances ? répéta Anthony, avant de repartir d'un nouvel éclat de rire.

— Calme-toi, lui conseilla James. Ça n'a rien d'hilarant.

— Mais… Frances ? Je n'arrive pas y croire ! Elle qu'on a toujours vue si timide ! Qui aurait pu imaginer qu'elle prendrait un amant ? Franchement, je trouve cette nouvelle stupéfiante.

— J'ai été le premier étonné, avoua Jason. Tout compte fait, je peux difficilement la blâmer de m'avoir été infidèle alors que moi-même…

— Ce n'est pas un argument suffisant, objecta Edward, la mine sévère. Dans notre monde, le divorce n'a jamais été la solution à un mariage raté.

— Tu ne peux pas être si catégorique. Même dans l'aristocratie, les divorces existent. Ils sont simplement plus rares.

— Mon père connaît parfaitement les conséquences d'un tel acte, intervint Derek, rompant son silence. Je trouve généreux de sa part d'accorder à Frances ce qu'elle réclame.

Jason sourit à son fils, soulagé. L'opinion de Derek lui importait davantage que celle de ses frères.

— Laisse tomber, Eddie, ajouta James. Tu vois bien que même ce garçon pense que Jason a assez souffert comme cela. (Il se tourna vers son frère.) Tu aurais dû nous annoncer d'emblée que ta décision était prise au lieu de nous laisser croire que tu sollicitais notre avis. Ton problème, Jason, est d'avoir toujours accordé trop d'importance à l'opinion de tes semblables. Après tout, ce divorce ne regarde que toi.

— Effectivement, répondit Jason. Ma décision est prise. Merci, James, de te ranger à mon côté.

— Grands dieux, ai-je dit une chose pareille ? s'exclama James en feignant la surprise. (Il se tourna vers Anthony.) Si nous allions boire un verre pour digérer cela, vieux frère ?

Anthony se leva en grimaçant.

— C'était probablement plus difficile pour lui de l'annoncer que pour toi de l'encaisser, remarqua-t-il.

Jason sourit à ses deux frères qui quittaient la pièce, avant de croiser le regard désapprobateur d'Edward. Il soupira.

— Tu commets une erreur, Jason.

— C'est ton avis. Moi, je préfère penser que je répare une vieille erreur.

— À présent, je sais pourquoi mon père voulait cette réunion familiale, annonça Derek en entrant dans le salon d'Audrey.

Elle était assise dans un fauteuil, occupée à coudre. Elle cacha prestement son ouvrage sous un coussin avant de se tourner vers lui.

— J'ignorais jusqu'à l'existence de cette réunion, lui fit-elle remarquer.

— C'est vrai. Tony nous l'a annoncée dans le fumoir, pendant que vous étiez toutes en haut.

— Ne parlons plus de cette lamentable soirée, si ça ne vous dérange pas.

Derek baissa les yeux, mal à l'aise. Audrey s'était emportée contre lui, lorsqu'ils étaient rentrés. Elle lui avait reproché de l'avoir obligée à mentir. « Si vous avez honte de moi au point de me faire passer pour une veuve ou pour la cousine d'un de vos amis, alors, de grâce, ne me sortez plus dans des endroits où vous aurez à me présenter », lui avait-elle dit.

Derek n'avait certainement pas honte d'elle. Au contraire : il était très fier d'être vu en sa compagnie. Honnêtement, il aurait pu, s'il l'avait vraiment voulu, trouver un prétexte pour se soustraire à l'invitation de Regina. S'il ne s'était pas donné cette peine, n'était-ce pas inconsciemment parce qu'il désirait que sa famille connaisse Audrey ? L'idée semblait absurde, à première vue, et pourtant... Audrey était pure et innocente. C'était leur relation qui était honteuse. Hélas, il ne pourrait rien changer à cela.

— Était-il si pénible de passer une soirée avec ma famille ? demanda-t-il.

— La question n'est pas là. Votre famille est merveilleuse. Mais nous les avons trompés. Vous saviez parfaitement que vous n'auriez pas dû m'emmener à ce dîner.

Derek le savait, en effet. Mais il était trop tard pour revenir en arrière. Puisqu'ils avaient abordé le sujet, il en profita.

— Mes oncles savent, annonça-t-il.

— Savent quoi ?

— Que vous êtes ma maîtresse.

— *Vous le leur avez dit ?* s'exclama-t-elle, médusée.

— Non. Ils l'ont deviné tout seuls. Vous savez, ils ont eu des maîtresses, dans leur jeunesse. Du reste, c'est ma faute. Je n'aurais pas dû vous regarder comme cela pendant le dîner.

— Comment me regardiez-vous ?

— Disons... d'une manière assez possessive. Je ne m'en serais pas aperçu moi-même s'ils ne me l'avaient pas fait remarquer.

Elle rougit. Cette nouvelle preuve d'innocence suffit à raviver le désir de Derek. Il fit un pas vers elle, dans l'intention de la serrer contre lui, puis se ravisa.

Exceptionnellement, il avait sacrifié à sa règle de conduite en arrivant chez Audrey en fin de matinée. Une maîtresse se visitait exclusivement le soir – sinon la nuit.

Déjà, il avait pris la liberté de venir presque toujours en début de soirée, pour qu'ils puissent dîner ensemble. Ce matin, la nouvelle du divorce de son père l'avait tellement stupéfié qu'il avait eu envie de lui en faire part, bien qu'elle ne fût pas concernée. S'il continuait ainsi, il finirait par passer ses journées avec elle.

Cette perspective était fort tentante. Se réveiller dans ses bras tous les matins... Partager le petit déjeuner... Faire l'amour quand bon leur semblerait...

Derek s'obligea à penser à autre chose. Que lui arrivait-il ? Un mois plus tôt, il aurait ri au nez de quiconque lui aurait prédit qu'il reprendrait une maîtresse. Audrey avait réussi à le faire changer d'avis sur ce sujet, mais de là à...

— Qu'avez-vous donc appris, à cette réunion ? demanda Audrey pour rompre le silence qui s'était installé entre eux.

— Mon père va divorcer.

— Pardon ?

— Mon père nous a réunis pour nous annoncer son divorce, répéta Derek, qui craignait maintenant de l'avoir choquée.

Elle lui prit la main, émue.

— Votre mère doit être effondrée.

— En fait...

— Et vous aussi.

Elle n'était pas choquée. Elle cherchait à le réconforter ! Derek dut la détromper.

— Il s'agit de ma belle-mère, en réalité. Je l'estime beaucoup, mais nous n'avons jamais éprouvé de véritable affection l'un pour l'autre. Du reste, c'est elle qui demande le divorce.

— Alors votre père doit être...

— Non, non. Ne vous inquiétez pas. Personne n'est effondré. Sauf peut-être mon oncle Edward, ajouta-t-il avec un sourire.

— En quoi cette affaire concerne-t-elle votre oncle ?

— Il redoute le scandale que ce divorce va provoquer.

— Pourtant, j'ai cru comprendre que c'était surtout votre père qui détestait les scandales.

— C'est vrai. Mais il a consenti à faire une exception pour rendre sa liberté à Frances. Leur mariage n'a jamais été *normal*. Il l'avait épousée pour donner une mère à Reggie et à moi. Cela n'a pas réussi comme il l'espérait. Frances se trouvait rarement à la maison.

— Pourquoi ?

— À cause de sa santé fragile. Elle se rendait souvent en cure à Bath. Elle a fini par y acheter un cottage pour y passer la plus grande partie de l'année.

Audrey soupira.

— Les gens devraient se marier uniquement par amour.

— En effet. Mais c'est rarement le cas.

— Au moins, je suis heureuse de constater que cette nouvelle ne vous bouleverse pas trop.

— Et si j'étais bouleversé ?

— Alors, je m'efforcerais de vous aider à surmonter votre peine.

— Pourquoi ? voulut-il savoir.

Audrey le regarda, étonnée.

— N'est-ce pas le rôle d'une maîtresse ?

Il sourit. Le rôle d'une *épouse*, certainement. Mais d'une maîtresse ? Les humeurs - joie, tristesse ou colère - de leur protecteur ne concernaient pas les maîtresses, sauf quand elles en étaient directement responsables.

— Ce serait très généreux de votre part, ma chère, dit-il en lui caressant la joue. Réflexion faite, votre réconfort me semble très utile, tout d'un coup.

Comme il l'entraînait vers la porte, elle demanda :

— Vous ne montez pas dans la chambre ? Pas le matin ?

— Bien sûr que si !

— Je ne parlais pas de ce réconfort-là...

— Je sais. Mais c'est celui dont, moi, j'ai envie. Et je me moque bien de l'heure.

— Moi aussi, en fait, avoua-t-elle.

Il lui sourit.

— Vous voyez...

18

Cet après-midi-là, Derek avait prévu différentes courses. Il décida d'emmener Audrey. Tout en sachant qu'il aurait dû s'interdire une telle faiblesse qui pouvait se révéler dangereuse, il ne put s'en empêcher.

Plus les jours passaient et plus Audrey devenait une merveilleuse amante. Après le délicieux moment qu'il venait de passer avec elle, il ne se sentait pas le cœur de la quitter aussi vite.

Il l'attendit dans le hall, pendant qu'elle se changeait. Depuis le début de leur relation, il l'avait toujours vue habillée comme une lady. Il avait fini par s'y habituer. Mais cette fois, sa toilette le stupéfia. Il l'observa descendre l'escalier, éberlué.

— On ne remarque même plus votre visage, tant cette couleur attire le regard, dit-il.

C'était vrai. Ses autres robes étaient si discrètes qu'on s'apercevait tout de suite de sa beauté naturelle. Mais, là, personne ne verrait rien d'autre que ce velours d'un orange intense.

Derek se rendit compte, un peu tard, que sa remarque était désobligeante. Pourtant, Audrey le regarda droit dans les yeux, sans se sentir le moins du monde insultée.

— Moi-même je trouvais ce coloris criard. C'est l'un des modèles choisis par Mme Westerbury d'après vos recommandations.

Derek en rougit de confusion. Il avait confié à la couturière qu'Audrey était sa maîtresse et Mme Westerbury en avait sans doute déduit qu'il souhaitait voir porter à la jeune femme des toilettes extravagantes, en rapport avec sa condition.

— Le décolleté est aussi trop osé, ajouta Audrey en boutonnant son manteau. (Comme Derek voulait vérifier, elle secoua la tête.) *Non*, je ne vous le montrerai pas.

— Osé ? répéta-t-il.

— Oui.

Elle soupira en le voyant déboutonner son manteau. Derek put constater qu'elle disait vrai. Finalement, cette robe ne serait pas forcément la première chose que remarqueraient les gens – les hommes, en tout cas.

Il referma son manteau et entraîna Audrey vers la voiture. Elle s'attendait à un commentaire qui ne vint pas. Cependant, Derek avait décidé de modifier son programme : il commencerait par un détour chez la couturière.

Arrivé devant la boutique, il laissa Audrey dans la voiture, le temps de dire un mot à Mme Westerbury.

— J'ai ordonné quelques modifications pour vos prochaines robes, expliqua-t-il ensuite.

Ils se dirigeaient chez son notaire, qui réclamait sa signature pour un document, quand Derek ordonna subitement au cocher d'arrêter les chevaux. La voiture n'était pas encore immobilisée qu'il avait déjà sauté à terre. Par la vitre, Audrey le vit rattraper un couple de passants entre deux âges.

Frances s'était arrêtée à l'appel de Derek. Son compagnon continua de marcher, comme s'il ne voulait pas être vu avec elle.

— J'ignorais que vous étiez en ville, Frances, dit Derek en la saluant.

— J'avais... euh... certaines affaires à régler. J'ai profité du mariage d'Amy pour prolonger mon séjour.

Derek haussa les sourcils.
— Pourtant, je ne vous ai pas vue à la maison ?
— Peut-être n'y es-tu pas assez souvent ?
Il sourit.
— C'est vrai. Ces derniers temps je me suis souvent absenté. Pourtant, Roberts n'aurait pas manqué de me prévenir de votre présence.
— En fait, je loge à l'hôtel, avoua Frances.
— Pourquoi ?
— Je ne souhaitais pas habiter avec Jason.
Derek hocha la tête.
— Mon père nous a annoncé votre divorce, ce matin.
Son regard s'éclaira soudain.
— C'est donc qu'il accepte ?
— Vous ne le saviez pas ?
— Non. Il n'a pas jugé utile de m'en avertir. (Elle soupira.) Pour être franche, je ne l'ai pas revu depuis le jour où nous en avons parlé. Comme il sait où me joindre, je suppose qu'il ne va pas tarder à me prévenir.
Frances aimait sincèrement Derek, bien qu'elle n'eût jamais éprouvé le moindre sentiment maternel à son égard. Sans doute n'était-ce pas dans sa nature d'être une mère. Quoi qu'il en fût, elle ne souhaitait pas lui faire de la peine.
— J'espère que cette nouvelle ne t'a pas trop attristé ? demanda-t-elle, mal à l'aise.
— C'était... surprenant, mais plutôt logique, compte tenu des circonstances. Oncle Edward a été le seul à protester. À cause du scandale qui va s'ensuivre.
— Le scandale rejaillira d'abord sur moi. J'ai donné à Jason une bonne raison de vouloir divorcer. Comme je n'ai jamais beaucoup fréquenté le monde, je me moque bien de ce que les gens diront.
Cette allusion à son amant réveilla la curiosité de Derek. Il regarda l'homme qui l'accompagnait. C'était

une sorte de haricot efflanqué, à peine plus grand que Frances. Derek comprit immédiatement qu'il s'agissait de l'amant en question. Son sang ne fit qu'un tour. À cause de cette mauviette, son père aurait à subir les tracas d'un divorce !

Derek se rua sur lui et l'attrapa au col. L'autre roula des yeux affolés, ce qui ne fit qu'augmenter la colère de Derek.

— Saviez-vous que lady Frances était mariée quand vous l'avez rencontrée ? demanda-t-il. D'une simple pichenette, je pourrais vous écraser comme une mouche, pauvre crétin ! Donnez-moi donc une raison de ne pas le faire !

— Relâche-le immédiatement ! cria Frances. As-tu perdu la raison, Derek ? Crois-tu que j'aurais été déloyale avec ton père s'il m'avait rendue heureuse ? J'étais le dernier de ses soucis ! Il m'a trompée dès le premier jour de notre mariage. Un mariage qui n'a d'ailleurs jamais été consommé.

Derek la regarda, incrédule.

— Jamais ?

— Jamais, répéta-t-elle sèchement. Toutefois, ton père ne dormait pas seul.

— Votre accusation ne tient pas debout, madame, objecta Derek aussi sèchement. Mon père ne quittait quasiment jamais Haverston.

— Il n'en avait pas besoin. Sa maîtresse vivait sous son toit !

Derek était si médusé qu'il lâcha brutalement sa proie.

— Qui ? demanda-t-il.

Frances s'était précipitée pour réconforter son amant. Elle semblait bouleversée, tout d'un coup.

— Qui ? redemanda Derek en haussant la voix.

— J'ignore son nom.

— Vous mentez, madame.

— Peu importe de qui il s'agit, se défendit Frances. L'essentiel est que Jason Malory me trompait depuis le début. J'aurais pu lui être infidèle, moi aussi, puisqu'il avait donné l'exemple. Ce ne fut pas le cas. Mais la coupe a fini par être pleine. Tu n'as aucune raison de brutaliser Oscar, Derek. Il n'a fait que précipiter un divorce qui aurait dû être prononcé depuis longtemps.

Sur ces mots, elle reprit son chemin en tirant son Oscar par le bras. Derek les regarda s'éloigner, encore troublé par ce qu'il venait d'apprendre.

Au bout d'un moment, il sentit une main s'emparer de la sienne. Il tourna la tête, étonné de découvrir Audrey à côté de lui.

— Sapristi ! J'avais oublié que vous m'attendiez !

Elle sourit.

— Ce n'est pas grave. Que s'est-il passé ? On aurait dit que vous vous disputiez.

Il lui désigna le couple qui disparaissait au bout de la rue.

— Ma belle-mère... et son amant.

— Ah, je comprends, maintenant ! J'ai cru que vous vouliez le tuer.

— Je me demande ce qui m'a retenu, marmonna-t-il en l'entraînant vers la voiture.

— C'est bizarre, dit-elle, songeuse.

— Quoi ?

— Si votre père vous ressemble, j'ai du mal à comprendre que votre belle-mère ait pu lui préférer quelqu'un d'autre. Surtout ce... cet avorton.

Derek sourit, ravi de ce compliment indirect. Il l'aida à monter en voiture, s'assit à côté d'elle et l'attira contre lui.

— Pour moi, le plus étonnant n'est pas là, dit-il. Elle prétend que mon père ne l'a jamais touchée une seule fois et qu'il entretenait une maîtresse sous son toit.

— Si c'est vrai, c'est choquant.

— Il s'agit d'un très grand toit, précisa Derek, comme si la faute en était atténuée d'autant.

— Je suppose que vous ignorez de qui il s'agit. (Voyant qu'il hochait la tête, elle ajouta :) Vous n'avez aucun soupçon ?

Il soupira.

— Pas le moindre.

— Puisque ce mariage est rompu, quelle importance de le savoir, maintenant ?

— Aucune. Sinon que cela va me préoccuper tant que je n'aurai pas trouvé.

— Vous allez chercher à le découvrir ?

— Oui.

— Si le secret a été aussi bien gardé, c'est sans doute parce que votre père ne voulait pas que vous soyez mis au courant.

— Probablement, admit-il.

— Donc, vous respecterez son souhait.

— N'y comptez pas.

Derek n'avait pas songé que les quelques courses prévues cet après-midi-là le conduiraient à rencontrer tant de monde. Après Frances, il tomba chez son tailleur sur son cousin Marshall.

Ce n'était pas dramatique, dans la mesure où Audrey était restée dans la voiture. Hélas, Marshall, en veine de ragots, ne lâcha pas Derek d'une semelle. Au moment où il s'apprêtait à remonter en voiture, Marshall le rattrapa pour lui raconter un dernier potin croustillant. Malgré les efforts d'Audrey pour se tapir dans le coin le plus obscur de la banquette, il était difficile de ne pas la remarquer, avec sa robe orange.

Marshall était l'aîné des fils d'Edward, bien qu'il eût trois ans de moins que Derek. En bonne logique, son chemin n'aurait jamais dû croiser celui d'Audrey.

Heureusement, la rencontre se passa plutôt bien. Il ne posa aucune question indiscrète à son sujet et Derek se garda bien de lui dire quoi que ce soit. Mais deux amis de Marshall, qui se trouvaient avec lui chez le tailleur, les rejoignirent. Sir William, le plus curieux des deux, dévisagea longuement Audrey, avant de demander :

— A-t-elle un rapport avec le comte Langton assassiné par sa femme ?

Un simple « Non » ne s'avéra pas suffisant.

— Qui est-ce, alors ? insista William.

— Je suis une sorcière, sir William, annonça Audrey avant que Derek n'ait eu le temps de répondre. Lord Malory m'a chargée de jeter un sort à quelqu'un. S'agit-il de lui, Derek ?

Derek écarquilla les yeux de surprise. En voyant William pâlir, le regard horrifié, il partit d'un grand éclat de rire.

Audrey avait repris un air innocent.

— Ce n'est pas drôle, Derek, intervint Marshall.

Son cousin riait si fort qu'il ne put répondre.

— Je plaisantais, bien sûr, déclara tranquillement Audrey. Je ne suis pas une sorcière. En tout cas, pas que je sache.

— Juste une ensorceleuse, corrigea Derek avec un tendre sourire pour Audrey.

Comme il s'y attendait, elle rougit du compliment.

Derek se dépêcha de prendre congé de Marshall et de ses amis avant qu'une nouvelle question sur l'identité d'Audrey ne le mette dans l'embarras.

— C'était bien joué, commenta-t-il quand la voiture eut redémarré. Une plaisanterie vaut mieux qu'un mensonge. Bravo d'y avoir pensé, ma chère !

— Quel mensonge auriez-vous choisi, cette fois ? La veuve ou la cousine ?

Il grimaça.

— Cet incident n'était pas prévu, Audrey. Marshall se trouvait chez mon tailleur. Il n'aurait jamais dû vous voir. Malheureusement, il m'a poursuivi jusqu'à la voiture pour me raconter un potin stupide.

Audrey lui sourit, convaincue que ce n'était pas sa faute.

— Nous ferions mieux d'éviter que cela ne se reproduise, dit-elle sans le moindre reproche dans la voix.

— Tout à fait d'accord.

Cependant, à l'arrêt suivant, une boutique de cadeaux où Derek comptait dénicher un présent pour l'anniversaire de sa cousine Clare, il demanda à Audrey de l'accompagner pour l'aider à choisir. Ils tombèrent sur une nouvelle connaissance. Cette fois, il s'agissait de quelqu'un qu'ils avaient déjà rencontré tous les deux – et que ni l'un ni l'autre ne souhaitait revoir.

La malchance avait voulu que David Ashford se trouvât précisément ce jour-là et à cette heure-là dans le même magasin. Ils entrèrent au moment où il en sortait.

— Tiens, tiens, persifla Ashford, passé le premier instant de surprise. Voilà le sauveur des demoiselles en détresse ! Ignorez-vous donc, Malory, que certaines donzelles aiment souffrir ?

Derek se hérissa. Ce genre de commentaires le mettait hors de lui.

— N'avez-vous jamais pensé que vous étiez malade, lord Ashford ?

— Je me porte comme un charme, merci.

— Je parlais de votre santé mentale.

— Ha ! (Il sourit.) Désolé de vous décevoir, Malory, ma tête ne me cause aucun souci. Et j'ai une excellente mémoire. Tôt ou tard, vous vous mordrez les doigts de m'avoir soufflé cette petite.

— J'en doute, répliqua Derek en feignant l'indifférence. Je ne vous ai rien volé. C'était une vente publique. Qui vous empêchait de continuer à enchérir ?

— Quand on connaît l'étendue de votre fortune ? Ç'aurait été peine perdue. Ne dites pas de bêtises. Mais le jour viendra où vous regretterez de vous être mis en travers de mon chemin.

Derek haussa les épaules.

— Mon seul regret est de vous savoir encore en vie. Les crapules de votre espèce devraient être supprimées à la naissance.

Ashford s'empourpra violemment. Hélas, Derek savait qu'il laisserait passer l'insulte sans le provoquer en duel. C'était un lâche. Les lâches ne se risquaient à combattre que les plus faibles.

— Je me souviendrai de cela, aussi, se contenta-t-il de répondre. (Il jeta un regard glacial à Audrey, avant d'ajouter :) Je ne vous oublierai pas non plus, ma mignonne. Vous paierez cher pour m'avoir fait attendre. Soyez-en certaine...

En disant cela, il avait pointé un doigt accusateur sur la poitrine d'Audrey. Jusque-là, Derek avait réussi à garder son calme. Les fanfaronnades d'Ashford ne l'impressionnaient pas. Mais cette menace à l'encontre d'Audrey le rendit fou de rage. Il abattit son poing sur la figure du scélérat et le saisit au collet avant qu'il ne tombe à terre.

— Vous vous imaginiez peut-être que je n'oserais pas vous corriger dans ce magasin de porcelaine ? lui cria-t-il. Détrompez-vous, Ashford. Je me moque bien de détruire tous ces objets, du moment que je vous détruis avec.

Ashford avait pâli, mais à ces mots le propriétaire du magasin accourut vers eux.

— J'aimerais autant, milord, que votre petite altercation ne soit pas préjudiciable à mon commerce, dit-il à Derek sans cacher son inquiétude. Pourriez-vous, s'il vous plaît, poursuivre votre explication ailleurs ?

Audrey décida également d'intervenir.

— Ne répondez pas à sa provocation, chuchota-t-elle à l'oreille de Derek. Ashford rêve de vous voir causer un scandale.

Cette mise en garde était quelque peu tardive. Derek regarda autour de lui, s'attendant à un attroupement. Par chance, il n'y avait pour l'instant aucun autre client dans le magasin. Soulagé, il relâcha Ashford.

— Vous parliez de regrets, tout à l'heure, lui dit-il d'une voix menaçante. Eh bien, moi, je vous promets que si jamais vous osez toucher ou même approcher cette jeune femme, vous le regretterez amèrement car du même coup vous aurez signé votre arrêt de mort.

Sur ces mots, il se détourna d'Ashford et désigna un vase en cristal, sur une étagère.

— J'achète cela, dit-il au marchand.

— Certainement, milord. Si vous voulez bien me suivre, répondit l'homme en emportant le vase vers son comptoir.

Derek prit la main d'Audrey. Plus personne ne prêtait attention à Ashford. Au bout de quelques minutes, on entendit la porte s'ouvrir et se refermer sur lui. Il était parti.

Audrey et le marchand soupirèrent en même temps. Derek était encore trop en colère pour partager leur soulagement. Il aurait dû battre cette crapule à mort, quitte à provoquer un scandale. Son intuition lui disait qu'il risquait un jour de regretter de ne l'avoir pas fait alors qu'il en avait l'occasion et le motif.

Furieux contre lui-même, il paya le vase avec un gros billet.

— Gardez la monnaie, dit-il. Et oubliez ce malencontreux incident.

— Quel incident ? répondit le marchand, qui avait retrouvé le sourire.

Il avait réussi à sauver son magasin et, en plus, il empochait un coquet pourboire.

Avec sa crinière blonde et son éternel sourire, Derek Malory avait gardé un visage d'adolescent qui lui donnait l'air inoffensif. Audrey savait maintenant que cette apparence était trompeuse. Elle avait été horrifiée de retrouver lord Ashford, dont la seule vue avait suffi à lui rappeler la pénible épreuve de la vente chez Lonny. Mais Derek l'aurait sans doute tué si elle n'avait pas retenu son bras.

Connaissant son aversion pour les scandales, elle savait que cet argument suffirait à l'arrêter. Ce qui s'était passé. En revanche, elle ignorait pourquoi elle était intervenue. Peut-être parce qu'elle ne voulait pas le voir devenir violent. Ou parce que le malheureux commerçant s'inquiétait pour sa marchandise. Ou encore parce qu'elle avait cherché à protéger Derek en ne le laissant pas commettre un acte qu'il aurait pu regretter plus tard. Cette dernière hypothèse était de loin la plus inquiétante.

Audrey s'était juré de jouer son rôle de maîtresse sans y mêler de sentiments personnels. Cette position devenait de plus en plus difficile à tenir. Elle aimait autant partager le quotidien de Derek que faire l'amour avec lui. En fait, elle aimait tout ce qui le concernait et redoutait que cela ne se vérifie chaque jour un peu plus.

Cette perspective la terrifiait. Elle *refusait* de tomber amoureuse de lui. Elle ne voulait pas souffrir le jour où il lui annoncerait qu'il la répudiait. Or, ce jour arriverait tôt ou tard.

Il avait déjà eu une maîtresse, dans le passé. D'après ce qu'elle avait compris, il ne l'avait gardée que quelques mois. Audrey ne se faisait pas d'illusions : le prix exorbitant qu'il avait payé pour l'acheter n'était certainement pas un argument de longévité dans ses bonnes grâces. Derek Malory était assez riche pour s'offrir autant de maîtresses qu'il le désirait. Le jour où il s'intéresserait à une autre, il la renverrait sans se soucier de ce qu'elle pourrait penser. C'était aussi simple que cela. Si elle commettait la bêtise de tomber amoureuse de lui, ce jour-là serait pour elle à marquer d'une pierre noire.

Pendant qu'Audrey ressassait son inquiétude, Derek ruminait son altercation avec Ashford. Ni l'un ni l'autre ne parlaient.

À l'arrêt suivant, Audrey préféra rester dans la voiture. D'ailleurs, Derek ne lui proposa pas de descendre. Il revint un quart d'heure plus tard, un petit paquet à la main.

— C'est pour vous, dit-il en le lui tendant.

Audrey considéra le paquet d'un air circonspect. Pourquoi lui donnait-il un cadeau ? Elle défit l'emballage, ouvrit l'écrin et aperçut un magnifique pendentif en rubis et diamants accroché à une petite chaîne d'or. C'était sobre, raffiné, mais cela avait dû coûter une fortune.

— Vous n'aviez pas besoin… dit-elle, sans quitter le pendentif des yeux.

— Si, répondit-il. Je me sens tellement coupable à votre égard que, si vous ne m'accordez pas votre pardon, je crois bien que je me noierai dans mes larmes.

Elle le regarda, abasourdie à l'idée qu'il pût être sérieux. Son expression ne la détrompa qu'à moitié. Pour les larmes, il plaisantait. Mais la culpabilité se lisait vraiment sur son visage.

— Cette journée est un vrai désastre, ajouta-t-il.

— Pas pour tout, répondit-elle en rougissant aussitôt.

— Ce matin était plus agréable, reconnut-il avec un sourire complice. Mais pour le reste… Je suis sincèrement désolé que vous ayez revu cette crapule d'Ashford.

Elle haussa les épaules.

— C'est un homme cruel. On le devine à son regard.

— Plus cruel que vous ne l'imaginez. (Derek lui raconta ce qu'il savait sur Ashford, en se gardant d'entrer dans les détails pour ne pas la choquer, avant de la mettre en garde :) Si jamais vous recroisez son chemin sans moi, Audrey, songez d'abord à votre sécurité.

Elle pâlit.

— Ma sécurité ?

— Ne vous trouvez *jamais* seule avec lui et ne le laissez pas vous suivre, précisa Derek. Appelez à l'aide, rentrez chez quelqu'un, n'importe quoi, mais surtout ne lui fournissez pas l'occasion de s'approcher de vous.

— Ne craignez rien, le rassura-t-elle. Le mieux serait bien sûr que je ne le revoie jamais. Si cela devait arriver, je vous promets de lui échapper.

— Parfait. Maintenant, dites-moi que vous me pardonnez.

Elle lui sourit.

— Je vous pardonne, bien que vous ne soyez pas coupable. Vous pouvez aller rendre ce pendentif et récupérer votre argent. Vous n'avez pas besoin de m'acheter des bijoux.

Il sourit à son tour.

— Ma chère Audrey, une maîtresse ne s'exprime pas ainsi. Quoi qu'il en soit, je ne rendrai pas ce bijou. Il est pour vous.

Elle soupira.

— Alors je suppose qu'il serait grossier de ma part de ne pas vous remercier ?

— Très grossier, en effet.

— Merci.

— De rien, ma chère.

C'était leur dernier arrêt. Il la reconduisit chez elle, resta à dîner et passa toute la nuit en sa compagnie.

Au départ, il n'avait rien prévu de tel. Lorsque son père séjournait à Londres, Derek s'efforçait de rentrer à la maison assez tôt pour partager la soirée avec lui. Ne sachant pas quand Jason repartirait pour Haverston, il risquait de ne pas le revoir le lendemain. Cependant, malgré son envie d'avoir une discussion avec lui au sujet de son divorce – et de cette maîtresse qu'il avait soigneusement cachée –, il ne put se résoudre à quitter Audrey. Elle avait été bouleversée par leur rencontre avec Ashford. Il ne voulait pas qu'elle passe la soirée seule.

L'attitude d'Ashford avait été surprenante. Il avait menacé Audrey comme s'il était convaincu qu'elle lui appartenait et qu'il la récupérerait un jour. Dieu seul savait ce que son esprit torturé serait capable d'imaginer pour parvenir à ses fins !

Malgré le danger qu'il pressentait, Derek ne pouvait tout de même pas passer chaque minute auprès d'Audrey. Il ne pouvait pas non plus l'empêcher de sortir à cause d'une vague menace qu'il était le seul à ressentir. Audrey avait besoin d'une certaine liberté. Elle devait pouvoir se rendre à sa guise chez sa couturière ou dans n'importe quelle autre boutique.

Ne sachant quelle solution adopter, Derek décida qu'il rendrait une nouvelle visite à son oncle James pour lui demander conseil.

19

Le lendemain matin, avant même de rentrer chez lui pour se changer, Derek passa chez son oncle comme il se l'était promis. Après un rapide entretien avec lui, il repartit, soulagé. Audrey ne courait plus aucun danger dans l'immédiat, car James avait chargé deux de ses domestiques de suivre Ashford.

Artie et Henry n'étaient pas des domestiques ordinaires. Ils avaient fait partie de l'équipage de James du temps où celui-ci écumait les mers. C'était précisément la raison pour laquelle Derek se sentait si soulagé.

Lorsque James avait vendu son bateau, Artie et Henry avaient émis le vœu de rester à son service. Il les avait alors employés dans sa demeure londonienne. Leur manque de raffinement ne le gênait pas le moins du monde et tante Georgina avait renoncé depuis longtemps à leur apprendre les bonnes manières.

Quand, par hasard, ils ouvraient la porte, les visiteurs qui n'avaient pas la chance d'être membres ou amis de la famille étaient en général accueillis par un tonitruant : « Qu'est-ce que vous venez foutre ici ? » Sauf lorsque le visiteur était une lady. Les ladies étaient automatiquement attirées à l'intérieur et la porte refermée derrière elles avant même qu'elles aient eu le temps de donner leur nom.

Artie et Henry ne seraient jamais des majordomes modèles. En revanche, leur passé de pirates convenait parfaitement à la mission que James leur avait confiée. Depuis la veille au soir, ils n'avaient pas lâché Ashford d'une semelle. Ils l'avaient d'abord suivi jusque chez lui, puis dans une petite maison isolée en dehors de la ville où il n'était demeuré que quelques heures avant de revenir s'enivrer dans une taverne.

Avant de quitter son oncle, Derek avait aussitôt envoyé un message à Audrey pour la rassurer et lui dire qu'elle pouvait désormais sortir sans danger. Puis il était rentré chez lui, où son père se trouvait encore.

Derek n'eut pas le temps de s'en réjouir ; à la façon dont Jason le convoqua dans son bureau, il comprit qu'il y avait de la remontrance dans l'air. Derek s'imagina immédiatement que Frances avait parlé à son père de leur rencontre en pleine rue. Il ne tarda pas à découvrir qu'il se trompait lourdement.

— As-tu *vraiment* acheté une maîtresse aux enchères dans un bordel ? demanda Jason de but en blanc.

De saisissement, Derek se laissa tomber dans le fauteuil où il s'apprêtait à s'asseoir. Quand son père s'exprimait sur ce ton, on pouvait s'attendre à une grosse colère.

— Comment l'avez-vous su ?

— Comment as-tu pu penser que je n'en saurais rien, alors que la chose s'est passée en public, au vu et au su de tes pairs ? rétorqua Jason.

Derek grimaça.

— Je l'espérais, simplement. Les gentlemen se vantent rarement de fréquenter de tels endroits. Je pensais que personne ne dirait rien.

Jason secoua la tête.

— Je vais te raconter comment je l'ai appris. Hier soir, je suis passé à mon club. J'y ai rencontré l'un de mes amis, qui a considéré de son devoir de me mettre au courant. Il tenait la nouvelle de quelqu'un qui connaissait quelqu'un qui connaissait quelqu'un qui s'était trouvé là ce soir-là. Autrement dit, la nouvelle a déjà fait le tour de tous les clubs de la ville. Dieu sait combien de ladies en parlent déjà dans leurs cercles !

Derek était rouge de confusion.

— C'est tout de même moins grave que si une lady était directement impliquée, avança-t-il pour sa défense.

— Ne noie pas le poisson, répliqua James, les sourcils froncés. Pourquoi diable as-tu participé à cette honteuse mascarade ?

— Je voulais sauver cette innocente fille de...

— Innocente ? le coupa Jason. D'abord, qui est-elle ?

— Elle s'appelle Audrey Langton, mais son identité est sans importance. Comme je vous le disais, je l'ai achetée pour lui épargner un sort horrible.

— Pourrais-tu mieux t'expliquer ?

Derek soupira.

— Je n'avais pas prémédité d'assister à cette vente, père. Nous nous étions simplement arrêtés dans cet établissement pour jouer aux cartes le temps que Jeremy rende une visite à la fille...

— Tu avais emmené Jeremy avec toi ? s'étrangla Jason. Il n'a que dix-huit ans !

— Jeremy fréquente ce genre d'endroits probablement depuis plus longtemps que moi. N'oubliez pas qu'il a grandi dans une taverne avant qu'oncle James ne le prenne avec lui.

Comme cet argument laissait Jason de marbre, Derek continua :

— Donc, je n'avais pas prévu de participer à cette vente. J'ai changé d'avis quand j'ai vu qui voulait acheter la fille.

— Qui ?

— Un lord avec lequel j'ai déjà dû me battre pour avoir été le témoin des sévices qu'il inflige aux prostituées. Il les fouette jusqu'au sang. D'après la rumeur, c'est le seul moyen qu'il a de jouir.

— Tout cela est dégoûtant.

— Je suis bien d'accord avec vous. À ma demande, oncle James a prévu de le mettre hors d'état de nuire.

— James ? Comment va-t-il s'y prendre ?

— Je... euh... en fait, je ne le lui ai pas demandé.

Jason s'éclaircit la gorge.

— Après tout, tant mieux. Quand mon frère se mêle de ce genre de choses, il est préférable d'ignorer les détails. Quoi qu'il en soit, Derek...

— Père, je n'avais pas d'autre solution, le coupa Derek. Pour sauver cette fille, j'étais bien obligé de l'acheter. La suite a prouvé qu'elle était vraiment vierge. Je suis d'autant plus heureux de l'avoir arrachée aux griffes d'Ashford.

— David Ashford ? Grands dieux, il aurait mérité d'être châtré depuis longtemps.

— Vous le connaissez ?

— J'ai entendu beaucoup de choses sur son compte. Avant même d'être majeur, il avait l'habitude de torturer ses domestiques femmes. On a raconté aussi qu'une de ses victimes avait porté plainte contre lui. L'affaire n'est jamais arrivée devant un tribunal car la femme s'est rétractée. Il paraît qu'Ashford a déboursé une fortune pour acheter son silence. Si la rumeur est fondée, ce fut une sorte de punition, pour lui.

Derek hocha la tête.

— Je suis convaincu que tout cela est vrai. C'est un homme d'une rare cruauté.

— On ne pourra rien contre lui tant que personne n'acceptera de l'accuser publiquement, soupira Jason.

— Il paie généreusement ses victimes, tout en les menaçant de représailles au cas où elles tenteraient de s'en prendre à lui.

— La carotte et le bâton, en quelque sorte. C'est astucieux. Et imparable. Mais puisque tu as impliqué James dans l'affaire, ne t'en occupe plus toi-même. Je peux te garantir que mon frère trouvera une solution.

— C'est précisément dans cet espoir que je lui ai demandé d'intervenir. La malchance a voulu que je retombe sur cette crapule avec Audrey. Il considère qu'elle lui revient de droit et il l'a menacée de se venger.

Jason haussa les sourcils.

— Dois-je comprendre que tu as gardé cette fille ?

— Oui, puisqu'elle avait été vendue comme maîtresse et que j'avais payé cher pour l'avoir.

— Combien ?

— Je préférerais ne pas...

— *Combien ?*

Derek se sentit comme un gamin pris en faute. N'osant pas dire le chiffre, il ouvrit cinq fois la main droite.

— *Deux mille cinq cents livres !* s'exclama Jason.

Derek avala sa salive, avant d'avouer :

— Non... Vingt-cinq mille.

Jason ouvrit la bouche, avant de la refermer comme il avait soudain perdu l'usage de la parole. Il secoua longuement la tête en soupirant.

— Je dois t'avoir mal compris, dit-il finalement. Tu n'as pas dépensé *vingt-cinq mille livres* pour une maîtresse ?

— Père, c'était le seul moyen d'empêcher Ashford de remettre la main sur la fille, plaida Derek.

— Moi, je vois au moins une demi-douzaine d'autres moyens. À commencer par kidnapper la fille. Qui aurait pu vous en empêcher, alors que de telles ventes sont à peine légales ?

Derek sourit. Son père n'était pas un Malory pour rien. Les frères de Jason auraient proposé la même solution : enlever Audrey.

— Je pense que Lonny, le propriétaire du bordel, s'y serait violemment opposé. Cette vente lui a rapporté une jolie commission.

— Lonny ? (Jason fronça les sourcils, ouvrit le *London Times* posé sur son bureau et désigna un article à Derek.) Serait-ce ce Lonny-là, par hasard ?

Derek prit le journal et parcourut l'article des yeux. Il fut si surpris qu'il le relut plus attentivement. Le journaliste parlait d'un certain Lonny Kilpatrick, trouvé assassiné dans l'établissement malfamé qu'il dirigeait depuis bientôt deux ans. Il avait été découvert baignant dans une mare de sang après avoir reçu plusieurs coups de poignard. Le police ne disposait pour l'instant d'aucun indice sur l'identité de son meurtrier.

— Ça alors... murmura Derek en retombant dans son fauteuil.

— Il s'agit bien du même Lonny ? demanda Jason.

— Oui.

— Je doute qu'il puisse exister un rapport entre la vente de la fille et cet assassinat. Toutefois, les détails du crime me font repenser à ce que tu disais tout à l'heure sur la prédilection d'Ashford pour le sang.

Derek secoua la tête.

— C'est un lâche. Il n'aurait jamais assez de cran pour tuer.

Jason haussa les épaules.

— D'après ce qu'on sait de lui, cet homme est un malade mental. Personne ne sait exactement de quoi est capable ce genre d'individu. Cela dit, je pense que tu as raison. C'est un lâche qui ne torture que plus faible que lui. Du reste, pourquoi aurait-il tué ce Lonny ? De toute évidence, il n'aime voir souffrir que les femmes.

Derek aurait aimé partager l'avis de son père. Mais le doute s'était soudain insinué dans son esprit. Il se sentait de nouveau inquiet. Il décida de retourner immédiatement chez son oncle James pour le mettre au courant de ce dernier rebondissement.

Du coup, il en oublia de questionner son père au sujet de cette maîtresse qu'il avait cachée pendant tant d'années.

Quand il revint, deux heures plus tard, son père était déjà reparti pour Haverston. Il avait laissé un mot à son fils pour lui rappeler qu'il y était attendu à Noël.

Malgré les assurances de Derek qu'elle n'avait plus rien à redouter d'Ashford tant qu'il serait suivi par les hommes de son oncle, Audrey ne sortit pas de chez elle pendant une semaine.

Comme elle avait engagé tous les domestiques dont elle avait besoin, elle envoya son valet chercher deux nouvelles robes chez la couturière. Elle le chargea également de racheter du fil dans la petite mercerie où elle s'était déjà approvisionnée pour confectionner un cadeau de Noël à Derek. Elle lui cousait en secret des mouchoirs gravés à son chiffre.

Bizarrement, Audrey avait été moins effrayée le jour même de sa rencontre avec Ashford que le lendemain, après avoir passé la nuit auprès de Derek. Elle avait senti sa peur, bien qu'il n'eût plus évoqué le sujet après l'avoir mise en garde contre cet odieux personnage.

Cette période de réclusion volontaire eut une conséquence positive. Après trois jours de réflexion, Audrey se sentit enfin le courage d'écrire à sa tante Elizabeth. Elle lui expliqua que son amie, ayant reçu quelque espoir d'un médecin londonien, avait emménagé dans la capitale pour se rapprocher de lui.

Sachant qu'Elizabeth attendrait une adresse où lui répondre, Audrey résolut de donner la sienne, à défaut d'une autre solution.

Elle ajouta un petit mot pour sa sœur, afin de lui décrire la magie de la grande ville.

Les deux lettres terminées, Audrey se sentit si méprisable que, ce soir-là, elle ne fut pas d'une compagnie agréable pour Derek. Comme il s'en aperçut, elle lui répondit par un mensonge supplémentaire à propos d'une vague migraine. Le lendemain, il lui fit livrer un énorme bouquet de roses qui lui donna envie de pleurer.

Finalement, Audrey se convainquit qu'elle tomberait réellement malade si elle s'entêtait à ne pas sortir. Profitant d'une belle journée ensoleillée, elle décida de retourner chez sa couturière.

Craignant de retomber sur lady Eden, elle s'y rendit un matin, à une heure où, d'ordinaire, les ladies se reposent encore des mondanités de la veille.

Elle avait bien calculé. Les salons de Mme Westerbury étaient déserts. Audrey put commander deux nouvelles robes en toute tranquillité. C'est au moment de sortir que tout se gâta.

En ouvrant la porte, Audrey se retrouva nez à nez avec sa tante Elizabeth qui tenait Jane par la main. Jane poussa un cri de joie, mais Elizabeth parut aussi stupéfaite qu'Audrey.

— Que faites-vous à Londres ? s'exclamèrent-elles en même temps.

— Vous n'avez pas reçu ma lettre ? demanda Audrey.

— Non, je n'ai rien reçu, répondit Elizabeth d'un ton de reproche.

Audrey s'en voulut de ne pas avoir écrit plus tôt. Sa tante attendait de ses nouvelles depuis longtemps. Mais il lui était si pénible de mentir à sa famille qu'elle avait plusieurs fois remis cette épreuve à plus tard. Maintenant, elle se trouvait au pied du mur.

— Je vous ai écrit pour vous annoncer que je suivais Anne à Londres, tante Elizabeth. Un médecin d'ici lui a redonné espoir. Elle a voulu se rapprocher de lui.

— C'est une merveilleuse nouvelle !

— N'est-ce pas ?

— Alors, tu vas bientôt rentrer à la maison, Audrey ? demanda Jane.

— Non, ma chérie. Anne est encore très malade, répondit Audrey en serrant Jane dans ses bras.

— Ta sœur est plus utile ici, précisa Elizabeth. Son amie a besoin de son réconfort.

— Que faites-vous à Londres, ma tante ? redemanda Audrey.

Elizabeth soupira.

— Figure-toi que notre couturière a déménagé sans crier gare. Comme Jane et moi avions besoin de nouvelles robes, j'ai préféré venir à Londres en attendant que sa remplaçante s'installe. Plusieurs de mes amies m'avaient recommandé Mme Westerbury. Elle est très réputée.

— Oui, c'est une excellente couturière, confirma Audrey. Je lui ai moi-même commandé quelques modèles car je n'avais presque rien pris dans mes bagages.

— Si ton séjour doit se prolonger, tu me donneras la liste de tout ce qui te manque. Je te l'expédierai. Il n'y a aucune raison que ta bonté t'oblige à te priver. Mais, j'y pense : puisque tu es à Londres, il faut que tu profites de la saison. J'ai assez d'amies dans la capitale qui seraient ravies de te sortir dans le monde. Anne ne pourra pas t'en vouloir de la délaisser quelques heures pour te changer les idées.

Tante Elizabeth ne pensait qu'à son bien. Elle ne pouvait pas savoir qu'Audrey s'était exclue de la bonne société.

— Cela peut attendre, ma tante, répondit-elle. Je n'aurai guère le cœur à m'amuser tant qu'Anne en sera empêchée.

Elizabeth hocha la tête.

— Je te comprends. Mais n'oublie pas que tu es en âge de te marier. Dès que tu rentreras à la maison, nous préparerons sérieusement ton avenir. Je vais commencer à y réfléchir de mon côté. Il faut que tu sois bien établie. Je dois au moins cela à ma sœur.

Audrey soupira intérieurement. Elle détestait l'idée que sa tante perde inutilement son temps à échafauder des plans sans issue. Mais elle ne pouvait pas lui demander de ménager sa peine sans lui avouer la vérité. Et que dirait-elle dans six mois ? Dans un an ? Que son amie était *toujours* malade ? Plus le temps passerait et moins cette excuse serait crédible.

— Ne prévoyez rien dans l'immédiat, ma tante, finit-elle par répondre. J'ignore combien de temps Anne aura encore besoin de moi.

— Je m'en doute, acquiesça Elizabeth. Puisque nous en parlons, j'aimerais profiter de ma présence à Londres pour rendre une visite de politesse à ton amie.

Audrey fut prise de panique. Elle se trouvait subitement à court d'arguments. Comment sa tante pourrait-elle rendre visite à quelqu'un *qui n'existait pas ?*

Heureusement, Elizabeth n'avait pas encore l'adresse d'Audrey. Elle ne la trouverait qu'en rentrant chez elle, avec la lettre. Audrey se reprochait de l'avoir donnée, à présent. Mais comment aurait-elle pu imaginer que sa tante viendrait à Londres, elle qui détestait les encombrements de la capitale ?

Quoi qu'il en soit, Audrey disposait d'un répit qu'elle décida de mettre à profit.

— Anne est trop lasse pour recevoir des visites, expliqua-t-elle. Le voyage jusqu'à Londres l'a épuisée.

— Pauvre fille ! Elle va donc si mal ?

— Oui. Elle a failli mourir, avant de découvrir ce nouveau traitement qui lui a redonné quelques forces. Le médecin a dit qu'il faudrait attendre encore plusieurs mois pour savoir si elle est vraiment tirée d'affaire.

Mais je tiens à vous revoir toutes les deux avant votre départ. À quel hôtel êtes-vous descendues ?

— À l'*Albany*. (Sa tante tira un bristol de son réticule et le lui tendit.) Tiens, voici l'adresse.

— Je ne manquerai pas de passer, promit Audrey en empochant la carte de visite. Vous me manquez beaucoup, toutes les deux. Maintenant, je dois me dépêcher de partir.

— À demain, Audrey, dit Elizabeth sur un ton qui ressemblait davantage à une convocation qu'à une invitation. Nous t'attendrons.

20

— Bon Dieu ! Il se décide enfin à s'éloigner de sa voiture ! se réjouit Artie. (Il ralentit l'attelage qui suivait celui d'Ashford.) Je commençais à penser qu'on ne le surprendrait jamais seul.

— Tu appelles ça seul ? s'exclama Henry en suivant leur proie du regard. Il vient déjà d'accoster une femme.

— Zut ! Voilà une semaine qu'on le lâche pas d'une semelle et on n'a pas encore trouvé l'occasion de l'attraper. Ce type est toujours chez lui ou dans sa voiture. Le diable l'emporte !

— Je t'assure qu'on aurait dû s'emparer de lui dans la taverne, l'autre soir. On l'aurait sorti par la porte de derrière pendant que son cocher aurait continué de l'attendre sur le trottoir.

Henry secoua la tête.

— Le capitaine nous a demandé d'éviter tout esclandre. La taverne était bondée.

— Et alors ? Tu trouves pas qu'il y a plus de monde dans cette rue ?

Henry regarda autour de lui, avant de répondre :

— Pas tant que ça. Ici, les gens vaquent à leurs occupations sans se mêler de ce qui se passe autour d'eux. Personne ne s'apercevra qu'on l'escorte vers notre voiture plutôt que vers la sienne.

— Moi, je te répète qu'on aurait dû l'enlever le soir où il s'est rendu dans cette baraque isolée dans les bois. L'endroit était désert.

— Pas sûr. Il y avait une fenêtre allumée. Tu n'as pas pu la voir : tu dormais.

— Tu ne vas pas encore me reprocher de m'être endormi *une* malheureuse fois ?

— *Deux* fois, pour être exact. Mais peu importe. (Henry observa attentivement la femme avec qui parlait Ashford avant d'ajouter :) On dirait qu'elle a peur.

Artie suivit son regard.

— Elle doit le connaître. Si j'étais une fille et que je sache ce dont le bonhomme est capable, moi aussi, j'aurais les jetons.

— Artie, j'ai l'impression qu'elle ne le suit pas de son plein gré.

— Quoi ? Tu crois qu'il l'enlève ? Bon Dieu, ça ne va plus du tout ! C'est *nous* qui étions supposés l'enlever, *lui* !

Le cocher d'Audrey avait dû déplacer sa voiture jusqu'au bout de la rue pour libérer la circulation. Quand il vit sa maîtresse sortir de la boutique, il lui fit de grands signes de la main pour attirer son attention. Audrey l'aperçut et marcha dans sa direction.

Elle était encore trop bouleversée par sa rencontre avec sa tante pour prêter attention à ce qui l'entourait. Aussi ne vit-elle pas lord Ashford arriver à sa hauteur. Elle ne prit conscience de sa présence qu'au moment où il l'attrapa par le coude pour l'obliger à marcher à côté de lui.

— Si vous criez, je vous casse le bras, la prévint-il avec un sourire glacial.

Audrey était devenue blanche comme un linge. Son cocher se rendait-il compte qu'elle avait besoin d'aide, ou s'imaginait-il qu'elle venait de rencontrer une connaissance ?

— Lâchez-moi, dit-elle d'une voix qu'elle aurait voulue plus assurée.

Pour toute réponse, il lui rit à la figure.

Audrey sentit son sang se glacer dans ses veines. Il fallait qu'elle crie pour se sortir de ce piège. Qu'était un bras cassé en comparaison des sévices dont elle le savait capable ?

Comme s'il avait deviné son intention, Ashford avança un autre argument pour la réduire au silence.

— J'ai tué Lonny, annonça-t-il. Ce bâtard m'avait fait miroiter une vierge et il a osé la vendre à un autre ! Il aurait dû négocier avec moi, au lieu de vous mettre aux enchères. Bah ! maintenant, je regrette de l'avoir refroidi. C'est son frère qui a repris la maison. Il n'autorise plus les mêmes fantaisies. Je vais être obligé de chercher un autre endroit pour mes petits plaisirs.

Il avait dit tout cela d'un ton détaché, comme s'il parlait de la pluie et du beau temps. Il ne regrettait pas d'avoir *tué un homme*. Simplement d'avoir perdu une adresse commode pour assouvir ses vices.

Audrey était si terrifiée qu'elle se rendit compte trop tard qu'il l'entraînait vers une voiture qui venait de stopper à leur hauteur. Quand elle voulut crier, il lui avait déjà plongé la tête dans les coussins de la banquette.

Il la maintenait si fort qu'elle pouvait à peine respirer. Elle céda à la panique. Avait-il décidé de la tuer tout de suite, là, dans cette voiture ?

Quand il la relâcha enfin, elle ouvrit la bouche pour reprendre son souffle. Ashford en profita pour la bâillonner, si bien qu'elle n'eut même pas le temps de crier.

Audrey se demanda si son cocher avait vu la scène. Peut-être avait-il cherché à lui porter secours, mais c'était trop tard, de toute façon. La voiture d'Ashford filait déjà à un train d'enfer.

Son ravisseur ne se contenta pas de la bâillonner. Pour l'empêcher de se débattre, il lui attacha les poignets dans le dos. La corde était si serrée qu'Audrey sentit rapidement ses doigts s'engourdir.

Ces désagréments étaient toutefois de la roupie de sansonnet en regard de ce qui l'attendait. Derek lui avait détaillé les cruautés dont cet homme était capable. Elle savait qu'elle devait impérativement trouver un moyen de lui fausser compagnie avant qu'il ne fût trop tard.

La portière de la voiture s'ouvrirait-elle si elle donnait un coup de pied dedans ? Elle n'aurait plus qu'à sauter et à s'enfuir en courant, puisqu'il ne lui avait pas entravé les chevilles. L'entreprise était risquée, mais Audrey était assez désespérée pour la tenter. Elle n'avait besoin que d'une seconde d'inattention de son ravisseur.

— J'aurais pu attendre qu'il se lasse de vous et vous répudie, mais ma patience a des limites, dit-il soudain. Malheureusement pour vous, à cause de lui, je vais devoir vous cacher.

« Lui », c'était bien sûr Derek. Visiblement, Ashford le craignait. Il savait qu'il avait pris un risque en la kidnappant, car il se doutait que Derek se lancerait à sa recherche. Si seulement il consentait à desserrer son bâillon pour qu'elle puisse parler, elle jouerait de cette peur.

— À moins que je ne le supprime, lui aussi, ajouta-t-il.

Audrey pâlit. Il avait dit cela en regardant par la fenêtre, comme s'il se parlait à lui-même. Cet homme était fou.

— Il le mérite amplement, continua Ashford, mais je n'ai pas encore arrêté ma décision. (Il se tourna vers elle.) Peut-être réussirez-vous à me persuader de lui laisser la vie sauve, qui sait ?

Audrey aurait voulu lui répondre qu'il était un monstre. Un dément. Son bâillon l'en empêcha, mais il pouvait au moins lire dans ses yeux toute la haine qu'elle éprouvait pour lui. Cela parut l'amuser.

Audrey n'était pas naïve. S'il avait décidé de tuer Derek, elle savait qu'elle ne pourrait pas l'en dissuader, quoi qu'elle pût dire. En revanche, Derek ne se laisserait pas attaquer par surprise, comme Lonny. Et il serait moins facile à tuer, Ashford devait s'en douter, car sinon il ne l'aurait pas autant craint.

Si seulement elle trouvait le moyen d'attiser sa peur...

La maison était à l'abandon. Une odeur de moisi flottait dans les pièces vidées de leurs meubles. Des araignées avaient tissé leurs toiles partout.

Pourtant la porte leur avait été ouverte par un vieux domestique. Quelqu'un habitait donc ici. En y regardant de plus près, l'homme n'était pas si âgé. Il était simplement atrocement laid et difforme. Il avait un bras plus long que l'autre – à moins que son dos penché de côté ne donnât cette impression – et son visage boursouflé le faisait ressembler à un porcelet. Ses cheveux gris contribuaient à le vieillir, alors qu'il ne devait pas avoir beaucoup plus de trente ans.

Il semblait vouer une adoration sans bornes à Ashford. Sans doute parce qu'il était le seul à avoir accepté de l'employer malgré ses difformités.

Audrey surmonta sa répulsion pour tenter d'écouter ce qu'il chuchotait à son maître tandis qu'ils traversaient le hall.

— C'est une nouvelle petite pour votre collection, milord ? l'entendit-elle lui demander.

— Tout juste, John. Celle-là a été particulièrement difficile à obtenir.

John ne s'était même pas inquiété de voir son maître entrer avec une femme ligotée et bâillonnée, comme si cela relevait de la routine. Audrey frissonna. « Collection » ? Le mot résonnait désagréablement à ses oreilles.

Ils arrivèrent devant un escalier étroit. John éclairait la route, levant haut une lampe. Ashford dut pousser Audrey, car elle refusait de descendre de son plein gré.

Après une première volée de marches, ils traversèrent une cave qui donnait sur un second escalier. Celui-ci aboutissait dans un corridor qui, à la chiche lueur d'une torche, ressemblait à un couloir de prison. *C'était une prison*, comprit Audrey en apercevant des portes lourdement cadenassées et munies d'un judas. Aucune lumière ne filtrait des cellules, mais une odeur fétide empuantissait l'air. À mesure qu'ils avançaient, on entendait des gémissements qui glacèrent Audrey d'effroi.

Elle compta quatre cellules identiques. Au bout du couloir, d'autres étaient en chantier. Ashford la poussa dans l'une d'elles.

John s'y tenait déjà. Il avait posé sa lampe sur le sol. La pièce était propre et sentait le neuf. Pour tout mobilier, Audrey nota un lit recouvert d'un simple drap et quatre baquets d'eau alignés contre un mur. Pour la laver de son sang quand il en aurait terminé ?

— Bravo, John ! le complimenta Ashford en inspectant la pièce du regard. Tu as terminé juste à temps.

— Merci, milord. La suivante sera prête à la fin du mois.

— Parfait.

Audrey ne les écoutait même pas. Elle contemplait, horrifiée, le lit en face d'elle. Des lanières de cuir étaient fixées aux quatre coins. La vue de ces lanières l'effraya plus que tout le reste. Si Ashford l'attachait à ce lit, elle n'aurait plus aucune chance de lui échapper.

Tout à l'heure, dans la voiture, elle avait essayé de pousser la porte avec son pied. Ashford l'avait arrêtée en ricanant. Cette fois, elle devait absolument lui fausser compagnie pendant qu'il discutait avec son domestique. Une occasion comme celle-là ne se représenterait sans doute pas de sitôt.

Comme il lui tenait toujours le bras, la première chose était d'obtenir qu'il la relâche. Simuler un évanouissement était risqué. Elle aurait trop de mal à se relever à cause de ses mains attachées dans son dos. Elle préféra faire semblant de trébucher et s'écroula sur l'épaule d'Ashford. Comme prévu, il la repoussa. Sa réaction fut immédiate, comme s'il répugnait à ce contact rapproché avec elle. Audrey avait d'autres soucis en tête pour y accorder la moindre importance.

Elle profita de ce qu'elle était libre pour s'enfuir de la cellule. Dans le couloir, elle entendit Ashford dire quelque chose qu'elle ne comprit pas, puis il lui sembla qu'il éclatait de rire.

Elle avait dû se tromper. Pourquoi aurait-il ri ? Cependant, il ne s'était pas encore lancé à ses trousses. Ni son domestique. Arrivée au bas de l'escalier, Audrey comprit pourquoi.

Avec ses mains ligotées, elle ne pouvait pas relever ses jupes, ce qui transformait l'ascension des marches en un exercice périlleux. Voilà pourquoi cette maudite crapule ricanait. Il avait prévu que sa robe entraverait ses mouvements.

Audrey ne voulait pas lui donner le plaisir de la voir renoncer. *Elle monterait cet escalier*. Peut-être moins rapidement qu'elle ne l'aurait souhaité, mais elle le monterait !

Levant une jambe après l'autre aussi haut qu'elle le pouvait, elle réussit tant bien que mal à rejoindre le rez-de-chaussée.

Elle retraversa le hall en courant mais trouva la porte d'entrée verrouillée. En se tournant, elle pouvait manœuvrer la poignée, malgré ses doigts engourdis. Malheureusement, le verrou, trop haut, était hors de sa portée. Elle secoua la tête, désappointée, avant de se ressaisir. Il devait exister une autre porte, qui ne serait pas verrouillée, celle-là. Mais revenir vers l'arrière de la maison l'obligeait à se rapprocher de l'escalier conduisant au sous-sol. Elle risquait de se retrouver nez à nez avec Ashford. Aussi abandonna-t-elle cette idée pour se cacher quelque part.

Dans chaque pièce, des draperies étaient tendues devant les fenêtres. Cette obscurité la servait. Hélas, faute de mobilier, les cachettes étaient inexistantes. Elle ne trouva d'autre issue qu'un escalier qui menait à l'étage. C'étaient encore des marches à monter, mais elle n'avait pas le choix. D'une seconde à l'autre, Ashford et son domestique surgiraient de la cave.

Audrey avait vu juste. À peine avait-elle atteint le palier qu'elle entendit la voix de son ravisseur.

— L'heure de ton châtiment est venue, ma petite. Tu ne peux pas t'échapper. Tu paieras pour ses péchés. Comme les autres avant toi.

Ses péchés ? Audrey devina qu'il parlait d'une femme. Était-ce là le secret de sa folie ?

Le palier donnait sur un couloir dont toutes les portes étaient fermées. Audrey réussit à ouvrir la première, malgré ses doigts gourds. Elle trouva une chambre vide qui ne lui offrait pas plus de refuge que le rez-de-chaussée.

La seconde chambre, qu'elle ouvrit au prix des mêmes efforts, donnait en revanche le spectacle d'un effroyable désordre. De toute évidence, elle était habitée. Sans doute par le domestique d'Ashford. Là non plus, Audrey ne pouvait pas espérer se cacher. À cause du fouillis, la seule place libre restait sous le lit. C'est là qu'Ashford la chercherait en premier.

La troisième chambre était plongée dans une obscurité complète. Audrey tâtonna contre le mur pour trouver les rideaux qu'elle ouvrit d'un coup sec. La lumière du soleil lui révéla que cette pièce était aussi vide que la première.

Le temps pressait. Quand Ashford s'apercevrait qu'elle n'était plus au rez-de-chaussée, il la rattraperait à l'étage. Elle ressortit dans le couloir juste au moment où il lui criait de nouvelles menaces :

— Cette petite plaisanterie vous coûtera cher, je vous le promets ! Montrez-vous maintenant, si vous ne voulez pas que votre châtiment soit aggravé.

Audrey se précipita vers la porte suivante. Elle donnait sur un escalier. Encore des marches ! Celles-ci devaient conduire au grenier. Habituellement, les greniers regorgeaient de malles en tout genre. C'étaient des endroits rêvés pour se cacher.

Pourtant, Audrey hésita. Il lui restait encore deux portes à ouvrir. L'une d'elles donnait peut-être sur un autre escalier qui descendrait dehors et lui permettrait de quitter cette maison. Que choisir ? Une bonne cachette dans le grenier, ou une hypothétique issue vers la liberté ? Cruel dilemme !

Finalement, Audrey résolut de tenter sa chance. Renonçant au grenier, elle courut ouvrir la porte suivante et découvrit une chambre à peine plus meublée que les précédentes : un lit défoncé et un coffre à vêtements béant. Elle renonça à se glisser dedans, pressentant qu'il pourrait se transformer en piège.

Ne restait plus qu'une porte. Audrey perdit du temps à tenter d'en tourner la poignée avant de comprendre que la serrure était fermée à clé. Au même moment, des pas résonnèrent dans l'escalier.

Elle retourna précipitamment dans la chambre précédente et retint sa respiration, l'oreille collée contre le battant. Elle entendit les pas s'arrêter un instant sur le palier, comme si Ashford essayait de deviner où elle se cachait.

Puis il recommença à avancer. Ses pas résonnaient lourdement. Il devait faire exprès d'appuyer de tout son poids sur le plancher, pour qu'elle l'entende arriver.

Au moment où il fit halte devant la première chambre, Audrey se souvint tout à coup qu'elle avait laissé toutes les portes ouvertes, sauf celle de la pièce où elle s'était réfugiée. Dès qu'il s'en apercevrait, il irait droit à elle.

Heureusement, il préférait inspecter méthodiquement chaque pièce avant de passer à la suivante. Audrey profita de ce qu'il était entré dans la chambre du domestique pour ressortir de sa cachette et courir vers l'escalier du grenier. Elle monta les marches aussi rapidement que ses jupes le lui permettaient, en priant le ciel de trouver là-haut un refuge sûr. Ou cette fameuse issue qui la conduirait au-dehors. La maison était entourée d'arbres. Une fois sortie, il ne pourrait plus la retrouver.

Le grenier courait sous les toits sur toute la longueur de la maison. Audrey faillit pleurer en découvrant qu'il était totalement vide.

Elle aurait dû s'en douter. L'absence de meubles, dans les pièces, était un signe. Le propriétaire précédent était parti en emportant tout. Le nouveau propriétaire – probablement Ashford lui-même – avait emménagé sans rien apporter. Il n'habitait pas ici. Il se servait seulement de cette maison isolée pour y assouvir ses vices en toute impunité. Les voisins étaient trop éloignés pour entendre les cris de ses malheureuses victimes. Audrey se rappela en frissonnant le spectacle terrifiant du sous-sol. Elle se trouvait bel et bien dans une prison.

Les pas résonnaient maintenant dans l'escalier du grenier. Audrey se sentit prise au piège. La porte allait s'ouvrir d'une seconde à l'autre. Elle n'avait plus aucun moyen d'échapper à son ravisseur. Si seulement elle n'était pas ligotée, elle pourrait au moins se débattre...

La porte s'ouvrit. Audrey regarda Ashford entrer, pétrifiée. Il souriait ! Ce sourire lui glaça les sangs. Elle avait imaginé qu'il serait furieux contre elle pour l'avoir obligé à fouiller toute la maison. Elle s'était trompée. Il était très calme et il souriait.

Audrey comprit soudain que tout cela n'avait été qu'un jeu pour lui. Un jeu cruel. Il s'était amusé à lui laisser croire qu'elle avait une chance de s'échapper. Elle était tombée dans le piège tête baissée. Elle n'avait réussi qu'à retarder l'inévitable.

— Approchez, ma petite, dit-il, comme s'il imaginait qu'elle allait venir de son plein gré. C'est terminé, à présent.

La récréation était terminée ! C'était donc bien cela, il s'était amusé à ses dépens ! Audrey sentit la colère l'envahir. Elle ne pouvait pas le frapper, à cause de ses mains ligotées ? Qu'à cela ne tienne ! Elle fonça droit sur lui, comme un taureau chargeant son adversaire, et le percuta en pleine poitrine. Il s'attendait si peu à cette attaque qu'il n'eut pas le temps de l'éviter. Sous le choc, il tomba à la renverse dans l'escalier.

Audrey avait pris le risque d'être emportée avec lui dans sa chute. Cependant, elle réussit à recouvrer l'équilibre juste au bord des marches.

Médusée, elle regarda Ashford dégringoler l'escalier avant de s'étaler dans le couloir, à demi assommé. Elle descendit aussitôt et enjamba le corps pour rejoindre l'autre escalier qui menait au rez-de-chaussée. Elle avait repris espoir. Avec un peu de chance, John serait resté au sous-sol. Elle aurait le temps d'inspecter l'arrière de la maison pour trouver une porte.

Au temps pour elle ! En débouchant sur le palier, elle heurta violemment le domestique qui montait à sa rencontre. Cette fois, la collision produisit l'effet inverse. Audrey vit trente-six chandelles, alors que John ne bougea pas d'un pouce, comme s'il était fait d'acier.

21

— Tiens-toi tranquille, l'ami. Je ne voudrais pas être obligé de te trancher le cou.

L'homme avait stoppé net sa progression dans les buissons en sentant la lame glacée sur sa gorge.

— Que… que voulez-vous ? bégaya-t-il.

— J'aimerais savoir où tu te faufiles comme ça.

— Nulle part. Je réfléchissais à ce que je devais faire.

— À quel propos ?

— Je suivais une voiture, que j'ai perdue à un carrefour, à cause de la circulation. D'après sa direction, je suppose qu'elle s'est arrêtée devant la maison qu'on aperçoit derrière les arbres. C'est la seule des environs. Mais je n'ose pas aller frapper à la porte pour vérifier. J'ai l'impression que quelque chose ne tourne pas rond.

La lame du poignard lui chatouilla la gorge.

— Tu as cinq secondes pour t'expliquer plus clairement, l'ami.

— Attendez ! Il s'agit de ma patronne, Mlle Langton. Je suis son cocher, voyez-vous. Je l'avais déposée chez sa couturière. Quand elle est ressortie, un monsieur l'a accostée et entraînée vers sa propre voiture. Pourtant, elle savait que je l'attendais. Elle m'a vu. Donc, elle aurait dû me prévenir qu'elle ne rentrait pas avec moi. À moins qu'elle n'ait pas accompagné cet homme de son plein gré. Voilà pourquoi je les ai suivis. J'ai peur qu'il n'y ait quelque chose de louche là-dessous.

Le poignard s'éloigna de sa gorge.

— Je crois que nous sommes ici pour la même raison, l'ami, dit Henry avec un sourire d'excuse.

— Pardon ?

— Ta Mlle Langton a bien été emmenée dans cette maison. Et je suis certain qu'elle ne le souhaitait pas. La voiture qui les a conduits ici est déjà repartie en ville. J'ignore combien il y a de gens à l'intérieur. Nous devons d'abord le savoir avant de sauver ta patronne. Mon camarade a été chercher des renforts. Malheureusement, il les conduira à la mauvaise adresse.

— Sauver Mlle Langton ? répéta le cocher d'une voix suspicieuse. Qu'est-ce qui me dit que vous ne venez pas vous-même de cette maison ?

— Si c'était le cas, l'ami, il y aurait déjà longtemps que je t'aurais tranché la gorge.

Derek arriva chez son oncle à l'instant précis où James sortait de chez lui. Il bondit de son siège, effrayé par son air soucieux.

— Votre message disait que c'était urgent...

James lui fit signe de remonter dans sa voiture.

— Je pars avec toi et je t'expliquerai en route. Je suis bien content que tu aies pu venir aussi vite.

Quand ils avaient compris que lord Ashford enlevait Audrey, Artie et Henry l'avaient filé un moment dans les rues de la ville. Croyant qu'il se rendait à son hôtel particulier, ils avaient décidé d'un commun accord que Henry continuerait à le suivre pendant qu'Artie retournerait à Berkeley Square alerter James. Dès qu'il avait appris l'enlèvement d'Audrey, James avait aussitôt fait prévenir Derek et Anthony.

— Je crains qu'Anthony n'arrive trop tard, annonça James en s'installant face à Derek pendant qu'Artie montait à côté du cocher pour le guider.

— Que se passe-t-il ?

— Ashford a kidnappé Audrey. Du moins, une fille qui lui ressemble beaucoup. Artie ne l'avait jamais rencontrée, mais la description qu'il m'en a donnée correspond parfaitement à Audrey. Ça s'est passé il y a deux heures sur Bond Street.

Derek pâlit.

— Sa couturière est dans cette rue. Audrey devait s'y rendre aujourd'hui.

— Ce n'est peut-être pas elle, Derek. Pour s'en assurer, il faudrait d'abord passer chez elle. Mais ça nous retarderait et...

— Bon Dieu, le coupa Derek, je vais le tuer !

— J'ai d'autres plans pour lui qui...

— S'il touche à un seul de ses cheveux, c'est un homme mort, répéta Derek, ivre de rage.

James soupira.

— Si tu y tiens absolument...

Derek pressa tant et si bien son cocher qu'ils arrivèrent chez Ashford en moins de dix minutes. Ses domestiques jurèrent qu'il était absent. James ne voulut pas se fier à leur parole. Il décida de fouiller la maison.

Anthony les rejoignit sur ces entrefaites. Il leur fit observer qu'avec autant de domestiques Ashford n'aurait pas pris le risque d'amener chez lui une femme qu'il avait l'intention de violenter. Ses cris n'auraient pas manqué d'être entendus. Il était même raisonnable de penser que ses domestiques – à l'exception d'un ou deux mis peut-être dans la confidence – ignoraient tout des mœurs sadiques de leur maître. Sinon, la plupart auraient refusé de travailler pour lui.

Derek se rangea à cet avis. Mais son angoisse était à son comble. Chaque minute qui passait augmentait le danger pour Audrey. Et ils avaient déjà perdu une demi-heure à fouiller la maison d'Ashford.

— Pourquoi as-tu été si long ? grommela Ashford en voyant John arriver.

Il venait juste de se relever et il se massait la nuque.

— J'ai repéré des intrus sur la propriété, milord, expliqua John en poussant Audrey devant lui. Je les ai aperçus de la cuisine en cherchant la fille. Ils tournaient autour de la maison d'une façon qui ne me plaisait pas.

— Des intrus, tu es sûr ? demanda Ashford. N'étaient-ce pas plutôt des promeneurs ?

— Ils étaient deux et ils n'avaient pas du tout l'air de se promener, répliqua John. J'ai préféré m'en occuper.

— Où sont-ils ?

— Ligotés dans l'écurie. J'ai tapé un peu fort sur le premier. Peut-être qu'il est mort. Le deuxième est en bon état, mais il ne s'échappera pas de sitôt.

Ashford hocha la tête, comme si cette nouvelle lui paraissait anodine.

— Tu as bien fait, John. Comme d'habitude, du reste. Ces deux lascars peuvent attendre. *Pas elle*. Je la voulais depuis trop longtemps.

Il regarda Audrey. L'espace d'un instant elle put sentir la hargne qu'il éprouvait pour elle. Il ne lui pardonnerait pas de l'avoir poussé dans l'escalier ; il n'était probablement pas habitué à ce que ses victimes se défendent. Et encore moins à ce qu'elles le brutalisent.

L'instant d'après, pourtant, il avait retrouvé le sourire. Ce sourire cruel qui vous glaçait le sang. Audrey n'eut aucune peine à deviner qu'il savourait déjà sa vengeance en pensée.

Il fit signe à John de le précéder. Le domestique, poussant toujours Audrey devant lui en la tenant de sa poigne de fer, l'obligea à redescendre à la cave. Pendant qu'ils traversaient le couloir, un gémissement s'échappa d'une des cellules.

— Taisez-vous, là-dedans ! cria John.

Le silence se fit instantanément. John était le geôlier de ces malheureuses. Dieu seul savait quels moyens il employait pour se faire obéir.

Ils s'arrêtèrent dans la nouvelle cellule. Cette fois, sans même attendre les ordres de son maître, John allongea Audrey sur le lit. Avant qu'elle ait pu se débattre, il lui avait déjà passé une cheville dans une des quatre lanières de cuir.

Audrey s'affola. Une fois attachée au lit, elle perdrait tout espoir d'évasion. Dans un sursaut désespéré, elle décocha quelques coups de pied à John de sa jambe libre. C'était comme si elle avait tapé dans le vide. Il attrapa placidement sa deuxième cheville et la lia pareillement au pied du lit.

Ashford s'approcha. Il souriait toujours.

— Comme d'habitude, milord ? voulut savoir John.

Ashford se tourna vers lui.

— Oui. Tu ne la toucheras pas tant que je n'en aurai pas fini avec elle. Ensuite, elle sera à toi.

— Et pour la blonde ? demanda John, la voix pleine d'espoir.

— Tu peux la prendre. Je n'ai plus envie d'elle, maintenant que j'ai celle-ci sous la main.

— Merci, milord. Pour tout vous avouer, la blonde était ma préférée. Je vais la dresser, comme les autres. Au début, elles ne veulent jamais de moi. Mais quand elles sont restées quelques jours sans manger, elles sont prêtes à tout pour me satisfaire.

Ashford ricana.

— J'imagine qu'il y a diverses façons de te satisfaire ?

— Pour sûr, milord. Je bénis le jour où vous m'avez offert ce travail. Vraiment, je le bénis. Toutes ces catins qui ne voulaient même pas que je les approche ont vite fait de changer d'avis, ici. (Il désigna Audrey du regard.) Et celle-là ? Vous voulez que je vous la prépare tout de suite ?

— Je meurs de faim. Je crois que je vais d'abord manger un morceau avant de l'initier. Attache-la bien pendant que je serai dans la cuisine. Je l'ai attendue si longtemps que je ne tiens pas à la voir s'échapper.

— Elle ne bougera pas de ce lit, milord. Vous avez ma parole.

Ashford hocha la tête en souriant.

— Je sais pouvoir compter sur toi, John. (Il s'apprêtait à partir, mais se ravisa sur le pas de la porte.) Pendant que j'y pense : apporte mes instruments ici. Ils sont chez la blonde.

Des instruments ? Quels instruments ? Audrey frissonnait d'angoisse. *Des instruments de torture ?* S'agissait-il des fouets mentionnés par Derek ? Ou de pire encore ?

Les paroles de Derek la hantaient. *Il fouette ses victimes jusqu'à ce que tout leur corps soit recouvert de sang. Il a besoin de voir ce sang pour jouir.*

Grands dieux, pourquoi lui avait-il raconté tout ça ? Ignorer le sort qui vous attendait était terrifiant. Mais dans certains cas, comme celui-là, il valait finalement mieux ne rien savoir.

Ashford était parti manger. De quel répit disposait-elle avant qu'il revienne pour *l'initier ?*

John était resté au sous-sol. Il avait terminé de l'attacher sans qu'elle pût s'y opposer, avant de ressortir. Il n'était pas allé bien loin. Audrey l'avait entendu ouvrir une autre cellule.

Aussitôt, la malheureuse qui l'occupait avait poussé un cri déchirant qui avait longtemps résonné aux oreilles d'Audrey, même après que John eut claqué la porte. Ce cri prouvait que la simple vue d'Ashford ou de son geôlier suffisait à terroriser leurs victimes. Audrey comprit que si elle devait séjourner longtemps dans cet enfer, elle ne tarderait pas à devenir folle.

John revint ensuite dans sa cellule. Il posa sur son ventre trois fouets de taille différente ainsi qu'un grand couteau tranchant comme un poignard. Les *instruments* d'Ashford. Ceux dont il se servirait sur elle. Audrey les regarda longuement, paralysée par la peur.

John s'amusa de sa réaction.

— Vous inquiétez pas, mignonne. Vous aurez encore de quoi me plaire quand il en aura fini avec vous, l'assura-t-il.

Audrey se tourna vers lui. Elle se souvenait des paroles d'Ashford. Elle appartiendrait à ce monstre quand l'autre en aurait terminé. John avait les yeux bleus. Un joli bleu qui contrastait étrangement avec la laideur de son visage. Après ce qu'elle aurait subi avec Ashford, elle n'aurait sans doute pas la force d'empêcher John de la violer.

Il ressortit, en verrouillant la porte derrière lui, cette fois. Comme il avait laissé une lampe dans la cellule, Audrey avait toujours sous les yeux le couteau et les trois fouets.

Elle gigota tant et si bien sur le matelas qu'elle réussit à les faire tomber par terre. Malheureusement, les chasser de sa vue ne suffirait pas à se débarrasser de l'image terrifiante qu'ils avaient imprimée dans son cerveau.

Elle frissonna de plus belle. Si elle n'était pas bâillonnée, elle aussi crierait, la prochaine fois que la porte s'ouvrirait.

Elle eut beau se tortiller en tous sens, elle ne parvint pas à libérer ses poignets ni ses chevilles des lanières qui l'écartelaient sur le lit.

La porte s'ouvrit de nouveau. Cette fois, c'était Ashford. Il avait terminé son repas.

Audrey s'immobilisa, pétrifiée d'angoisse. Voyant ses instruments à terre, il secoua la tête d'un air de réprobation avant de se pencher pour ramasser le couteau. Audrey sentit tout son sang refluer de son visage.

Ashford approcha la lame de sa joue puis, d'un coup sec, il trancha le mouchoir qui la bâillonnait. Elle ne l'en remercia pas. Elle savait trop bien qu'il n'avait fait ce geste que pour mieux l'entendre crier.

Mais elle ne crierait pas. Elle rassemblerait toute sa volonté pour lui parler calmement. Le plus calmement possible. C'était sa dernière chance. Il n'était pas fou – du moins, pas complètement. Si elle parvenait à le persuader de la monstruosité de ses actes, peut-être consentirait-il à la relâcher. C'était un espoir ténu, mais Audrey voulait s'y raccrocher.

— Relâchez-moi avant qu'il soit trop tard, lui dit-elle. Vous n'auriez pas dû m'enlever, mais je vous promets que je ne dirai rien si...

— Je ne vous relâcherai pas, mignonne, se contenta-t-il de répondre.

— Pourquoi ? Vous avez déjà d'autres filles, ici. Je les ai entendues...

Elle se retint de dire : « crier ».

— Bah ! La plupart sont des pauvresses qui n'ont même plus de famille pour s'inquiéter de leur sort.

— Pourquoi les gardez-vous ici ?

Il haussa les épaules.

— Ici ou ailleurs...

— Les relâcherez-vous un jour ?

— Non. Celles qui arrivent dans cette maison n'en repartent plus jamais.

— Elles ne sont pas venues de leur plein gré ! s'écria Audrey. En tout cas, pas moi.

— Et alors ?

— Pourquoi vous en faut-il autant ?

Il haussa encore les épaules.

— Une peau couverte de cicatrices saigne moins facilement.

Il avait dit cela sur un ton parfaitement détaché. C'était pourtant lui qui causait ces cicatrices. Mais cela ne le souciait pas une seconde. Il n'éprouvait pas la moindre culpabilité. Finalement, Audrey s'était trompée. Il était fou à lier.

Il insinua la lame dans le décolleté de sa robe et commença à trancher le tissu. Audrey retint sa respiration.

— Ne vous inquiétez pas, mignonne, lui dit-il en souriant. Vous n'aurez plus besoin de vos vêtements. (Il déchira sa robe jusqu'à la taille, avant d'ajouter :) Vous autres catins, vous passez vos journées à vous déshabiller. Alors autant le faire une fois pour toutes. Vous devriez me remercier de vous faciliter la tâche.

Il ricana, comme s'il trouvait sa plaisanterie vraiment très amusante.

— Je ne suis pas une catin.

— Bien sûr que si. Vous l'êtes autant qu'*elle*.

C'était la deuxième fois qu'il mentionnait cette inconnue. Sur un ton qui laissait supposer qu'il la considérait comme la pire des pécheresses.

— Qui donc ? voulut savoir Audrey.

Une lueur de colère flamba dans son regard. Il la gifla violemment.

— Ne parlez plus *jamais* d'elle ! la menaça-t-il.

Il s'était déjà calmé. Maintenant, il déchirait tranquillement la manche de sa robe avec le couteau.

— Sinon quoi ? Vous allez me frapper ? De toute façon, c'est déjà votre intention.

— Il y a tant de façons de vous faire souffrir, répondit-il d'une voix glaciale. Seules les catins qui sont ici vous entendront crier.

Audrey comprit que cela faisait partie du supplice. Chacune de ses victimes devait endurer les cris des autres. Mais jamais personne ne raconterait les atrocités qui se déroulaient dans cette maison. Le seul domestique qui l'habitait était trop dévoué à Ashford pour parler.

Depuis combien d'années Ashford perpétrait-il ses crimes ? Et combien d'infortunées avaient-elles terminé leurs jours dans ce sordide sous-sol ?

Ashford fouettait aussi les filles qu'il payait dans les tavernes malfamées. Derek en avait été le témoin. Mais, au moins, celles-là retrouvaient ensuite leur liberté. Et il leur donnait assez d'argent pour qu'elles n'osent pas porter plainte. En revanche, il devait s'assurer que les filles qu'il amenait ici ne parleraient jamais. Pour cela, il n'y avait qu'un moyen...

Malgré son angoisse, Audrey savait qu'elle devait continuer à lui parler. Chaque fois qu'il lui répondait, il s'arrêtait de déchirer ses vêtements. Mais elle n'osait plus évoquer « l'autre femme ».

— Vous m'avez enlevée à lord Malory, lui rappela-t-elle. Croyez-vous qu'il ne cherchera pas à me récupérer ?

Un instant inquiet, il se ressaisit.

— Ne soyez pas stupide, répondit-il. Les catins passent leur temps à s'enfuir. Tout le monde sait cela.

— Elles ne s'enfuient que si elles ont de bonnes raisons pour cela. Lord Malory sait que je ne serais jamais partie de mon plein gré. Et il sait aussi où me chercher. Votre seul espoir de lui échapper est de me relâcher.

— S'il vient ici, je le tuerai.

— Non. Quand il viendra, *c'est lui qui vous tuera*, rectifia Audrey. D'ailleurs, vous vous en doutez déjà, lord Ashford. C'est très courageux de votre part de défier ainsi la mort.

Il pâlit légèrement.

— Sans preuves, il ne peut rien contre moi. De toute façon, il ne vous trouvera jamais ici. Personne ne connaît l'existence de cette maison.

Il avait réponse à tout. Lui parler de Derek ne suffisait pas. Même s'il le craignait, il était persuadé d'être à l'abri.

Il contourna le lit et commença à déchirer son autre manche. Le temps pressait, maintenant. Audrey risqua le tout pour le tout. Elle revint sur le seul sujet à même de le troubler.

— Est-*elle* déjà venue ici ?

Elle l'avait surpris. Sa main trembla un instant et la lame égratigna le bras d'Audrey. Elle serra les dents pour ne pas crier. Au moins, cette fois il ne l'avait pas giflée. Elle décida d'insister.

— Pourquoi la haïssez-vous autant ?

— Taisez-vous ! Je ne vous hais pas. Je ne vous ai jamais haïe. Mais vous n'auriez pas dû vous enfuir avec votre amant. Quand père a su que vous étiez une catin, il m'a battu. À votre place. Vous auriez dû le laisser vous tuer. Vous le méritiez. Moi, je ne voulais pas vous tuer. Mais je n'avais pas le choix. Vous aviez besoin d'un châtiment. C'est toujours vrai.

Dieu du ciel ! Il croyait qu'elle était cette autre femme – sa mère. Il l'avait tuée, et maintenant il voulait répéter ce crime sur elle, en punition de ses péchés. Audrey n'avait réussi qu'à l'enfermer encore plus dans sa folie.

22

La voiture de Derek ralentit avant de s'immobiliser au milieu d'un bois.

— Pourquoi nous arrêtons-nous ? demanda James.

Entre-temps, Artie était descendu de la banquette du cocher. Il ouvrit la portière.

— Voilà l'autre maison dont je vous avais parlé, capitaine, annonça-t-il. Ashford y est venu un soir. Il aurait pu amener la fille ici, quoique j'en doute.

— Pourquoi ?

— J'ai pas vu trace de Henry dans les parages. Si Ashford était venu là, on aurait forcément aperçu Henry. La maison a l'air déserte.

James sortit de la voiture pour mieux voir. Derek et Anthony l'imitèrent.

— Cette baraque est lugubre. On dirait qu'elle est hantée, commenta Anthony. Quelqu'un vit ici ?

Artie secoua la tête.

— Pas que je sache.

— Nous allons quand même la fouiller, intervint Derek. Puisque c'est notre dernier espoir, je ne partirai pas d'ici tant que nous n'en aurons pas inspecté le moindre recoin.

— D'accord, répondit James. (Il distribua aussitôt ses ordres :) Artie, tu iras inspecter les écuries. Tony, pour gagner du temps, tu vas contourner discrètement la maison et voir s'il n'y a pas une entrée de service. Derek et moi nous frapperons à la porte.

— Pourquoi est-ce moi qui dois me faufiler ? maugréa Tony.

— Ne discute pas, vieux frère, répondit James. Nous n'avons pas le temps de nous chamailler.

Anthony secoua la tête, amusé.

— Bon, bon. J'ai compris.

— Dépêche-toi, ajouta James. Puisque Henry n'est pas là, je pense qu'Ashford n'y est pas non plus. Il nous reste quand même un espoir : que Henry nous ait envoyé un message dès qu'il aura su où se rendait cette crapule. Nous repartirons chez moi dès que nous aurons passé les lieux au peigne fin.

Il avait dit cela pour réconforter Derek, mais personne n'était dupe. Leurs chances de retrouver Audrey à temps s'amenuisaient de minute en minute.

— Oh, regardez ! s'écria Anthony en désignant la maison. Ou je me trompe, ou il y a quelqu'un à cette fenêtre, là, à l'étage.

Anthony avait bien vu. Une silhouette s'était profilée un instant derrière une vitre avant de disparaître. La maison n'était donc pas aussi inhabitée qu'elle le paraissait.

Ils se séparèrent comme convenu. Derek et son oncle remontèrent en voiture et ordonnèrent au cocher de les déposer devant la porte. Derek descendit le premier et se précipita pour cogner au battant.

James suivit son neveu d'un air songeur. Il n'avait jamais vu Derek dans un tel état d'excitation. Il dansait d'un pied sur l'autre et se passait à tout bout de champ la main dans les cheveux. Voyant qu'on ne lui répondait pas, il frappa de nouveau.

— Henry a toute ma confiance, dit James pour le rassurer. S'il a pu trouver un moyen de récupérer

Audrey, il n'aura pas laissé passer sa chance. À l'heure qu'il est, elle n'est peut-être déjà plus avec Ashford.

— Vous le pensez vraiment ? demanda Derek.

L'espoir qui s'était soudain allumé dans ses yeux était difficile à soutenir. Bon sang, aucun homme ne s'investissait autant, corps et âme, pour sa maîtresse. Avec Georgina, James avait d'abord pensé en faire seulement sa maîtresse. Finalement, il l'avait épousée. Mais les deux histoires n'avaient aucun rapport. Audrey Langton n'était pas le genre de fille qu'on pouvait épouser. Personnellement, James s'en moquait bien. Il ne s'était jamais soucié du qu'en-dira-t-on. Le futur quatrième marquis de Haverston ne pouvait pas s'offrir ce luxe.

James se promit d'avoir une discussion sérieuse avec son neveu quand tout cela serait terminé. Ou plutôt, non : il en parlerait directement à son père. Mieux valait laisser Jason admonester son fils.

James n'eut pas le temps de répondre à Derek. La porte s'ouvrit sur un... sur quoi au juste ?

James avait vu beaucoup de choses dans sa vie, mais il n'avait encore jamais rencontré de créature comme celle-là. *Elle parlait*. C'était donc un homme.

— À quoi rime tout ce boucan ? demanda le monstre. Vous n'avez rien à faire ici et...

— Permettez-moi de ne pas être de cet avis, le coupa James. Nous devons parler à lord Ashford. *Immédiatement*.

Ce nom parut surprendre l'homme.

— Il n'est pas là, répondit-il.

— Vous mentez ! bluffa James. Conduisez-nous à lui, sinon nous serons obligés de le trouver nous-mêmes.

— Non, c'est impossible. J'ai reçu des ordres formels. Personne ne doit entrer dans cette maison.

— Pour une fois, vous consentirez à une exception.

— Non, répéta l'homme avec une tranquille assurance.

Il tendit la main qu'il tenait cachée dans son dos, révélant un pistolet.

Voilà pourquoi il avait été si long à ouvrir. C'était sans doute lui qu'ils avaient aperçu, tout à l'heure, derrière une fenêtre. Il s'était préparé à recevoir ses « visiteurs ».

James était armé, lui aussi. Mais il hésita à faire usage de son arme, avec Derek à ses côtés. Il n'aurait pas balancé une seconde à risquer sa propre vie, mais il ne voulait pas exposer son neveu au danger. Il préféra essayer de raisonner le monstre.

— Inutile de faire parler la poudre, dit-il calmement.

— Permettez-moi de ne pas être de cet avis, se moqua l'autre en reprenant les paroles de James. Si vous aviez respecté le panneau *Défense d'entrer*, je ne serais pas obligé de vous tuer tous les deux pour vous punir de votre intrusion.

La voix d'Anthony résonna soudain dans son dos.

— Qu'est-ce que j'entends ? Ce lascar oserait-il vous menacer ? demanda-t-il d'une voix sinistre.

— Tu arrives à temps, vieux frère ! s'exclama James.

Profitant de ce que le monstre s'était retourné un instant, il le désarma d'un coup de pied au poignet avant de l'attraper par le col.

— Tu me remercieras plus tard, répliqua Anthony en venant lui prêter main-forte.

C'était inutile. James avait déjà brandi le poing et assommé l'homme qui s'écroula par terre, inconscient.

— Tu n'aurais pas dû frapper si fort, remarqua Anthony. Il aurait pu nous apprendre où se trouve Ashford.

— Non. Il aurait refusé. À moins de le malmener un peu. Nous n'avons pas de temps à perdre à ce genre d'amusements. Derek, fouille le rez-de-chaussée. Je vais monter à l'étage. Toi, Tony, tu regarderas s'il y a une cave.

Anthony se doutait, comme James, qu'Ashford ne pouvait pas se trouver au rez-de-chaussée. Selon toute vraisemblance, il s'était installé à l'étage, avec sa victime. Visiblement, James ne souhaitait pas que Derek soit le premier à découvrir Audrey – si elle se trouvait vraiment là.

— C'est encore moi qui écope du sale boulot, grommela Tony en repartant vers l'arrière de la maison. (Il se retourna, pour ajouter :) Si vous le trouvez avant moi, gardez-m'en un morceau, les amis.

James était déjà presque sur le palier. Il ne prit même pas la peine de répondre à son frère. Comme la plupart des chambres étaient vides, il eut tôt fait d'inspecter l'étage et même le grenier. Il redescendit dans le hall au moment où Tony remontait de la cave.

— Tu n'as rien trouvé ? lui demanda James.

— Rien qu'un couloir rempli d'étagères et de cageots. Et toi ?

— Le grenier était totalement vide, comme la plupart des chambres.

— Rien d'autre ? demanda Derek en les rejoignant à son tour.

— Il y avait une porte fermée à clé, répondit James. Franchement, pendant une seconde, j'ai cru que j'avais trouvé quelque chose.

— Tu as pu entrer ?

— Évidemment, répliqua James. J'ai enfoncé la porte. C'était la seule pièce vraiment meublée. Il restait même des robes dans la penderie. Pourtant, d'après l'état des tissus et des draperies, personne ne l'a habitée depuis au moins vingt ou trente ans. Les murs étaient couverts de plusieurs portraits de la même femme. Bon Dieu, on se serait cru dans un mausolée !

— Moi, je vous dis que cette maison est hantée, insista Tony.

— En tout cas, elle n'est pas hantée par Ashford. L'endroit est désert. Il n'y a même pas d'autres domestiques...

À cet instant, la porte d'entrée s'ouvrit à la volée et Artie fit irruption dans le hall.

— J'ai trouvé Henry ! Il était ligoté dans l'écurie, avec un autre type. Tous deux sont en piteux état. Ils ont reçu un méchant coup sur la tête.

— Ils s'en sortiront ?

— Ouais. Mais ils ont besoin d'un médecin.

— Ramène-les en ville et occupe-toi d'eux, Artie, ordonna James. Nous vous rejoindrons plus tard.

Après le départ d'Artie, James désigna l'homme qu'il avait assommé.

— J'ignore qui est ce lascar, mais apparemment il a pour habitude de s'en prendre à tous ceux qui s'approchent de cette maison.

— Ashford est venu ici, intervint Derek. Sinon, Henry n'aurait aucune raison de s'y trouver.

— Oui, mais il a dû repartir et emmener la fille.

Anthony poussa John du pied.

— Je parie qu'il sait où ils sont allés.

— C'est aussi mon avis, acquiesça James. Il faut le réveiller.

— Je vais chercher de l'eau, annonça Tony en repartant vers la cuisine.

Derek n'eut pas la patience d'attendre. Il releva l'homme à bout de bras et le secoua comme un prunier en le giflant violemment.

— Du calme, mon garçon, intervint James. Il faut qu'il soit en état de parler !

Derek laissa l'homme retomber par terre avant de se tourner vers son oncle.

— Je ne peux pas supporter l'idée qu'Audrey est à la merci de ce...

— N'y pense pas. Nous ne saurons pas ce qu'Ashford lui a fait tant que nous ne l'aurons pas retrouvée. Mais je te promets que nous la retrouverons.

Anthony revint avec un seau d'eau qu'il vida sur l'homme. Celui-ci rouvrit aussitôt les yeux. James s'approcha de lui.

— Heureux de te revoir, l'ami, dit-il avec un sourire sardonique. Maintenant, écoute-moi bien, car je ne me répéterai pas. Je vais te demander où se trouve lord Ashford. Si ta réponse ne me satisfait pas, je te tirerai une balle dans la cheville. C'est plein de petits os délicats qui ne se réparent jamais complètement. Quelle importance de boiter un peu quand on est déjà difforme, hein ? Ensuite, je te reposerai la même question. Si je n'aime toujours pas ta réponse, cette fois je te tirerai une balle dans la rotule. C'est plus douloureux encore et tu boiteras davantage. Et ainsi de suite sur le reste de ton anatomie. Je te passe les détails. M'as-tu bien compris, ou dois-je te faire un dessin ?

L'homme hocha et secoua la tête presque en même temps. James s'agenouilla à côté de lui et braqua le canon de son pistolet sur sa cheville.

— À présent, dis-moi où se trouve lord Ashford.

— En bas. Dans la cave.

Anthony écarquilla les yeux de stupeur.

— Ça alors ! J'aurais juré qu'il ne se risquerait pas à mentir.

— Je ne mens pas ! s'écria l'homme, terrorisé.

Anthony secoua la tête.

— Je suis déjà descendu à la cave. Il n'y avait rien que des étagères et des cageots vides. Pas l'ombre d'une autre issue.

— Si. Il y en a une. Elle donne sur un deuxième escalier. La porte est cachée par les étagères.

— Montre-nous ! ordonna James en aidant l'homme à se relever avant de le pousser devant lui.

Ensuite, tout se passa si vite qu'ils ne purent intervenir. L'homme tenta de leur échapper en courant dans l'escalier, sans doute pour aller se réfugier derrière cette porte secrète dont il avait parlé. Mais comme il était resté assis un moment dans la flaque d'eau provoquée par le baquet jeté sur lui par Anthony, ses semelles étaient trempées. Il glissa sur une marche et dévala le reste de l'escalier la tête la première avant de s'écraser en bas, inerte.

Anthony s'agenouilla près de lui pour l'examiner.

— Il s'est rompu le cou, déclara-t-il en se relevant.

— Zut ! répondit James. Nous allons devoir trouver nous-mêmes cette maudite porte. Il faut chercher une fissure ou n'importe quoi de bizarre qui déclencherait son ouverture. Sinon, il faudra abattre les murs.

23

Audrey avait tout essayé pour dissuader Ashford de continuer. Jusqu'à rentrer elle-même dans sa folie. Elle s'était glissée dans la peau de sa mère, l'admonestant ou le suppliant tour à tour, s'excusant de ses péchés ou leur donnant une explication plausible. Il était tellement convaincu que sa mère incarnait le diable que rien n'avait marché. Jamais il ne reconnaîtrait qu'il avait eu tort de prendre le parti de son père.

D'après ce qu'Audrey avait pu comprendre, lady Ashford avait abandonné mari et enfant. Peut-être s'était-elle enfuie pour échapper à un mari brutal.

Son fils l'avait retrouvée pour la tuer. Il l'avait jugée et condamnée sans même l'écouter, ne se fiant qu'aux assurances de son père. Il s'identifiait à lui. Parfois, il s'exprimait à sa place et parlait de sa mère comme de sa femme. Sans doute était-ce lors d'un de ces dédoublements qu'il l'avait tuée. D'abord le châtiment, ensuite la jouissance. Son père aurait vraisemblablement réagi ainsi.

C'était un malade. Cependant, Audrey n'éprouvait aucune pitié pour lui. Il avait fait souffrir trop de gens pour mériter la moindre compassion.

En lui parlant de sa mère, elle avait réussi à le distraire un moment de son horrible dessein. Elle devait absolument trouver un autre moyen de gagner du temps.

L'idée qu'il pût la frapper la terrifiait. Jamais personne ne l'avait battue. Aussi ignorait-elle ce qu'elle serait capable d'endurer. Et après ? Il la tuerait ? Il la violerait ? Sachant qu'il ne s'apitoierait pas sur sa mère, elle décida de changer de tactique.

— Votre père ne sera pas content, si vous me tuez, lui dit-elle. Il préférerait s'en charger lui-même. S'il découvre ce que vous avez fait, il vous battra encore.

Il sembla soudain terrifié. Audrey éprouva un regain d'espoir.

— Vous croyez ? demanda-t-il, dérouté.

— J'en suis certaine. Il vous reprochera de lui avoir volé sa vengeance.

Un bruit, au-dessus du plafond, le fit lever la tête une seconde. Quand il baissa de nouveau les yeux, il considéra le dernier morceau de tissu qui couvrait encore Audrey avant de le trancher d'un seul coup de lame. Elle était entièrement nue, à présent.

— Avez-vous entendu ce que je vous ai dit ? demanda-t-elle, luttant pour ne pas céder à la panique.

Il ne la regarda même pas. Il jeta le couteau à terre, comme s'il en avait terminé avec – du moins pour l'instant. Puis il se pencha pour fouiller dans l'amas d'étoffe et dégager les fouets qui se trouvaient dessous. Il en choisit un, avec une poignée courte mais une longue lanière de cuir, très fine.

— Répondez-moi, à la fin ! cria Audrey.

Il la regarda, éberlué.

— Vous répondre ?

— Votre père sera furieux contre vous. Vous n'avez pas l'air de le comprendre !

Il ricana.

— J'en doute fort, ma mignonne. Le cher homme est mort il y a déjà plusieurs années. Son cœur a lâché pendant qu'il se donnait du bon temps... Une mort bien plaisante, en vérité.

Audrey était effondrée. Il était redevenu *normal*, pour autant qu'on pût parler de normalité chez cet homme. Il ne servait plus à rien de lui parler de ses parents. Le supplier de ne pas la frapper n'aurait pas plus d'effet.

Il posa le fouet en travers de ses cuisses nues le temps d'ôter son manteau. Le simple contact du cuir sur sa peau la fit trembler.

Puis Ashford entreprit d'enlever sa chemise. Audrey ne s'attendait pas à ça. Allait-il commencer par la violer ?

— Que faites-vous ? ne put-elle s'empêcher de demander.

— Vous ne pensiez quand même pas que j'allais abîmer un si beau costume ? C'est tellement difficile d'enlever le sang, après.

Audrey pâlit. Il comptait donc la fouetter au point d'être éclaboussé par son sang ? Les baquets d'eau, contre le mur, étaient peut-être destinés à son propre usage, pour qu'il puisse se laver avant de repartir. Cette crapule pensait vraiment à tout. Puisqu'elle ne pouvait plus l'arrêter, Audrey laissa éclater sa rage.

— Quand Derek vous trouvera, j'espère qu'il vous fera mourir à petit feu ! Vous êtes un monstre, Ashford. Plus monstrueux que votre domestique. Vous ne...

Elle ne put terminer sa phrase. D'un geste brusque, Ashford lui avait donné un coup de fouet sur les cuisses avant de reposer tranquillement son instrument pour continuer à se déshabiller.

Audrey regarda ses jambes. La peau était zébrée mais ne saignait pas. Il l'avait frappée juste ce qu'il fallait pour la faire taire. Elle enragea de plus belle.

— Lâche ! lui cracha-t-elle au visage. Vous n'avez même pas le courage d'affronter la réalité en face.

— Taisez-vous ! Vous ne savez rien de moi.

— Tiens donc ? Je suis sûre que vous n'êtes même pas capable de posséder une femme si elle n'est pas ligotée devant vous. Vous n'êtes qu'un pauvre malade impuissant !

Il ramassa le fouet, Audrey se raidit, s'attendant à un nouveau coup qui ne vint pas. Ashford s'était tourné vers la porte, l'air soucieux. Elle suivit son regard, mais ne vit pas ce qui avait pu le distraire. D'ailleurs, elle n'avait rien entendu. Lui si, de toute évidence.

— Bon Dieu, John, arrête ce bruit ! s'écria-t-il. Tu sais pourtant que je n'aime pas... (Il recula brusquement.) Comment êtes-vous entré ? Vous n'avez rien à faire ici !

Audrey éclata en sanglots en voyant James Malory apparaître sur le seuil. Son soulagement était si grand qu'elle ne pouvait retenir ses larmes. Peut-être parce qu'elle n'osait pas vraiment y croire. Et si son esprit lui jouait des tours ?...

Mais Derek arrivait derrière son oncle. Ashford, indigné par l'intrusion de James Malory, devint soudain pâle de terreur. Cette fois, il avait compris qu'il était perdu.

Derek poussa son oncle pour entrer. Après un regard à Audrey, il se jeta sur Ashford et roula avec lui sur le sol. Audrey ne pouvait plus rien voir. Seulement entendre...

James s'approcha du lit et ôta son manteau pour la couvrir.

— Chuut, petite. C'est fini, à présent, lui dit-il affectueusement.

— Je... je... je sais. Mais... je... ne peux pas m'en empêcher ! balbutia-t-elle entre deux sanglots.

Il lui sourit en évitant poliment de regarder les parties de son corps qui restaient dénudées pendant qu'il dénouait les lanières de cuir. Anthony Malory les avait rejoints. Il contemplait son neveu toujours occupé à régler son compte à Ashford.

— Sacrebleu, il ne va pas nous en laisser une miette !

James ricana.

— Il faudrait peut-être le convaincre d'arrêter. Cette crapule ne doit plus être en état de sentir quoi que ce soit. C'est du gâchis. Du reste, il faut que Derek s'occupe d'Audrey.

Sitôt libérée, Audrey s'était assise au bord du lit pour enfiler le manteau de James. Elle vit qu'Ashford était évanoui. Derek continuait de le frapper.

Anthony dut l'obliger à lâcher prise. Il était encore ivre de rage, mais, dès l'instant où son regard croisa celui d'Audrey, il se précipita vers elle et la serra très fort contre lui. Elle éclata de nouveau en sanglots.

James leva les yeux au ciel.

— Ah, les femmes ! On ne l'a pas entendue une seule fois crier pendant qu'il la torturait sous nos pieds, et maintenant qu'elle est saine et sauve, elle pleure ! Je n'y comprendrai jamais rien.

Anthony s'esclaffa.

— Ne cherche pas à comprendre, vieux frère. Les femmes resteront toujours un mystère pour nous autres hommes.

James hocha la tête avant de se tourner vers son neveu.

— Derek, ramène-la en ville. Tony et moi, nous nous chargeons de ce scélérat.

Derek jeta un coup d'œil à Ashford, toujours sans connaissance. Il hésitait.

— Il n'a pas assez souffert, jugea-t-il.

— *Assez* ? Crois-moi, mon garçon, il n'a même pas commencé à souffrir.

Derek regarda son oncle. Finalement, il hocha la tête, satisfait. Quel que fût le sort que James réservait à Ashford, il se doutait qu'il serait à la mesure de ses crimes.

Derek souleva Audrey dans ses bras et l'emporta hors de la cellule. Elle noua les bras autour de son cou.

— Je n'arrive pas encore à croire que vous m'avez sauvée ! Comment m'avez-vous retrouvée ?

— Comme je vous l'avais dit, mon oncle avait demandé à deux de ses hommes de suivre Ashford.

— Je l'ai entendu parler de deux intrus, avec son domestique, dit-elle alors qu'ils montaient les marches. Était-ce eux ? Je crains qu'ils ne soient morts...

— L'un des deux était envoyé par mon oncle, oui. L'autre était votre cocher. Rassurez-vous, ils sont vivants. Dieu merci, le deuxième homme de mon oncle a pu nous prévenir !

Derek se garda de préciser qu'ils avaient redouté d'arriver trop tard. De son côté, Audrey préféra taire tout ce qu'elle avait dû endurer.

— Il y a d'autres femmes enfermées à la cave, dit-elle. Cette maison est une véritable prison. Il faut les libérer.

— Mes oncles y veilleront.

— C'est un malade, Derek. C'est lui qui a tué Lonny.

— Il a avoué ?

— Oui. Il a aussi tué sa propre mère. Dieu seul sait combien il a de victimes sur la conscience ! ajouta-t-elle en frissonnant.

— N'y pense plus, ma chérie. Tu ne le reverras jamais, je te le promets.

Anthony et James remontèrent beaucoup plus tard. Leurs visages étaient encore marqués par ce qu'ils avaient découvert dans la cave. Ni l'un ni l'autre ne s'était imaginé le spectacle qui les attendait dans les quatre cellules !

Dieu merci, les malheureuses victimes d'Ashford vivaient encore. Elles guériraient de leurs blessures. Curieusement, hormis les coups qu'elles avaient reçus, elles n'avaient pas été maltraitées. Toutes avaient mangé à leur faim et leurs cellules étaient suffisamment chauffées et aérées pour qu'elles ne tombent pas malades.

Une seule – une ravissante blonde – portait des cicatrices récentes. Les autres n'avaient plus été visitées par Ashford depuis longtemps. Et ce qu'elles avaient probablement subi de la part du monstre difforme qui les surveillait n'était, au fond, pas, si éloigné de ce qu'elles enduraient quotidiennement avec leurs clients.

C'était peut-être cela – cette accoutumance à la brutalité des hommes – qui les avait empêchées de sombrer dans la folie. Une fois pansées, lavées et vêtues, elles ne révéleraient plus rien de leur calvaire. Certes, il resterait à tout jamais imprimé dans leur mémoire. Mais au moins pourraient-elles mener de nouveau une vie normale.

James leur avait offert de prendre leur revanche. Elles avaient aussitôt accepté. Quand Anthony était redescendu de la seule chambre meublée – celle dont James avait dû enfoncer la porte – avec trois robes tirées de l'armoire, elles n'avaient pas voulu les enfiler tout de suite.

— Il se déshabillait toujours avant de nous fouetter, avait expliqué l'une d'elles. Vous comprenez, en giclant, le sang éclabousse les vêtements…

James et Anthony s'étaient contentés d'attacher Ashford sur le lit où ils avaient trouvé Audrey. Les fouets et le couteau étaient toujours là. Ensuite, ils étaient ressortis en laissant les trois femmes avec lui.

— Elles peuvent bien le tuer, si ça leur chante, je ne les en blâmerai pas, commenta Anthony alors qu'ils entendaient déjà Ashford crier à travers la porte.

James hocha la tête.

— Nous lui organiserons de belles funérailles. Mais je ne crois pas qu'elles le tueront. Elles se contenteront de lui rendre la monnaie de sa pièce. C'est déjà beaucoup. Quand elles en auront terminé avec lui, je pense qu'Ashford sera définitivement mûr pour l'asile. Sinon, je m'en chargerai moi-même. Je ne veux pas que Derek se mêle de ça.

— Hmmm, oui. Ce garçon est encore trop jeune pour commencer à supprimer ses ennemis. Les gens seraient capables de dire qu'il marche sur les pas de ses oncles.

— Tais-toi, Anthony, s'il te plaît. N'en rajoute pas.

24

Avec son enlèvement, Audrey en avait presque oublié que sa tante et sa sœur l'attendaient le lendemain matin. Elle leur envoya un mot pour leur annoncer qu'elle retardait sa visite.

Ce serait une nouvelle épreuve – à cause des mensonges qu'elle devrait encore inventer. Audrey ne se sentait pas la force de l'affronter avant quelques jours de repos. Du reste, Derek refusait de la laisser sortir sans l'accompagner. Il était évidemment hors de question qu'elle rencontre sa famille avec lui.

Il lui fallut près d'une semaine pour le rassurer sur son état avant qu'il consente enfin à lui redonner un peu de liberté. Toutefois, il ne cessa de la traiter comme une convalescente que le jour où elle accepta de lui raconter tout ce qu'elle avait subi. Il devait penser qu'elle ne surmonterait pas ce souvenir effroyable tant qu'elle ne serait pas capable d'en parler ouvertement.

Il n'avait pas tort. Au début de sa confession, elle éprouva les pires difficultés pour lui décrire en détail ce qui s'était exactement passé dans la cave. Puis, peu à peu, les mots vinrent plus facilement. Quand elle eut terminé son récit, elle se sentit soulagée d'un grand poids. Derek en profita pour lui apprendre ce qu'elle ignorait encore.

En quittant la cave, il s'était arrangé pour qu'elle ne voie pas le corps de John. Elle ne savait donc pas qu'il était mort. Derek avait offert une grosse récompense à son cocher pour le remercier d'avoir risqué sa vie en voulant sauver sa maîtresse. Nul doute qu'après cette aventure le bonhomme resterait dévoué à Audrey pour le restant de ses jours.

Quant aux quatre malheureuses prisonnières d'Ashford, les oncles de Derek leur avaient donné assez d'argent pour qu'elles ne soient plus obligées de reprendre leur ancien métier. C'était très généreux de la part des frères Malory, car rien ne les obligeait à cette prodigalité.

Enfin, Audrey ne fut pas surprise d'apprendre que lord Ashford avait définitivement sombré dans la folie après que ses victimes se furent vengées sur lui. On l'avait enfermé dans un asile d'où il ne ressortirait jamais vivant.

Le jour arriva où Audrey ne put différer plus longtemps sa visite à sa famille.

L'épreuve se révéla aussi pénible qu'elle l'avait redouté. À sa grande surprise, le plus difficile fut cependant de ne pas prononcer une seule fois le nom de Derek dans la conversation. Pour quelque raison inconnue, son prénom revenait constamment sur le bout de sa langue.

Heureusement, la visite se déroula sans incident notable. Mais Audrey rentra chez elle épuisée et bouleversée. C'est ce soir-là que Derek la demanda en mariage.

Il avait attendu la fin du dîner pour en parler. Dans sa confusion, Audrey renversa son verre de vin sur la nappe.

— Je suis désolé, s'excusa Derek. Je ne voulais pas vous surprendre.

La surprendre ? *Choquer* eût été plus approprié.

— Ce n'est pas un sujet de plaisanterie, le tança-t-elle.

— Je ne plaisantais pas.

— Vous ne pouvez pas parler sérieusement.

— Pourquoi pas ?

— Ne soyez pas obtus, Derek. Vous savez très bien pourquoi. Je suis votre maîtresse. Un lord dans votre position n'épouse pas sa maîtresse. Cela ne se fait pas.

— Cela se fera si j'en décide ainsi.

Devant un tel entêtement, Audrey leva les yeux au plafond. Elle était trop bouleversée pour s'amuser de la situation.

Bien sûr, elle aurait adoré devenir sa femme. Que rêver de plus merveilleux ? Mais elle savait comme lui que c'était impossible. Depuis qu'elle s'était vendue dans une maison de tolérance, elle ne pouvait plus prétendre à un mariage honorable. Même pas avec l'homme qui l'avait achetée. Ce n'était pas très gentil de sa part de la tenter ainsi. Pour un peu, elle aurait presque été fâchée contre lui.

— Je ne vous épouserai pas, Derek, répondit-elle d'une voix tranchante. Et je ne vous remercie pas de me l'avoir proposé.

— Vous ne voulez pas m'épouser ?

— Je n'ai pas dit ça. J'ai simplement dit que je ne le ferais pas. Je ne souhaite pas causer un nouveau scandale dans votre famille.

— Audrey, laissez-moi me débrouiller avec ma fam...

— Ma réponse est non, Derek. Elle ne changera pas. Et je vous serais reconnaissante de ne pas rester ici cette nuit. Je préférerais être seule.

Il la dévisagea, incrédule. Elle était furieuse contre lui ! Bien qu'elle se contint, il sentait sa colère. Tout cela, parce qu'il l'avait demandée en mariage ! Il s'était imaginé qu'elle serait enchantée. En tout cas, qu'elle dirait « Oui ».

Derek soupira. Lui-même ne s'était pas encore habitué à cette idée de mariage. Pourtant, au bout d'une semaine d'angoisse, il s'était persuadé qu'il devait absolument l'épouser. Le point de départ avait été la mort de Lonny. Ou, plus exactement, le moment où Audrey avait appris cette mort. Désormais, plus rien – sinon sa parole d'honneur – ne l'obligeait à rester avec lui, puisque Lonny ne serait plus là pour lui rappeler le contrat qu'elle avait signé. Audrey était donc libre de partir. Elle connaissait assez Derek, à présent, pour savoir qu'il ne s'opposerait pas à elle si elle décidait de reprendre sa liberté.

Cette idée l'avait affolé. Quand il s'était rendu compte qu'il redoutait le départ d'Audrey, Derek avait cherché à comprendre pourquoi. La réponse n'avait pas tardé à s'imposer : il était tombé amoureux de sa maîtresse.

Pour autant, cela ne l'obligeait pas à l'épouser. Ils pouvaient très bien continuer à vivre comme par le passé – du moins, aussi longtemps qu'elle voudrait bien rester avec lui. Mais, à la réflexion, ce « aussi longtemps » ne le satisfaisait pas. Il voulait Audrey pour toujours. Il voulait qu'elle vienne habiter chez lui, qu'elle lui donne de beaux enfants et qu'il n'ait plus à la cacher.

Son refus l'avait dérouté. Cependant, Derek ne s'avouait pas vaincu. Il renonçait à insister pour ce soir, mais il renouvellerait sa demande. Encore et encore, jusqu'à ce qu'elle finisse par changer d'avis.

Derek ne revint pas pendant trois jours. Cette absence se révéla judicieuse. Entre-temps, Audrey avait eu le temps de se calmer.

Finalement, elle s'était persuadée que la proposition de Derek était une conséquence de l'enlèvement d'Ashford. Comme il avait été bouleversé, il avait agi sur une impulsion. Après réflexion, il avait bien dû se rendre compte, lui aussi, que sa demande ne tenait pas debout.

D'ailleurs, il n'en reparla pas quand il revint la voir. Audrey en conclut que le sujet n'était plus à l'ordre du jour.

Maintenant que sa colère était retombée, elle se sentait flattée qu'il eût songé à l'épouser. Cela prouvait qu'il tenait de plus en plus à elle. Lorsqu'un homme ne vous dit pas explicitement ce qu'il ressent pour vous, il est toujours agréable de disposer d'indices pour vous mettre sur la voie. Or, une demande en mariage constituait un indice de choix.

Ils se retrouvèrent avec plaisir, comme si rien ne s'était passé. Cette nuit-là, ils firent si longtemps l'amour qu'ils se réveillèrent fort tard le lendemain matin.

Audrey se leva la première. Elle s'habilla à la hâte et descendit dans la cuisine voir ce qu'Alicia avait préparé pour le petit déjeuner car elle voulait faire la surprise à Derek de lui monter un plateau.

À l'instant où elle arrivait au bas des marches, quelqu'un sonna à la porte. Comme elle n'avait pas de majordome – la dépense lui avait paru inutile, puisqu'elle ne recevait jamais de visites –, Audrey alla ouvrir elle-même. Elle faillit s'étrangler en découvrant qui avait sonné.

— Je ferais un excellent détective, n'est-ce pas ? s'écria Reggie Eden avec un grand sourire.

Tétanisée, Audrey ne savait pas quoi répondre. Une telle situation n'était pas prévue. Derek ne lui avait-il pas promis qu'elle ne rencontrerait plus personne de sa famille ?

Reggie entra avant même d'y être invitée. Pas une seconde elle n'avait pensé que sa visite n'était pas la bienvenue. Audrey ne pouvait pas l'en blâmer. Pourquoi lady Regina Eden n'aurait-elle pas rendu visite à son amie Audrey, la cousine de lord Percival Alden ?

— Comment m'avez-vous trouvée ? réussit-elle à dire.

— Oh ! c'est toute une histoire. J'ai commencé par me rendre chez Percy, bien sûr. Pas ce matin. La semaine dernière.

— Pourquoi ?

— Pour savoir si vous étiez encore à Londres. Nicholas ayant eu quelques affaires à régler, nous avons prolongé notre séjour. Je voulais en profiter pour vous revoir. Bref, je suis allée chez Percy. Le cher homme étant absent, son majordome a eu la bonté de m'apprendre qu'aucune cousine n'avait séjourné récemment chez lui. J'ai laissé un message à Percy pour lui demander de me contacter. À ce jour, j'attends encore de ses nouvelles. Comme je ne suis pas réputée pour ma patience, j'ai visité tous les hôtels du voisinage. Figurez-vous que Mme Langton était descendue à l'*Albany*. Ce n'était pas vous, mais une lady avec sa nièce. Le plus extraordinaire, c'était qu'elle avait une seconde nièce, prénommée Audrey, comme vous.

C'est... incroyable... balbutia Audrey.

— Je suis bien d'accord avec vous. Comme cette lady n'avait jamais entendu parler de Percy Alden, je n'avais pas découvert la bonne Audrey. Les autres hôtels n'ayant rien donné, j'ai essayé les agences immobilières. Sans plus de résultats. Jusqu'à ce que je me souvienne que Derek avait déjà souvent traité des affaires pour Percy. J'ai donné son nom. L'un des agents s'est alors rappelé lui avoir loué cette maison dernièrement. Et voilà !

Et voilà ! Audrey ignorait totalement comment réagir. Elle ne pouvait pas proposer à Reggie de rester prendre le café alors que Derek risquait d'apparaître à tout instant. Quand elle était descendue, il dormait encore. Mais dès qu'elle n'était plus à côté de lui dans le lit, elle avait remarqué qu'il ne tardait jamais à se réveiller.

Comme un fait exprès, sa voix résonna tout d'un coup à l'étage.

— Où es-tu passée, chérie ? Tu aurais pu me réveiller ! Audrey ?

Il devait s'imaginer qu'elle était dans la cuisine, pour parler aussi fort. Audrey crut mourir de honte devant Reggie.

— Que fait Derek *là-haut ?* demanda celle-ci.

Audrey était devenue cramoisie. Reggie la regarda, médusée, avant de rougir à son tour. Puis elle dut parvenir à ses propres conclusions, car elle s'exclama :

— Quel goujat ! Comment ose-t-il vous compromettre ainsi ?

Audrey secoua la tête, mortifiée.

— Ce n'est pas ce que vous pensez... enfin, c'est-à-dire... les circonstances ne sont pas... Oh ! je vous en prie, Reggie, rentrez chez vous avant qu'il ne descende. Je vous expliquerai plus tard.

— Quand ? Je dois savoir très vite, Audrey.

Audrey se demandait bien pourquoi, mais elle comprenait que de toute façon elle n'échapperait pas à une explication.

— Je viendrai chez vous cet après-midi.

— Promis ?

— Oui.

— Très bien. J'espère qu'il y a une explication logique à tout cela. Sinon, mon devoir sera d'avertir Jason. Derek sait pourtant qu'il n'y a rien de plus scandaleux que de compromettre une jeune fille de bonne famille. Même ses oncles s'en sont toujours gardés.

Audrey se trouvait confrontée à un nouveau dilemme dont elle se serait bien passée. Quelle plaie que tous ces mensonges ! Le premier en avait entraîné une succession d'autres qui l'obligeaient à une perpétuelle fuite en avant. Malheureusement, cette fois, elle ne pourrait pas échapper à une explication. Regina l'attendrait de pied ferme.

Mais que lui dire ? La vérité ? Ou la « vérité » que Derek connaissait et qui était un échafaudage de mensonges ?

Audrey arriva chez Regina à 15 heures. Une domestique la conduisit dans un petit boudoir et lui offrit du thé.

— Je tenais à m'excuser pour ce matin, dit Reggie dès que la servante fut partie. J'ai peur de m'être montrée quelque peu agressive avec vous. Vous comprenez, j'étais si surprise ! J'espère que tout cela s'explique facilement. D'ailleurs, je ne serais pas étonnée que Derek vous demande en mariage. Nicholas et moi, nous... Mais je parle, je parle... N'ayez aucune crainte, ma chère. Ici, personne ne nous dérangera ni n'écoutera aux portes.

Reggie s'assit en face d'Audrey et se servit une tasse de thé. Un silence s'installa entre elles. Audrey cherchait ses mots. L'exercice n'était pas facile.

— En fait, commença-t-elle, Derek a déjà demandé ma main.

Reggie applaudit, ravie.

— Je savais...

— Mais j'ai refusé.

Reggie sursauta.

— Pourquoi ?

— À cause des circonstances dans lesquelles nous nous sommes connus. Tout ce qu'on vous a raconté est faux.

— Je ne comprends pas...

— Je ne suis pas la cousine de Percy, avoua Audrey. Je suis la maîtresse de Derek.

Reggie leva les yeux au plafond.

— Merci. Je l'avais déjà compris !

— Non. Je veux dire que j'étais déjà sa maîtresse quand je vous ai rencontrée la première fois, chez la couturière. Derek m'a achetée aux enchères dans une maison de tolérance fréquentée par des gentlemen. Voilà pourquoi je ne peux pas l'épouser. Le scandale serait énorme.

Reggie médita un moment cette nouvelle, avant de répondre :

— La famille Malory n'en est plus à un scandale près. Mais pourquoi diable vous trouviez-vous dans un endroit pareil ? Si vous essayez de m'expliquer que vous n'êtes pas une lady mais une catin, je serai bien obligée de vous mettre à la porte.

Audrey écarquilla les yeux avant d'éclater de rire, soulagée.

— Non, ce n'est pas ce que j'essaie de vous dire. Sincèrement, je voudrais pouvoir vous raconter toute la vérité, mais c'est impossible. Sauf si vous me promettez de n'en parler à personne. Pas même à votre mari, Reggie. Et encore moins à Derek. S'il savait tout, il insisterait encore plus pour m'épouser. Je tiens trop à lui pour lui infliger un tel scandale.

— Mais puisque vous et Derek... euh... enfin, pourquoi ne peut-il pas savoir ?

— Parce que je ne veux pas. Il ne sait rien de moi, hormis les quelques mensonges que je lui ai racontés. Quand j'ai décidé de faire ce que j'ai fait, j'ai eu besoin de m'inventer un autre passé pour protéger ma famille. Derek croit que ma mère était gouvernante. Ce qui expliquait mes bonnes manières.

— Quel balourd ! se moqua Reggie. Il a vraiment gobé ça ?

— Bien sûr. N'oubliez pas dans quel endroit il m'a trouvée, répondit Audrey pour défendre Derek.

— Hmm, oui, peut-être, admit Reggie. Quelle est la vérité, alors ?

— Avant, je veux votre promesse de ne rien dire.

— Pas même à mon mari ? Je pourrais lui faire jurer de...

— Pas même lui.

Reggie soupira.

— D'accord. Je promets.

Audrey hocha la tête. Elle but une gorgée de thé en se demandant par où commencer. Peut-être par ses parents...

— Mon père était David Philipp Langton, le quatrième comte de Lanscastle.

— Grands dieux ! N'est-ce pas lui qui a été tué par sa...

Reggie n'osa pas terminer sa phrase. Elle était rouge de confusion.

Audrey se pencha pour lui tapoter la main.

— Ne vous inquiétez pas. Tant de monde est au courant... Oui, c'est ma mère qui l'a tué. Elle n'avait rien prémédité de tel, bien sûr. Elle était juste en colère contre lui. Il avait perdu toute leur fortune au jeu, voyez-vous. Y compris notre maison.

— C'est donc pour cela qu'elle l'a tué !

— Oui. Après, ma mère a été si horrifiée de son geste qu'elle a reculé comme un automate jusqu'à une fenêtre ouverte et a basculé dans le vide. Je suis persuadée que j'aurais pu éviter leur mort si les domestiques m'avaient laissée entrer dans le bureau.

Ce fut au tour de Reggie de la consoler.

— Il est presque toujours impossible d'arrêter une dispute. Les protagonistes ne s'aperçoivent même plus de ce qui les entoure.

— Je sais, soupira Audrey. Mais je ne peux pas m'empêcher de penser que si j'avais pu entrer, il n'y aurait pas eu ce coup de feu.

— Oh ! ma chère, quelle tragédie... Vous avez dû terriblement souffrir.

— Oui ! répondit Audrey en grimaçant. Il ne restait plus un sou de la fortune de mes parents. L'homme qui avait gagné sur mon père est venu nous exproprier, ma sœur et moi, quelques jours après les funérailles.

— L'immonde individu ! s'indigna Reggie. Comment s'appelle-t-il ? J'aimerais beaucoup le présenter à mon oncle James.

Audrey réussit à sourire.

— J'étais trop choquée, à l'époque, pour retenir son nom.

— Pauvre chérie ! s'apitoya Reggie. À présent, tout s'explique. Voilà pourquoi vous vous trouviez dans cette horrible maison ?

— Non, ce n'est pas pour cette raison. Nous avions une parente vers qui nous tourner : la sœur de ma mère, ma tante Elizabeth. C'est une femme délicieuse. Vous l'avez rencontrée, d'ailleurs.

— Bonté divine ! C'était elle, à l'hôtel ?

— Oui. Ma tante et ma sœur sont venues à Londres pour effectuer quelques emplettes. Elles ignorent ce que j'ai fait. À elles aussi, j'ai dû mentir. Elles me croient au chevet d'une amie malade.

Reggie secoua la tête, éberluée.

— Alors là, je ne comprends plus rien, avoua-t-elle.

— Pardonnez-moi cette digression. Après la mort de mes parents, ma tante nous a donc recueillies, ma sœur et moi. La vie aurait pu reprendre son cours normal si le mari de ma tante, oncle Elliott, avait témoigné d'un peu plus de courage.

— Que voulez-vous dire ?

— D'abord, il faut savoir qu'il est issu d'une famille honorable mais sans fortune. Tout ce que le couple possédait, y compris leur maison, appartenait à ma tante. D'ailleurs, ma mère n'a jamais compris pourquoi Elizabeth l'avait épousé. Cependant, le fait est qu'il l'a rendue heureuse – et qu'elle est restée dans l'ignorance de ce qui s'est passé. Il a toujours cherché à l'épargner.

— Encore une dette de jeu ?

— C'est d'abord ce que j'ai cru le soir où j'ai découvert oncle Elliott à moitié ivre dans la cuisine et parlant de se suicider. En réalité, ce n'était pas ça du tout. Il a toujours travaillé pour apporter des revenus au ménage, voyez-vous. Jusqu'au jour où il a perdu son emploi. Il était si effondré qu'il n'avait plus l'énergie de chercher un autre travail. Je suppose qu'il avait perdu confiance en lui.

— Ce n'est, en effet, guère courageux de sa part !

— Ils ont continué à vivre comme si de rien n'était. L'argent ne rentrant plus et avec deux bouches supplémentaires à nourrir, les dettes ont fini par s'accumuler. Les créanciers harcelaient mon oncle. Il s'est retrouvé acculé. Soit il les payait, soit ils saisissaient la maison.

Reggie soupira.

— C'est pour ça qu'il voulait se tuer ?

— Ça n'aurait rien arrangé, comme je le lui ai expliqué. Nous nous serions quand même retrouvées à la rue, ma tante, ma sœur et moi. Si seulement oncle Elliott avait parlé de ses problèmes plus tôt, nous aurions eu le temps de nous retourner. Et de me trouver un riche mari. Mais en trois jours, cela tenait de la gageure !

— Trois jours pour trouver un riche mari, c'est effectivement un peu court. Surtout si vous n'aviez pas de prétendant ?

— Aucun. Je portais encore le deuil de mes parents. Je n'avais pas assisté à une seule réception depuis notre arrivée chez ma tante.

— C'est alors que vous avez eu l'idée de vous vendre aux enchères ?

Audrey éclata de rire.

— Moi ? J'ignorais que de telles choses existaient.

Reggie hocha la tête.

— Je m'en doute. C'est donc votre oncle qui vous l'a proposé ?

— Pas exactement. Il m'a simplement expliqué que certains gentlemen étaient disposés à payer très cher une maîtresse. Il m'a aussi parlé d'un ami dont la fille s'était ainsi vendue pour le sauver de la banqueroute.

— Comment a-t-il osé tenir pareil langage à une jeune fille innocente ! s'indigna Reggie, médusée.

— Je pense que l'ivresse et le désespoir lui ont fait perdre le sens des convenances. En tout cas, c'était une solution qui avait le mérite de la rapidité. Je lui ai demandé s'il connaissait un gentleman désireux de s'acheter une maîtresse et il m'a répondu qu'il possédait simplement l'adresse d'une maison londonienne pratiquant ce genre de choses. Comme cela semblait la dernière chance de rembourser les dettes de mon oncle, j'ai accepté qu'il m'y conduise.

— Doux Jésus... murmura Reggie.

— Ça ne s'est pas si mal terminé, après tout, ajouta Audrey. Je suis très heureuse avec Derek.

— Vous l'aimez, n'est-ce pas ?

— Oui.

— Alors, épousez-le !

— Non. J'ai ruiné toutes mes chances de faire un beau mariage le soir où je suis montée sur une table pour être vendue au plus offrant.

— Je suis persuadée que Derek n'est pas de cet avis. Sinon, il ne vous aurait pas demandé de l'épouser.

— Derek aura oublié comment il m'a rencontrée. Quand il retrouvera la raison, il comprendra sa folie et ne renouvellera pas sa demande.

— Toutes ces convenances de la bonne société sont stupides. Elles gouvernent notre vie de la pire façon.

Audrey secoua la tête.

— Auriez-vous déjà oublié que vous n'auriez jamais épousé Nicholas si ces convenances ne s'étaient pas aussi appliquées à vous ?

Reggie soupira.

— C'est vrai.

25

Traditionnellement, le clan Malory se retrouvait au grand complet à Haverston pour Noël. Derek y séjournait au moins une semaine, comme la plupart des membres de sa famille.

Cette année-là, il décida d'emmener Audrey avec lui, mais pas à Haverston même, comme il l'aurait souhaité.

Il aurait aimé lui montrer le château où il avait grandi, la présenter aux siens, l'embrasser sous le gui accroché au grand lustre du salon pour le nouvel an. Hélas, rien de tout cela n'était possible ! Du moins, pas tant qu'elle n'aurait pas accepté de l'épouser.

Il n'avait pas renoncé à ses projets. Il attendait simplement le moment opportun pour en reparler. Cette fois, il espérait que la réponse d'Audrey ne serait pas aussi tranchée.

Il l'installa dans une petite auberge proche du château, pour qu'il pût lui rendre visite chaque jour. Cependant, cette situation était loin de le satisfaire. Il aurait préféré la savoir avec lui.

Amy et Warren étaient rentrés de leur lune de miel. Le bonheur du jeune couple ne fit qu'assombrir encore l'humeur déjà maussade de Derek.

Pour se changer les idées, il essaya de deviner qui était la maîtresse de son père. De guerre lasse, il décida que le meilleur moyen de le savoir était d'interroger l'auteur de ses jours.

Cependant, il était difficile de le rencontrer seul à seul, alors que toute la famille était là.

Il y parvint le troisième jour. Jason s'était levé très tôt. Derek rentrait juste de l'auberge où il avait passé la nuit avec Audrey. Ils se croisèrent dans l'escalier. Derek lui demanda aussitôt un entretien particulier. Jason l'entraîna vers son bureau.

Derek était exténué – il voyait si peu Audrey qu'il ne perdait pas son temps à dormir quand il était avec elle. C'est sans doute pour cette raison qu'à peine assis il lâcha la question qui lui brûlait les lèvres.

— Qui est la maîtresse que vous abritez ici depuis des années ?

Jason le regarda, interdit.

— Pardon ?

Derek grimaça.

— Inutile de nier. Je le sais de source sûre. Alors, qui est-ce ?

Jason se raidit.

— Cela ne te regarde pas. Et quelle est cette source sûre, je te prie ?

— Frances.

— Le diable l'emporte ! explosa Jason. Elle m'avait juré de ne pas t'en parler.

— Elle l'a fait sous la pression des circonstances. Il se trouve que j'ai eu une petite altercation avec son amant. J'étais à deux doigts de l'étrangler.

Jason ne put s'empêcher d'éclater de rire.

— Tu n'as pas cédé à tes pulsions meurtrières, j'espère ?

— Ça n'aurait pas été très élégant d'écraser un adversaire aussi chétif. Du reste, Frances m'a stoppé net dans mon élan en me parlant de votre maîtresse. Je suppose qu'elle voulait se justifier de sa propre infidélité en me révélant la vôtre. Elle m'a même avoué que vous n'aviez jamais consommé votre mariage. C'était une sacrée surprise.

Jason avait rougi.

— Je croyais pourtant avoir été clair là-dessus en annonçant notre divorce.

— Je n'imaginais pas que c'était à ce point-là. Bah, peu importe ! Frances m'a surtout appris que vous aviez une maîtresse, ici, sous ce toit, depuis toutes ces années. Apparemment, il s'agit bien de la même femme. Qui est-ce ?

— Je te répète que cela ne te regarde pas.

Derek soupira. Jason avait raison, bien sûr. Cette affaire ne regardait que lui seul. Pourtant, son père ne se privait pas de se mêler de la vie privée de son fils, lui. C'est précisément ce qui arriva.

— À propos, j'aimerais bien savoir ce qui t'a pris d'emmener ta maîtresse dîner chez ta cousine ? demanda Jason.

Derek en resta pantois. Bon Dieu, il ne s'attendait pas que la situation se retourne aussi vite contre lui. Il se sentit trahi.

— Qui vous l'a dit ? Oncle James ? Oncle Tony ?

— Calme-toi ! Mes frères n'ont pas besoin de m'avertir des choses que je dois savoir. J'ai eu une discussion avec James, c'est vrai. Il s'inquiétait que tu t'attaches trop à cette fille. Mais il ne m'a pas parlé de ce dîner.

— Alors, comment... ?

— Je l'ai appris par mon valet de chambre qui courtise une servante de Georgina. Cette soubrette a entendu James et sa femme évoquer ce dîner. Si j'ai bien compris, Georgina ignore toujours qu'il s'agit de ta maîtresse. Ils parlaient seulement d'une certaine Audrey, qui serait la cousine de Percival Alden. Est-ce vrai ?

Derek grimaça. Au ton employé par son père, il comprit que celui-ci croyait vraiment qu'Audrey était la cousine de Percy. Ce qui expliquait d'autant mieux sa colère. Derek s'empressa de le détromper.

— Non, répondit-il. Jeremy a inventé cette histoire le jour où Reggie nous a surpris aux courses avec Audrey. Pour tout vous dire, Reggie avait déjà rencontré Audrey chez sa couturière. Elle avait décidé d'en faire son amie. Grâce au mensonge de Jeremy, nous avons épargné à notre cousine une situation embarrassante.

— Pourquoi diable Reggie voudrait-elle se lier d'amitié avec une femme de ce genre ?

Derek faillit bondir de son fauteuil.

— Justement parce qu'elle n'a pas l'air d'une *femme de ce genre*.

Jason soupira.

— Voyons, Derek. Tu sais très bien ce que je veux dire.

Derek soupira à son tour. Bien sûr qu'il le savait. Mais il réagissait violemment à tout ce qui touchait Audrey. L'amour était un sentiment entièrement nouveau pour lui. Un sentiment, en tout cas, qui n'avait rien de déplaisant.

Il aurait aimé partager son bonheur avec son père. Cependant, il ne voulait pas alarmer Jason davantage en lui apprenant qu'il avait trouvé la femme de sa vie.

— Audrey a tout d'une lady, se contenta-t-il de répondre. Elle parle et se conduit comme une véritable aristocrate. Au point qu'on en oublie qu'elle n'en est pas une.

— Tu es sûr que ce n'est pas le cas ?

Son oncle Tony lui avait déjà posé la même question. Derek réfléchit. Après tout, que savait-il réellement d'Audrey, à part ce qu'elle lui avait dit ? Il n'arrivait pas à croire qu'elle ait pu lui mentir. Pourtant... le doute s'était insinué dans son esprit.

— Elle n'a aucune raison de me mentir, répondit-il, plus pour se convaincre lui-même que pour rassurer Jason. Quand on sait comment je l'ai connue…

— Certes. Je suppose que tu as raison. Tout cela ne m'explique pas pourquoi tu l'as amenée à dîner chez ta cousine. Là, tu as dépassé les bornes, mon garçon.

— Je sais. Seulement, Reggie insistait tant pour qu'elle vienne… Puisqu'elle la croyait la cousine de Percy, je pensais que cela ne poserait aucun problème. Il ne s'agissait que d'un dîner. Nous avons raconté à Reggie qu'Audrey devait bientôt repartir à la campagne. Elles ne se sont plus revues depuis. Et ne se reverront jamais.

Du moins pas avant notre mariage, faillit-il ajouter. Heureusement, il s'en abstint. Son père n'était pas encore complètement radouci.

— Je crains que tu ne te sois trop attaché à cette fille, dit-il, les sourcils froncés.

Derek réprima un rire.

— Vous osez me dire une chose pareille, alors que vous gardez la même maîtresse depuis plus de vingt ans ?

Jason rougit de confusion.

— D'accord, j'aurais mieux fait de tenir ma langue. Mais ne commets pas de folie pour elle, je te prie.

Pas de folie ? Comme tomber amoureux d'elle et vouloir à tout prix l'épouser ?

Trop tard. Le mal était fait.

La veille de Noël, Derek redemanda à Audrey de l'épouser. Il s'était échappé du château en début d'après-midi pour la rejoindre. Il commença par l'amadouer en lui offrant des babioles, notamment un chapeau avec des plumes immenses – la bague de fiançailles viendrait en dernier.

Audrey riait aux éclats. Quand il lui posa enfin la question : « Audrey, aimerais-tu m'épouser ? », elle se tourna vers lui pour l'embrasser. Puis elle se recula et secoua la tête.

Derek ne s'attendait pas à un deuxième refus. Il n'avait préparé aucun argument pour sa défense.

— Pourquoi ? voulut-il savoir. Si tu reparles encore de scandale, je t'étrangle !

Elle lui sourit.

— Vous savez bien qu'il y aura un scandale. Un scandale énorme.

— Tu n'as donc pas encore compris que je m'en moquais ?

— Vous dites cela aujourd'hui, Derek. Mais dans un mois, quand le scandale aura éclaté et que toute votre famille sera éclaboussée, quelle sera votre réaction ?

Cette réponse donna à Derek l'idée de mettre sa famille au courant de ses intentions, tout comme son père l'avait fait au sujet de son divorce. Il pourrait ainsi devancer les critiques.

Le réveillon paraissait être le moment idéal pour une telle révélation. Tout le monde serait réuni dans la salle à manger et l'humeur serait festive. Après réflexion, Derek préféra renoncer. Il risquait de gâcher une soirée de fête.

Le lendemain soir, en revanche, il n'hésita plus. Cette fois, on compterait quelques absents. Diana et Clare étaient rentrées chez elles dans la matinée avec leurs maris. Marshall, leur frère, était parti rendre visite à un ami et tante Roslynn ne bougeait pas de la chambre où sa petite Judith se remettait d'un rhume. Derek n'était pas fâché d'avoir à affronter quelques convives de moins. De toute façon, cela ne changeait rien à sa détermination.

Comme la veille, l'humeur autour de la table était joyeuse. Les femmes discutaient entre elles de mode, d'enfants et de réceptions. James et Warren s'échangeaient gentiment quelques piques ; Nicholas parlait avec Jeremy de ses chevaux tandis que Jason et Edward commentaient les derniers investissements de ce dernier. Apparemment, les deux frères avaient conclu la paix à propos du divorce de Jason – ce que Derek trouva de bon augure. Dieu merci, dans sa famille les différends finissaient toujours par s'aplanir. Certes, parfois au bout de quelques années. Mais du moins ne tournaient-ils jamais à la rancœur.

Au moment du dessert, Derek se leva pour réclamer le silence.

— Je voudrais que vous m'accordiez votre attention quelques minutes, dit-il. J'ai une bonne nouvelle à vous annoncer. En tout cas, je la considère, moi, comme une bonne nouvelle. Certains d'entre vous risquent de me désapprouver, mais... (Il haussa les épaules, avant d'ajouter :) J'ai décidé d'épouser Audrey Langton.

Jason regarda son fils, trop médusé pour pouvoir parler. Anthony fut pris d'une violente quinte de toux. James en resta bouche bée et Jeremy plongea le nez dans son assiette.

Georgina fut la première à briser le silence :

— C'est merveilleux, Derek ! Audrey me semble être une jeune femme charmante.

— J'espère que nous aurons bientôt l'occasion de la rencontrer, dit tante Charlotte.

Edward, qui était assis à côté de Derek, lui donna une tape affectueuse dans le dos.

— Bravo, mon garçon ! Ton père sera ravi de te voir te ranger.

— Pourquoi ne t'es-tu pas décidé plus tôt ? protesta Amy. Nous aurions pu nous marier le même jour.

Jeremy secoua la tête, un sourire ironique aux lèvres.

— Franchement, cousin, je n'aimerais pas être à ta place en ce moment.

Nicholas hocha la tête.

— Derek a le chic pour se fourrer dans les guêpiers ! dit-il.

Reggie donna un coup de coude à son mari.

— J'estime que c'est très courageux de sa part de tourner le dos aux conventions pour laisser parler son cœur.

Nicholas regarda sa femme, stupéfait.

— Comment es-tu au courant ?

— Peu importe, lui chuchota-t-elle.

Derek regardait son père, attendant une explosion qui ne vint pas. Jason était furieux, cela se voyait à son regard. Pourtant, il réussit à garder son calme.

— Je te l'interdis formellement, déclara-t-il d'une voix glaciale.

Aussitôt, ce fut une jolie pagaille.

— Grands dieux, Jason, pourquoi lui interdire de se marier ? demanda Charlotte.

— J'ai peur qu'il n'ait découvert le pot aux roses, chuchota James à Anthony.

— Je le crains aussi, répondit Anthony.

Edward, qui les avait entendus, tapa du poing sur la table.

— Pourquoi tous ces mystères ? Qui est cette fille ?

— Audrey est la cousine de Percival Alden, annonça Georgina.

— En réalité, elle n'a aucun lien de parenté avec ce bon vieux Percy, expliqua James à sa femme.

— Alors, qui est cette fille ? redemanda Edward.

Anthony se tourna vers Derek.

— M'est avis, mon garçon, que tu devrais tout dire. Maintenant que tu as commencé, va jusqu'au bout.

Derek hocha la tête.

— Il est exact qu'Audrey n'est pas la cousine de Percy, comme le croyaient certains. Audrey est ma maîtresse.

— Doux Jésus… chuchota Charlotte, avant d'avaler une gorgée de vin.

— Aurais-tu perdu la tête, cousin ? demanda Travis.

Amy voulut raisonner son frère.

— Ce n'est pas la première fois qu'un gentleman épouserait sa maîtresse, Travis. Du moment que c'est un parti honorable.

— Malheureusement, ce n'est pas le cas, expliqua Jeremy à sa cousine.

Cette fois, Amy ne sut que répéter le mot de sa mère :

— Doux Jésus… murmura-t-elle en regardant Derek, effarée.

— Je ne vois pas où est le problème, intervint Georgina. En l'épousant, Derek fera d'elle une honnête femme. Personnellement, je leur souhaite bonne chance.

James leva les yeux au plafond.

— Voilà une excellente réaction, digne d'une Américaine ! s'exclama Warren pour défendre sa sœur. (Son visage s'éclaira soudain. Il ajouta :) J'ai trouvé la solution. Derek l'épouse et ensuite ils partent vivre aux États-Unis. Là-bas, ils n'auront pas à souffrir du poids des conventions.

— C'est une idée… admit Derek, qui n'avait pourtant aucune envie de s'expatrier.

— Cela aussi, je te l'interdis ! trancha Jason.

— Dans ce cas, le problème est résolu, ironisa Edward, qui savait pertinemment que rien n'était résolu du tout. (Il se tourna vers son frère.) Ton fils est majeur, Jason. Tu ne peux rien lui interdire. Pourquoi n'essaies-tu pas plutôt de le raisonner ?

Jason hocha la tête, les lèvres pincées, avant de se lever et de quitter la table. Derek soupira. Le pire était à venir.

Derek rejoignit Jason dans son bureau et ferma doucement la porte derrière lui, se préparant mentalement à ce qui allait suivre. Jason ressemblait à un orage qui menaçait d'éclater. Il s'était contenu dans la salle à manger, mais, à présent, sa colère avait toutes les chances de l'emporter. Derek préféra prendre les devants.

— Rien de ce que vous pourrez me dire ne me fera changer d'avis. Si Audrey veut de moi, je suis déterminé à l'épouser.

Jason se radoucit légèrement.

— *Si ?* demanda-t-il, soudain plein d'espoir.

— Pour l'instant, elle refuse, avoua Derek.

— Dieu soit loué ! Voilà au moins une personne pleine de bon sens.

Derek se raidit.

— Prétendriez-vous que j'en suis dépourvu parce que je l'aime ?

Jason secoua la tête.

— Je ne peux pas te blâmer d'aimer ta maîtresse. Dieu sait si c'est mon cas. Tu pourras même partager toute ta vie avec elle, du moment que les apparences resteront sauves...

— Comme ce fut votre cas.

— Oui, reconnut Jason. Cela dit, tu n'es pas raisonnable de vouloir l'épouser, compte tenu des responsabilités qui t'attendent. N'oublie pas que tu es appelé à devenir le quatrième marquis de Haverston.

— Je connais mes responsabilités. Je sais aussi que la voie que j'ai choisie n'est pas facile. Mais un scandale n'est pas la fin du monde, que je sache ! Ma naissance était déjà scandaleuse. Pourtant, j'y ai survécu. Je survivrai à ça aussi.

Jason soupira.

— Pourquoi ne m'as-tu pas parlé de cette folie lors de notre dernière entrevue ?

— Parce que je me doutais de votre réaction. Je suis résolu à suivre mon cœur, père. J'aime Audrey plus que ma vie. Je lui redemanderai sa main jusqu'à ce qu'elle accepte.

Jason secoua tristement la tête.

— Décidément, tu n'es pas raisonnable. En revanche, j'espère qu'elle continuera à l'être.

Tout d'un coup, la porte du bureau s'ouvrit à la volée.

— Jason ! s'exclama Molly en faisant irruption dans la pièce. Je viens d'apprendre que Derek... (Elle s'arrêta, interdite, en voyant le jeune homme.) Oh, pardonnez-moi ! Je pensais que vous étiez seul.

Elle était devenue cramoisie. Jason également. Soudain, tout devint clair pour Derek.

— Bonté divine... murmura-t-il, abasourdi. C'était donc *elle* ?

Ils répondirent « Non ! » en même temps, mais avec trop d'emphase pour que cela sonne vrai.

Derek secoua la tête, amusé.

— Ça, alors ! Jamais je n'aurais pensé que c'était vous, Molly. (Il se tourna vers son père.) Vous auriez dû l'épouser. Franchement, ça ne m'aurait pas gêné de l'appeler maman. Molly a plus été une mère pour moi que Frances.

À ces mots, Molly éclata en sanglots et s'enfuit du bureau en claquant la porte derrière elle.

Derek resta interdit. Qu'avait-il donc dit ?

— Bon Dieu, murmura-t-il. Je ne voulais pas la faire pleurer.

— Elle... euh... Molly est toujours très nerveuse au moment de Noël, expliqua Jason.

— Assurez-lui que je ne suis pas choqué, ni quoi que ce soit d'autre. Ou plutôt, si, je suis choqué. Parce que je ne me serais jamais douté que c'était elle. J'adore Molly. Sincèrement. Il faudra simplement que je m'habitue à cette idée.

— Tu pourrais aussi t'habituer à l'idée de ne plus épouser Audrey. Avec un peu de volonté, je suis sûr que tu finirais par ne plus y penser.

Derek secoua la tête.

— Non. Ça, c'est impossible.

— Le diable t'emporte ! murmura Jason, déçu.

Dans la salle à manger, la discussion ne s'était pas terminée avec le départ de Jason et de Derek. Au contraire, elle ne fit que s'échauffer quand Jeremy expliqua comment et dans quel genre d'endroit Derek avait connu Audrey.

Liée par sa promesse à Audrey, Reggie enrageait de ne pouvoir rien dire. Connaissant toute l'histoire, elle était la plus acharnée à soutenir le choix de Derek, alors que son oncle Edward y était farouchement opposé. Ce n'était guère étonnant, vu son conservatisme.

En revanche, Reggie s'étonnait que ses deux jeunes oncles se rangent également dans le camp des opposants. Elle savait bien que si James ou Anthony s'étaient trouvés un jour dans la même situation que leur neveu, ils auraient réagi exactement comme lui, sans se soucier du qu'en-dira-t-on.

— Même si c'était la plus charmante fille de la Création, ça ne marcherait quand même pas, expliqua Edward. Si la famille avait été seule à savoir, la situation aurait été différente. Mais, là, le scandale sera forcément public. Trop de lords assistaient à cette fameuse vente.

— Audrey était pure et innocente, avant que Derek ne couche avec elle, intervint Reggie, peut-être un peu crûment. Ça non plus, ça ne fait pas de différence ?

James rit aux éclats, mais Edward était devenu cramoisi. Reggie, à son tour, rougit de son audace.

— Tu es trop romantique, Reggie, dit Anthony. Tu sais bien qu'Edward a raison. Avec tous ces gentlemen présents dans la salle où a été vendue Audrey, comment veux-tu que le scandale ne les poursuive pas ?

— Ils ne seront plus jamais acceptés dans la bonne société, ajouta James.

Reggie leva les yeux au plafond.

— Les Malory ont déjà connu beaucoup de scandales. Ce n'est pas un de plus qui va nous anéantir.

— *Nous*, non, approuva James. Audrey sera la bienvenue dans la famille. Mais pense aux réactions de l'extérieur, Reggie. Ils seront rejetés. Anthony et moi, dans notre jeunesse, nous nous moquions pas mal de ne pas être reçus dans le monde. Au contraire, nous l'évitions comme la peste. Derek n'est pas comme nous. Il aime fréquenter ses pairs. Il sera malheureux de voir que toutes les portes se fermeront devant lui. Si Audrey l'aime un tant soit peu, elle se refusera à cela.

Reggie soupira. Puisque Derek n'avait pas mentionné le refus d'Audrey, elle devait aussi garder le secret sur ce point.

— Ce n'est pas parce que Derek veut l'épouser qu'Audrey répondra oui, insinua-t-elle. Dans ce cas, la question serait réglée.

— Je ne vois pas quelle femme pourrait dire non à Derek quand on connaît l'étendue de sa fortune, ironisa Edward.

— Eh bien, Audrey, justement, répliqua Reggie. Je la connais peu, mais elle me semble très noble d'esprit. Je suis convaincue qu'elle préférerait quitter Derek plutôt que de lui causer des problèmes.

26

Audrey entendit frapper à la porte de sa chambre ; elle courut ouvrir, persuadée que c'était Derek. Elle découvrit un inconnu, qui se présenta aussitôt : Jason Malory. *Le père de Derek !*

Il entra dans la pièce sans y être convié. Audrey était trop stupéfaite pour s'en formaliser.

— Derek n'est pas ici.

Elle avait supposé qu'il repartirait aussitôt. Puis elle se mordit la langue : elle n'aurait pas dû dire cela. Mais visiblement, Jason était déjà au courant de leur relation.

— Je sais. Je viens de le quitter à Haverston, répondit-il. Je me doutais que vous n'étiez pas loin, entiché de vous comme il est. Cette auberge étant la plus proche du château...

Audrey avait rougi.

— C'est donc moi que vous venez voir ?

— Précisément. Je voulais connaître votre sentiment sur cette folie.

— De quelle folie parlez-vous ?

— Que Derek veuille vous épouser.

Audrey faillit s'étrangler.

— *Il vous l'a dit ?*

— Oui. Il l'a même annoncé à toute la famille.

Audrey se laissa tomber dans le premier fauteuil venu, morte de honte.

— Il n'aurait pas dû faire ça, murmura-t-elle.

— C'est aussi mon avis.

— Comme vous l'avez dit vous-même, c'est une folie. Je n'ai aucunement l'intention de l'épouser. Il le sait, pourtant.

— Oui, il m'en a parlé également. Malheureusement, il n'a pas l'air disposé à renoncer. Je suis donc venu vous sonder à ce sujet.

— Si c'est la seule chose qui vous inquiète, lord Malory, je peux vous rassurer tout de suite. Je suis parfaitement consciente du scandale que ce mariage provoquerait. Je ne cherche pas seulement à protéger Derek, mais aussi ma famille.

— Votre famille ? Derek n'en a pas fait mention. De qui s'agit-il ?

— Leur nom n'a pas d'importance. Sachez simplement que ma famille est tout pour moi. Je me suis retrouvée dans cette situation parce que... D'ailleurs, cela non plus n'a pas d'importance. En devenant la maîtresse d'un lord, je savais parfaitement que je m'interdisais un mariage honorable. Le scandale causerait autant de tort à ma famille qu'à la vôtre. Il est donc exclu que je change d'avis.

Jason s'était brusquement détendu. À présent, il paraissait même légèrement embarrassé.

— Je crois comprendre, dit-il. Vous me voyez désolé que cette situation soit sans issue. J'ai l'intuition que vous méritiez d'épouser Derek.

— Merci. Je m'efforcerai de le rendre heureux. Mais en dehors des liens du mariage.

Jason soupira.

— Dommage que mon fils vive la même situation que moi... En tout cas, je suis content qu'il vous ait auprès de lui.

C'était le plus beau compliment qu'elle pouvait recevoir de sa part. Leur entretien se conclut là-dessus, Jason préférant repartir rapidement pour ne pas croiser Derek.

Quand on frappa de nouveau à sa porte, deux minutes plus tard, Audrey se dit que Derek avait dû rencontrer son père dans le vestibule de l'auberge.

Elle se trompait encore. En allant ouvrir, elle tomba sur une femme, qui lui rappela beaucoup Derek : le même sourire et la même expression. Elle paraissait très inquiète.

— Je suis désolée de vous déranger, mademoiselle Langton... commença-t-elle.

— Nous nous connaissons ?

— Non, avoua la femme en souriant. Je suis Molly Fletcher, la gouvernante de Haverston. Derek vient d'apprendre la vérité au sujet de son père et de moi et... euh... je voulais lui parler.

Audrey écarquilla les yeux.

— Son père et vous ? s'exclama-t-elle sans réfléchir. Oh ! Excusez-moi. Vous n'avez rien à m'expliquer. Mais Derek n'est pas ici.

— Non ? Pourtant, je l'ai vu quitter Haverston. J'ai pensé que c'était pour vous rejoindre, puisqu'il veut vous épouser.

Audrey piqua un fard. Les intentions de Derek étaient déjà connues de tout le château, y compris des domestiques.

— Donc, vous avez supposé que je ne me trouvais pas loin ?

— Exactement.

Audrey secoua la tête, éberluée. Tous les hommes se déplaçaient-ils avec leurs maîtresses, ou était-ce simplement une coutume du clan Malory ?

— En tout cas, il n'est pas ici.

— Alors, il est parti quelque part tout seul, répondit Molly, ce qui m'inquiète encore plus. Petit, il réagissait toujours ainsi quand il avait du chagrin.

— Pourquoi aurait-il du chagrin ? Il était si curieux de découvrir qui était la... enfin, vous m'avez comprise. Je suppose qu'il était soulagé de le savoir enfin.

— Il n'était pas supposé l'apprendre, mademoiselle Langton. À présent, je ne voudrais pas qu'il me juge mal.

Audrey fronça les sourcils. Elle ne comprenait pas l'inquiétude de cette femme.

— Ce serait hypocrite de sa part, vous ne croyez pas ?

— Pas forcément, répondit Molly. Il y a d'autres éléments qui... mais peu importe ! Je lui parlerai quand il rentrera.

Et sur ces mots, elle repartit.

En entendant frapper une troisième fois, Audrey n'était plus prête à parier qu'il s'agissait de Derek. Pourtant, c'était bien lui. Il tenait à la main un bouquet de roses qu'il lui tendit.

Audrey sourit de plaisir.

— Où les avez-vous trouvées, à cette époque de l'année ?

— J'ai dévalisé la serre de mon père.

— Oh, Derek, vous n'auriez pas dû !

Il sourit à son tour, avant de l'attirer contre lui.

— Ne t'inquiète pas, ma chérie. Père en a des centaines d'autres comme celles-ci. Elles ne lui manqueront pas. En revanche, toi, tu m'as beaucoup manqué, aujourd'hui.

Audrey songea à ses précédents visiteurs.

— Vous avez encore trouvé le temps de penser à moi, malgré les événements de la journée ?

Derek la regarda, intrigué.

— Comment es-tu au courant ?

— Votre père sort d'ici.

— Il la relâcha.

— Bon Dieu, il n'a pas été brutal avec toi, j'espère ?

— Non. Il voulait simplement s'assurer que je ne vous épouserais pas. Vous auriez pu me demander mon avis avant d'annoncer votre intention à toute la famille.

— Bon Dieu... répéta Derek, exaspéré.

— Votre mère aussi est venue.

— *Ma mère !*

— Oui. Elle s'inquiétait de votre réaction après ce que vous aviez découvert.

— Ce que j'ai découvert ? Oh, tu parles de Molly ! Mais elle n'est pas ma... Non ! C'est impossible ! Il m'a toujours dit que ma mère était morte.

Audrey avait pâli.

— Oh, Derek, je suis désolée ! Je pensais que vous le saviez déjà ! J'ai simplement deviné que c'était elle. Elle ne m'a rien avoué.

— Non, bien sûr. Elle ne dira jamais rien. Mais j'y vois clair, à présent. C'est bien ma mère. Dire qu'ils ont osé me le cacher, tous les deux !

Derek était fou de rage. Non seulement sa mère était vivante, mais en plus elle avait toujours vécu à Haverston. Pourtant, ils n'avaient pas jugé utile de le lui dire. Ils lui avaient laissé croire que sa mère était morte et que Molly n'était rien d'autre qu'une servante.

C'était impardonnable. Jason aurait dû lui raconter n'importe quoi d'autre – qu'elle avait honte, par exemple, ou qu'elle avait renié son fils à sa naissance –, mais pas lui dire que sa mère était morte alors qu'en réalité elle vivait près de lui.

Malgré les suppliques d'Audrey pour le retenir, Derek n'avait pu s'empêcher de revenir au château en pleine nuit. Il savait qu'il aurait dû prendre le temps de se calmer, mais il était trop en colère pour entendre raison.

Plus il y pensait, plus sa rage augmentait. Tant qu'il n'aurait pas eu une explication avec son père, il n'arriverait pas à trouver le sommeil.

Jason ne se trouvait ni dans son bureau, ni dans sa chambre, ni dans aucune des pièces de maître. Soit il était sorti, soit il était chez Molly. Penchant pour la deuxième hypothèse, Derek descendit dans le quartier des domestiques. Il n'avait pas besoin de demander son chemin : tout petit, il avait l'habitude d'aller raconter ses malheurs à Molly. En y repensant, il comprenait maintenant pourquoi cela lui avait toujours semblé si naturel.

Il avait vu juste. Leurs voix s'entendaient à travers la porte. Dès qu'il frappa, un silence tout aussi éloquent se fit instantanément.

Molly vint ouvrir. Elle parut surprise de le voir.

— Derek ! C'est Audrey qui t'a dit que je voulais te parler ?

Il entra dans la pièce. Jason n'était nulle part. Pourtant, Derek était sûr d'avoir reconnu sa voix. Il n'avait pas pu rêver !

Il se tourna vers Molly.

— Non. Était-elle supposée m'en avertir ?

— Euh… non, répondit Molly, déconcertée par l'air buté de Derek. Mais alors, pourquoi viens-tu ici en pleine nuit ?

Au lieu de lui répondre, il interrogea dans le vide :

— Vous feriez mieux de sortir, père. Je sais que vous êtes là.

Molly laissa échapper un cri. Jason tergiversa quelques secondes avant de se décider à apparaître. Un pan de mur coulissa soudain.

— Comme c'est pratique ! ironisa Derek. J'imagine que ce couloir dérobé mène directement à vos appartements ? Voilà pourquoi vous avez réussi à garder votre secret pendant tant d'années !

— Je suppose que tu m'en veux d'avoir parlé à Audrey ? demanda Jason.

— Non. J'aurais préféré que vous ne l'importuniez pas, mais je me doutais que vous ne pourriez pas vous en empêcher.

— Alors, tu es fâché parce que j'ai cherché à te voir ? s'inquiéta Molly.

— Pas le moins du monde.

— Derek, il est *évident* que tu as quelque chose sur le cœur, reprit Jason. Ça se voit sur ton visage.

— En effet, j'ai quelque chose sur le cœur, répondit sèchement Derek en essayant de se contrôler. Je crois même n'avoir jamais été aussi en colère de ma vie. Il faut dire que ce n'est pas tous les jours qu'on découvre que sa défunte mère se porte comme un charme.

Jason soupira tristement. Molly avait brusquement pâli.

— Comment as-tu su ? murmura-t-elle d'une voix défaite.

— Audrey a remarqué une ressemblance entre nous. Comme elle ignorait que ma mère était *morte*, elle a tout de suite compris qui vous étiez. (Il se tourna vers son père.) Pourquoi ne m'avez-vous jamais rien dit ?

— C'est moi qui ne voulais pas, s'empressa de répondre Molly.

— Cessez de vous accuser, Molly – ou plutôt, je devrais dire : maman. Personne n'a jamais empêché Jason Malory d'agir selon sa conscience.

— Crois-moi, insista Molly. Ton père voulait vraiment que tu saches la vérité, Derek. Encore récemment, quand Frances l'a menacé de tout révéler s'il lui refusait le divorce.

— Frances savait ?

— Apparemment. Mais j'ai réussi à convaincre Jason qu'il était trop tard pour récrire l'histoire.

— Alors, *c'est pour ça* que vous avez accepté le divorce ? demanda Derek à son père. Parce que Frances vous menaçait de chantage ? Moi qui vous trouvais généreux de lui rendre sa liberté !

Jason ne réagit pas. Ce fut Molly qui laissa éclater sa colère.

— Comment oses-tu parler à ton père sur ce ton ? s'emporta-t-elle. Tu n'imagines pas le mal que j'ai eu pour l'obliger à garder le secret. Tu n'imagines pas non plus le mal que j'ai eu à m'y résoudre. Parce que c'était la meilleure solution pour toi.

— La meilleure solution ? répéta Derek, incrédule. Vous avez refusé de me reconnaître. Vous appelez ça une bonne solution ?

— Crois-tu que j'aie renoncé de gaieté de cœur à être ta mère ? Tu étais tout pour moi. Je t'ai aimé dès l'instant où j'ai su que tu étais conçu.

— *Alors, pourquoi ?*

— Derek, cela remonte à vingt-cinq ans. J'étais jeune et illettrée, à l'époque. Le jour où ton père a décidé de faire de toi son héritier, j'étais terrifiée à l'idée que le futur marquis de Haverston se trouve embarrassé par une mère domestique ne sachant ni lire ni écrire. Mon fils deviendrait un lord. Je ne voulais pas qu'il ait honte de moi.

— Autrement dit, vous avez cru pouvoir deviner mes sentiments à ma place. (Derek se tourna vers son père avec un regard accusateur.) Et vous l'avez laissée vous influencer avec ses suppositions ?

Ce fut encore Molly qui répondit :

— Ton père m'a écoutée parce qu'il m'aime. Tu aurais déjà à t'accommoder de ta naissance illégitime, Derek. Je me doutais que ça ne serait pas toujours facile. La suite m'a donné raison. Rappelle-toi les moqueries dont tu as fait l'objet quand tu étais petit. Au moins, tout le monde croyait que tu avais du sang noble des deux côtés. Imagine la réaction des gens s'ils avaient appris la véritable identité de ta mère ?

— Vous auriez quand même dû me le dire. Vous pouviez le cacher au reste du monde, si vous le souhaitiez, mais pas à moi. Je n'éprouve aucune honte à savoir que vous êtes ma mère, Molly. Mais j'enrage à l'idée de l'avoir ignoré pendant si longtemps. Vous m'avez laissé croire que vous n'étiez rien pour moi. Que ma mère était morte !

Derek ne put en dire davantage. Son émotion le paralysa quand il vit des larmes briller dans les yeux de Molly. Il préféra quitter la chambre avant d'éclater lui-même en sanglots.

Dès qu'il fut parti, Jason serra Molly dans ses bras.

— Mon Dieu, qu'ai-je fait ? demanda-t-elle entre deux hoquets.

Jason se posait précisément la même question.

— Tout le monde commet des erreurs de jeunesse, Molly, dit-il pour la réconforter. Celle-ci fut la nôtre. Laissons-lui le temps de s'habituer à la vérité. Quand il aura réfléchi, il comprendra que tu t'es toujours comportée comme une mère avec lui. C'est beaucoup grâce à toi qu'il est devenu l'homme qu'il est aujourd'hui.

27

— J'aurais voulu assister à la scène, dit Roslynn en tendant Judith à son mari. Tiens, c'est à toi de la bercer un peu.

— Coucou, ma chérie... dit Tony à sa fille en lui plaquant un gros baiser sonore sur la joue. Alors, ce vilain rhume, c'est fini ? (Il se tourna vers sa femme.) Ne te plains pas de n'avoir pas été là. C'était sacrément embarrassant.

— Embarrassant ? ironisa-t-elle. Comme si les Malory n'avaient pas déjà connu pire !

Tony haussa les sourcils.

— Très bien, alors dis-moi ce que tu aurais répondu si tu avais été là.

Il avait déjà raconté toute l'histoire, pourtant Roslynn avait encore du mal à croire qu'Audrey Langton n'était pas la lady qu'elle paraissait être.

— J'aurais répondu à ton frère qu'il a tort de vouloir s'opposer à ce mariage. Sa réaction est vieux jeu.

Anthony grimaça.

— Je n'aime pas trop dire cela, mais la vérité est que Jason *est* vieux jeu.

— Alors, ne le dis pas ! Franchement, quel est le plus important dans la vie : l'amour ou l'opinion d'autrui ?

— Que gagne-t-on en répondant à cette question ?

— Tony, ce n'est pas drôle ! C'est l'amour, évidemment, et tu le sais très bien. Sinon, je vais croire que tu ne m'aurais pas épousée si je n'avais pas compté quelques marquis dans mon arbre généalogique.

— Je dois répondre à cela, aussi ?

— Tony chéri, je vais finir par t'étrangler si tu ne redeviens pas sérieux.

Il sourit.

— Tu n'oserais pas me frapper pendant que je tiens Judith, quand même ! (Voyant que Roslynn fulminait, il se dépêcha d'ajouter :) Bien sûr, que je t'aurais épousée *de toute façon*. La chance a voulu que je n'aie pas à me soucier de ton honorabilité. Et puis tu oublies une chose : Audrey a été achetée dans une maison de tolérance. Ça, ma chère, l'opinion publique aura du mal à l'avaler.

— Bah ! Qui le saura ?

— C'est à ton tour de plaisanter, il me semble, répliqua Tony. À l'heure qu'il est, je parie que le Tout-Londres est déjà au courant.

Quelques chambres plus loin, James et sa femme discutaient du même sujet dans leur lit. Ou, du moins, Georgina s'obstinait à vouloir en parler. James, lui, avait une autre idée en tête que trahissaient ses mains caressantes.

— Je ne sais pas pourquoi sa naissance roturière pose problème, insistait Georgina. Tu m'as bien épousée, non ? Pourtant, ma famille n'a ni titre ni particule.

— Tu es américaine, Georgina. Les Américains n'ont pas d'aristocratie. Ça change tout. D'autre part, la pérennité de la lignée ne reposait pas sur mes épaules. Tandis que Derek doit assurer la descendance du titre de marquis de Haverston. Au fond, je ne me serais peut-être jamais marié si tu ne t'étais pas faufilée dans mon lit.

— Quoi ? Moi, faire une chose pareille ? James Malory, je te rappelle que c'est *toi* qui m'as attirée dans ton lit.

— Ah oui ? Hmm, peut-être. (Il s'approcha de ses lèvres.) Je crois que je ne le regrette pas.

— James, arrête, s'il te plaît ! Je voudrais parler sérieusement.

Il soupira.

— C'est bien ce que j'avais cru comprendre, hélas !

— Je veux que tu fasses quelque chose, James.

— Excellente idée, Georgina, répondit-il avant de l'embrasser.

Georgina le repoussa.

— Je ne parlais pas de ça ! Enfin, pas tout de suite, corrigea-t-elle en s'amusant de la déception de son mari. Je voudrais que tu parles à Jason pour lui demander de reconsidérer sa décision.

— Moi ? Suggérer sa conduite à Jason ? s'étrangla James avant d'éclater de rire.

— Je ne vois pas ce qu'il y a de drôle.

— Moi, si. Jason ne reçoit pas de conseils. Il en donne. N'oublie pas que c'est l'aîné. De toute façon, cette histoire me paraît sans issue. À moins de faire changer Audrey d'identité. Comme c'est impossible, ne pensons plus à ce mariage, voilà tout.

Georgina marmonna quelque chose que son mari ne comprit pas.

— On ne peut pas résoudre tous les problèmes des gens, ma chérie, lui dit-il pour l'apaiser. Surtout quand ils sont insolubles.

— Tu pourrais au moins me le faire oublier.

— Ça, ma chérie, c'est plus facile.

Et il recommença à l'embrasser.

Au même moment, dans l'autre aile du château, Nicholas admonestait sa femme.

— Tu en sais plus sur cette histoire que tu ne veux l'admettre, n'est-ce pas ?

— Oui, avoua Reggie d'une petite voix.

— Et tu refuses de me le dire ?

— Je ne peux pas. J'ai promis de garder le secret. (Après un silence, elle ajouta :) Mais c'est tragique. Ils s'aiment tellement que rien ne devrait les empêcher de se marier.

Nicholas la serra dans ses bras.

— Ce n'est pas ton problème, ma chérie.

— Derek est comme un frère, pour moi, lui rappela Reggie. Nous avons grandi ensemble, Nicholas.

— Je sais. Malheureusement, leur problème est insoluble. On ne peut rien faire pour eux.

— Et alors ? Crois-tu que ça va me décourager d'essayer ?

Le lendemain, presque toute la famille se trouvait réunie dans le salon à l'heure du thé. Seuls Amy et Warren, les deux jeunes mariés, semblaient ne pas se rendre compte de l'atmosphère tendue qui régnait dans la pièce. Chacun brûlait d'aborder *le* sujet, mais personne n'osait s'y risquer.

Derek et son père mettaient un point d'honneur à s'ignorer. Les autres supposaient qu'ils ne se parlaient pas suite au refus de Jason. Rien n'avait filtré de leur conversation d'après-dîner, mais de toute évidence les deux hommes n'étaient pas parvenus à s'entendre. Derek paraissait furieux.

C'est alors qu'on sonna à la porte. Le majordome alla ouvrir. Il n'eut pas le temps de demander son nom à la visiteuse. Elle entra en trombe, avant même d'y avoir été invitée, et se rua vers la seule pièce d'où provenait un bruit de conversation.

C'était une femme d'une quarantaine d'années, encore très belle pour son âge. Son irruption fit l'effet d'une bombe.

— Je cherche Derek Malory, annonça-t-elle.

Derek s'inclina devant elle, vaguement inquiet.

— C'est moi, madame.

— Où cachez-vous ma nièce ? lui demanda-t-elle aussitôt. Ne me mentez pas ! Je sais que c'est vous qui la détenez. Mon mari m'a tout avoué.

Cette déclaration avait pétrifié l'assistance. Chacun regardait la visiteuse, bouche bée. Reggie fut la première à rompre le silence :

— Asseyez-vous, madame. Je suis certaine que Derek ne cache pas votre nièce. Je devine même qu'elle ne doit pas se trouver loin d'ici.

Elizabeth se tourna vers Reggie, intriguée.

— Nous nous connaissons, il me semble.

— En effet. Nous nous sommes rencontrées récemment à votre hôtel. Je cherchais Audrey, moi aussi. Ce jour-là, vous m'aviez parlé d'une de vos nièces, qui portait justement ce prénom. Je pensais qu'il ne pouvait pas s'agir de la même personne. (Reggie sourit. Maintenant que la tante d'Audrey savait la vérité, tout allait changer.) Je m'étais trompée.

— Oui, confirma Elizabeth.

Derek était perdu.

— Dois-je comprendre que vous êtes la tante d'Audrey ? demanda-t-il.

— Quelle vivacité d'esprit ! ironisa Elizabeth.

— Mais je croyais qu'elle n'avait plus de famille !

— Nous sommes plusieurs à connaître votre nièce, madame, intervint Jason. Derek a raison, elle n'a jamais parlé de sa famille. Peut-être devriez-vous commencer par vous présenter ?

— Vous-même, qui êtes-vous ? rétorqua Elizabeth.

— Le père de Derek. Jason Malory.

— Ah ! très bien. J'espère que vous saurez faire entendre raison à votre fils. Quant à moi, je m'appelle Elizabeth Perry. Mon grand-père était le duc de Wrighton. Un titre provisoirement tombé, mais qui sera relevé si Audrey donne naissance à un garçon.

— Bonté divine ! s'exclama Anthony.

— Elle m'avait raconté que sa mère était gouvernante ! dit Derek, abasourdi.

— Pas vraiment, répliqua Elizabeth, railleuse. Sa mère, qui était aussi mon unique sœur, est morte l'an dernier dans un accident stupide, après avoir tué son mari. Vous avez dû en entendre parler ? Le père d'Audrey était David Langton, le quatrième comte de Lanscastle.

James éclata de rire.

— Voilà pourquoi elle ressemblait tant à une lady !

— Audrey ne m'avait pas parlé de cet arrière-grand-père, intervint Reggie.

Derek fronça les sourcils.

— Dois-je comprendre, cousine, que tu connaissais l'identité d'Audrey ? Pourquoi ne m'as-tu rien dit ?

Reggie s'agita sur son siège, mal à l'aise.

— Elle m'avait demandé ma parole de ne rien répéter, Derek. Crois-moi, je n'ai pas gardé ce secret de gaieté de cœur. Hier soir, j'enrageais d'être la seule à connaître la vérité et de ne rien pouvoir dire.

Elizabeth sourit à Regina. Si Audrey s'était confiée à cette jeune femme, c'était la preuve qu'elle la trouvait digne d'estime.

— Audrey ne connaissait pas son arrière-grand-père, expliqua-t-elle. Il est mort bien avant sa naissance et nous avions préféré, ma sœur et moi, ne pas lui en parler. Le devoir de donner un héritier au duché de Wrighton avait angoissé notre mère toute sa vie, car elle n'avait eu que des filles. Le destin a voulu que je n'aie pas d'enfants. Et ma sœur, à son tour, n'a eu que des filles. À présent, c'est donc à Audrey qu'il incombe de relever le titre.

— Ne voyez-vous pas, lady Elizabeth, que votre nièce a ruiné toutes ses chances de faire un bon mariage ? demanda Jason, sans prendre de gants.

— Oh, si ! répliqua Elizabeth. J'aurais volontiers étranglé mon mari, quand j'ai appris ce qu'il avait fait.

— Expliquez-vous !

— Après la mort de leurs parents, Audrey et sa petite sœur, Jane, sont venues vivre chez nous. Mon mari a réussi à convaincre Audrey que ses créanciers l'expulseraient si elle ne se vendait pas à un riche gentleman pour éponger ses dettes.

— Ce n'était pas vrai ?

— Mon mari avait réellement des dettes. Mais quand je l'ai épousé – contre l'avis de ma famille, je le précise –, ma mère m'avait confié une grosse somme d'argent en me conseillant de n'en jamais rien dire à Elliott. Ce que j'ai fait. Puisque nous parlons d'argent… (Elle tira une liasse de billets de son réticule et la tendit à Derek.) Voici la somme que vous…

— Je ne veux pas de votre argent, la coupa Derek.

— Il faudra pourtant bien que vous l'acceptiez. (Elle posa les billets sur un guéridon.) La dette d'Audrey à votre égard est éteinte. Elle rentrera à la maison avec moi.

— Non.

— Pardon ?

Derek s'éclaircit la gorge.

— Pardonnez-moi. J'ai peut-être été un peu brutal.

— Un peu ? se moqua Anthony.

— Laisse ce garçon s'exprimer, vieux frère, dit James. Ça devient intéressant.

Elizabeth avait regardé les deux hommes, intriguée. Jason éclaira sa lanterne.

— Mes deux jeunes frères, annonça-t-il. Ils prennent rarement les choses au sérieux.

— Détrompe-toi, Jason, répondit James. Si tu veux mon avis, je...

— Je ne te le demande pas, le coupa Jason.

— Je voudrais moi aussi te détromper, Jason, reprit Tony. Ça n'est pas pour autant que je suis d'accord avec James.

Edward, qui n'avait rien dit jusqu'ici, intervint :

— Franchement, Tony, de quoi te mêles-tu ?

Reggie n'en croyait pas ses oreilles.

— Vous êtes vraiment incroyables, tous les quatre ! Vous avez le toupet de vous chamailler dans une circonstance pareille ?

— Pas du tout, ma chérie, expliqua Anthony en souriant. Nous voulions juste donner à Derek le temps de se retourner.

— Ah... dans ce cas, vous pouvez continuer.

— Merci, oncle Tony, mais ce ne sera pas nécessaire. (Derek considéra Elizabeth.) Lady Elizabeth, honnêtement je ne suis pas désolé que vous n'ayez pas connu plus tôt les difficultés de votre mari. Sinon, je n'aurais pas rencontré votre nièce. Mais...

— C'est très égoïste de votre part, jeune homme, l'interrompit Elizabeth.

— Certes. Mais j'aime Audrey, voyez-vous. Et je veux l'épouser.

Elizabeth sursauta. Elle ne s'était pas attendue à ça. Ni que Derek Malory soit aussi bel homme. Elle était arrivée en fanfare, déterminée à sortir sa nièce de cette situation, sans penser qu'Audrey n'y tenait peut-être pas.

— Audrey sait-elle que vous souhaitez l'épouser ?

— Oui.

— Quelle a été sa réponse ?

— Elle a refusé.

— Pourquoi ?

— À cause du scandale.

— Le scandale, bien sûr. Vous ai-je dit que le titre de duc de Wrighton s'accompagne d'une fortune considérable ? Malgré le parfum de scandale qui entourera ma nièce, je suis persuadée qu'elle n'aura aucune peine à trouver un mari.

— Notre famille a déjà connu trop de scandales, intervint Edward. Et nous n'avons pas besoin d'argent.

— C'est donc ainsi que vous voyez les choses, ici ? demanda Elizabeth, indignée.

— Non ! s'écria Derek en lançant un regard furieux à son oncle.

— Mon fils a raison. Je l'autorise à épouser Audrey.

Toutes les têtes se tournèrent vers Jason. L'étonnement était à son comble.

Georgina fut la première à réagir :

— Franchement, James, j'ignorais que tu étais si persuasif.

James secoua la tête.

— Je n'y suis pour rien, Georgina. S'il a changé d'avis, ce n'est pas grâce à moi.

— James n'est persuasif qu'avec ses poings, ajouta Anthony. Or, Jason ne porte aucune trace de coups.

— Ta réaction est absurde, Jason, protesta Edward. N'as-tu pas compris que le scandale sera encore plus énorme, puisque cette jeune fille est de bonne naissance ?

— C'est vrai, admit Jason. Mais j'avais déjà changé d'avis ce matin. Je ne vais pas revenir en arrière sous prétexte qu'Audrey est finalement une lady. Je soutiens Derek pour qu'il n'ait pas à répéter mon erreur.

— Quelle erreur ? demanda Edward.

— C'est une histoire entre Derek et moi. Si Audrey accepte de devenir sa femme, alors ils ont ma bénédiction.

Derek ne remercia pas son père, mais sa colère s'était déjà singulièrement apaisée. Il était si troublé qu'il dut s'éclaircir plusieurs fois la gorge avant de s'adresser à Elizabeth :

— Si vous voulez bien me suivre, je vous conduirai jusqu'à Audrey. Peut-être arriverez-vous à la convaincre de m'épouser.

Elizabeth fit la moue.

— Encore faudrait-il que j'en aie envie, jeune homme. Or, après tout ce que j'ai entendu dans cette pièce, rien n'est moins sûr.

28

Audrey s'assit finalement à côté de sa tante, tandis que Derek faisait les cent pas dans la chambre d'auberge, la mine indéchiffrable. Tous deux connaissaient l'entière vérité, à présent. Audrey se sentait si embarrassée qu'elle avait failli s'enfuir plusieurs fois de la pièce.

— Tu aurais dû venir tout me raconter, lui reprocha Elizabeth. J'avais largement les moyens de payer les dettes d'Elliott.

— Nous n'y avons pas songé, répondit Audrey. Ni oncle Elliott ni moi ne savions que vous aviez de l'argent.

Elizabeth soupira.

— C'est vrai, Je mesure le sacrifice que tu as consenti pour nous protéger. Cela me fait d'autant plus enrager. Si j'avais eu un revolver à portée de la main, je crois que j'aurais tué Elliott.

— Je n'aurais jamais cru qu'il vous avouerait tout.

— Je suppose que le remords le rongeait. Il avait conscience d'avoir terriblement mal agi. Cela ne suffit pas à l'excuser.

— Où est-il ?

— Je l'ignore, et je m'en moque, répliqua sèchement Elizabeth. Je l'ai mis à la porte. Je n'ai aucune intention de lui pardonner.

— C'est moi qui ai pris la décision, tante Elizabeth. Il ne m'a pas forcée.

— Ne le défends pas...

— Moi, si, je le défends, l'interrompit Derek. S'il n'avait pas fait ce que vous lui reprochez, je n'aurais pas connu Audrey.

— Derek ! s'exclama Audrey.

— J'insiste, reprit-il. Je suis désolé que tu aies dû traverser cette épreuve, Audrey, mais c'est grâce à elle que nous avons pu nous rencontrer. Cela, je ne le regrette pas.

— Vous êtes décidément très égoïste, répliqua Elizabeth. Quoi qu'il en soit, Audrey rentre à la maison avec moi. Dans un an ou deux, quand toute cette histoire sera un peu oubliée, nous pourrons penser à l'établir honorablement.

— Non, protesta Derek. Si vous le souhaitez, je suis tout disposé à lui faire une cour en bonne et due forme. Mais je n'attendrai pas un an ou deux...

— Jeune homme, l'interrompit Elizabeth, cette décision ne vous appartient pas. D'autre part, je ne crois pas avoir suggéré que ma nièce pourrait vous épouser.

— Madame, vous n'ignorez pas la nature de ma relation avec Audrey. Je l'ai définitivement compromise. Dans ces conditions, je ne vous comprends pas. Vous devriez au contraire *insister* pour que je l'épouse.

— Je n'insisterai jamais pour qu'elle épouse tel ou tel. Audrey se mariera avec qui elle voudra, à la date de son choix. Or, il ne me semble pas l'avoir entendue dire qu'elle souhaitait que ce soit avec vous.

Audrey luttait pour ne pas rire. Voir ces deux fortes têtes s'affronter ne manquait pas de sel. Elle connaissait bien sa tante. Elizabeth était probablement convaincue que Derek était un excellent parti pour sa nièce. Mais elle n'était pas disposée à l'admettre.

Voyant que Derek attendait sa propre réponse, elle soupira.

— Rien n'a changé dans mon esprit, lui dit-elle. Je suis moins confiante que ma tante pour penser que toute cette histoire finira par se tasser. Si je vous épouse, tous les gentlemen présents chez Lonny le soir où vous m'avez achetée en feront des gorges chaudes.

— Audrey, combien de fois devrai-je te répéter que je me moque du scandale ?

— C'est faux, et vous le savez très bien ! Avez-vous déjà oublié les précautions que vous preniez pour que mon existence passe inaperçue ? Et pour que votre père ne sache rien ?

— Les choses ont changé. À présent, il est favorable à notre mariage.

Audrey écarquilla les yeux.

— Il a changé d'avis en apprenant que j'étais une lady ?

— Non. À cause de ma mère. Je pense qu'il voulait l'épouser, dans sa jeunesse. Il y a renoncé à cause des conventions. Aujourd'hui, il le regrette.

— L'accord de votre père n'empêchera pas...

Avant qu'Audrey ait pu terminer sa phrase, Regina Eden avait fait irruption dans la pièce sans même prendre la peine de frapper.

— J'espère que je ne vous dérange pas, dit-elle.

— Reggie, nous avons une conversation strictement privée, répondit Derek.

— Ah, oui ? (Elle feignit la surprise.) Mon Dieu... tant pis ! Je n'en aurai pas pour longtemps. Je voulais simplement m'assurer, Derek, que tu étais informé du scandale qui éclatera demain.

— Un autre scandale ? (Derek soupira.) De quoi s'agit-il, cette fois ?

— Eh bien, je me suis laissé dire qu'une rumeur allait bientôt courir la ville au sujet de la fiancée de Derek Malory... (Reggie se tourna vers Audrey.) Saviez-vous qu'ils étaient engagés depuis l'adolescence ? La jeune lady en question était si vexée de son manque d'empressement à la conduire devant l'autel qu'elle avait décidé de lui forcer la main en...

— Reggie, de quoi parles-tu, à la fin ? la coupa Derek. Je ne suis engagé à personne !

— Bien sûr que si, cousin. Laisse-moi finir. La rumeur va plus loin.

— Elle a perdu la tête, assura Derek à Audrey. Je jure que je n'ai pas de fiancée, ni...

— Oh, tais-toi, s'il te plaît, Derek ! l'interrompit Reggie. Comme je le disais, la jeune lady ne manquait pas d'audace ni d'imagination. Elle a décidé que le meilleur moyen de savoir quel prix lui accordait lord Malory était de le forcer à l'acheter. Dans une vente aux enchères, figurez-vous ! C'est choquant, je le reconnais, mais la pauvre était si amoureuse qu'elle ne voyait aucune malice dans son acte. Lord Malory a effectivement payé pour l'avoir. Une somme exorbitante, je précise. C'est terriblement romantique, n'est-ce pas ? Bien sûr, après la vente, il l'a reconduite aussitôt chez sa tante. En prenant garde, cette fois, d'arrêter une date pour le mariage avant qu'elle ne tente autre chose d'aussi déraisonnable.

Derek était médusé.

— Ça, alors ! Reggie, tu as brillamment résolu notre problème !

Reggie lui sourit.

— Même oncle Edward est convaincu que ce mini-scandale ne provoquera, au pire, que quelques ricanements chez les gentlemen. Quant aux ladies, elles réagiront comme moi : elles trouveront cette histoire follement romantique.

— C'est vrai, acquiesça Elizabeth. Ça ne manque pas d'un certain panache.

— Audrey ? interrogea Derek. À présent, personne ne connaîtra la vérité.

Audrey savait ce qu'il lui demandait, mais elle se sentait incapable de lui répondre sur-le-champ. Il fallait d'abord qu'elle fasse le point. La raison qu'elle lui avait donnée pour motiver son refus n'existait plus. Seule la raison qu'elle ne lui avait pas donnée faisait encore obstacle à son bonheur. Finalement, elle décida de se jeter à l'eau.

— Vous me demandez d'épouser un homme qui, pas une fois, ne m'a dit qu'il m'aimait ?

Derek la regarda, ébahi. Reggie leva les yeux au plafond. Elizabeth éclata de rire.

— Les hommes sont toujours négligents, sur ce point, dit-elle. Ils disent beaucoup de choses, sauf la seule qu'on aimerait entendre de leur bouche.

— Les femmes sont pareilles, répliqua Derek. Je ne crois pas non plus avoir entendu Audrey déclarer qu'elle m'aimait.

Audrey rougit.

— Je suppose que c'est effectivement une négligence de ma part.

— Nous ferions peut-être mieux de nous esquiver, suggéra Reggie à Elizabeth.

— Vous avez raison.

Audrey contemplait Derek. Elle n'entendit pas la porte se refermer sur les deux femmes. Derek lui prit la main et la baisa tendrement.

— Dis-le-moi, chérie ! Dis-moi que tu m'aimes.

— Je vous aime, Derek. Très, très fort.

Il sourit.

— Je le savais. Comme tu savais que je t'aimais. Tu l'as su la première fois que je t'ai demandée en mariage. Sinon, pourquoi aurais-je désiré t'épouser ?

Audrey se blottit contre lui.

— Qui peut prétendre connaître le cœur d'un homme ? Certainement pas moi. À mon tour, j'ai besoin de l'entendre, Derek. Dites-le-moi…

Il se pencha pour l'embrasser.

— Crois-moi, ma chérie, tu n'as pas fini de l'entendre.

Derek entra dans le salon de Haverston en tenant la main d'Audrey.

— J'ai une autre nouvelle à vous annoncer, déclara-t-il à toute la famille réunie pour l'occasion.

— Ce n'est pas nécessaire, mon garçon, répondit James en souriant. Nous avons déjà deviné.

— Laisse-le quand même parler ! dit Anthony à son frère.

Derek sourit à son tour.

— Lady Audrey a finalement accepté de m'épouser. Nous remercions beaucoup Reggie de l'aide qu'elle nous a apportée... Au fait, où est-elle ?

— Là-haut, avec son mari, répondit James en souriant d'un air entendu. Elle avait l'air très contente d'elle.

— Elle peut ! s'enflamma Amy. Derek, je suis si heureuse pour toi !

Edward s'avança pour saluer Audrey.

— Je suis ravi de vous rencontrer, ma chère. Je suis convaincu que vous ne démériterez pas de la famille Malory.

— Bien sûr que non, assura Jason.

Derek regarda son père, assis près de la cheminée.

— Pourrais-je m'entretenir en privé avec vous, père ?

Jason hocha la tête et l'entraîna vers son bureau. Derek emmena Audrey avec lui. En chemin, ils rencontrèrent Molly qui traversait le hall.

— Voulez-vous vous joindre à nous ? proposa Derek en lui désignant le bureau où Jason était déjà entré.

Molly acquiesça. Dans le bureau, elle se plaça à côté de Jason. Elle semblait inquiète. Derek se reprocha de l'avoir alarmée.

— J'étais en colère, hier soir, s'excusa-t-il. À présent, je suis trop heureux pour garder la moindre rancune dans mon cœur. (Il porta la main d'Audrey à ses lèvres, au cas où il y aurait eu le moindre doute sur la cause de son bonheur.) Pendant la nuit, j'ai aussi compris certaines choses...

Il s'interrompit pour s'éclaircir la gorge. Molly, détendue, souriait à Audrey.

Tout d'un coup, Derek traversa la pièce pour serrer Molly dans ses bras.

— Je suis désolé, dit-il. Je ne voulais pas vous causer le moindre chagrin. Mais j'étais si anéanti... Je me sentais trahi. (Il croisa son regard.) Je sais que vous avez toujours été présente pour moi. Comme une mère. Il me manquait simplement de pouvoir vous appeler « maman ». Je crois que je comprends votre réaction, à présent.

— Je l'ai fait pour toi, Derek, répondit Molly. Peut-être me suis-je trompée, après tout. Je me suis privée d'un tel bonheur... Maintenant que je connais tes sentiments, je risque d'autant plus de le regretter en...

— Ne regrettez rien, la coupa-t-il. Il y a déjà eu trop de regrets, de part et d'autre. Je ne vous en voudrais pas si vous refusez encore que je vous appelle mère.

Molly éclata en sanglots.

— Oh, Derek, je t'aime tellement ! Tu peux bien m'appeler comme tu veux !

Il rit. Jason également. En croisant le regard de son père, Derek comprit qu'il aimait passionnément Molly.

— J'imagine que vous n'êtes toujours pas disposés à vous marier, tous les deux ?

Jason soupira tristement.

— Elle est plus entêtée qu'une mule !

Molly haussa les épaules en s'essuyant les yeux.

— À quoi bon ? Ton père et moi vivons très heureux ainsi. Nous n'avons pas besoin d'un papier officiel pour ajouter à notre bonheur.

— Je ne désespère pas de la faire changer d'avis, dit Jason en clignant de l'œil à l'adresse de son fils.

— Ça ne m'étonne pas de vous, répondit Derek.

— Ce sera peine perdue, assura Molly. (Elle sourit à Jason, avant d'ajouter :) Mais je ne l'empêcherai pas d'essayer.

Ce soir-là, Derek reconduisit Audrey à l'auberge pour l'aider à boucler ses valises. Désormais, elle habiterait Haverston jusqu'à leur mariage.

— Mon oncle Anthony avait raison, au dîner, dit-il en entrant dans la chambre. Je ne me risquerai plus jamais à encourir ta colère.

Audrey grimaça.

— Votre oncle exagère. L'assassinat des maris n'est pas la règle générale, dans ma famille. En revanche, c'est vrai que nous n'hésitons pas à les remettre à leur place.

Derek éclata de rire avant de la serrer contre lui.

— Je m'en souviendrai, ma chérie. Du reste, je n'ai aucune envie de te courroucer. Je préfère te savoir toujours folle amoureuse de moi.

— Hmm. C'est agréable à entendre, dit-elle en lui embrassant la joue, puis le cou. Pourrais-je avoir une petite démonstration ?

Il s'empara de ses lèvres et l'embrassa fougueusement.

— Vos désirs sont des ordres. Je ne me lasserai jamais de ce genre de requêtes.

Elle leva vers lui des yeux que l'amour illuminait.

— Alors, continuez, Derek ! Continuez !

Il s'exécuta aussitôt. Avec le plus grand plaisir.

AVENTURES & PASSIONS

7 décembre

Eloisa James, Christi Caldwell,
Janna MacGregor et Erica Ridley
Féérie de Noël
Inédit

À Noël, lors de sa réception annuelle de la Christmas Revelry, le duc de Greystoke convie amis et connaissances pour quinze jours de plaisirs. Entre promenades en traîneaux, parties de boules de neige et bals somptueux, Cressida, Isabelle, Caroline et Louisa vont découvrir les joies des fêtes, le bonheur de plaire et, peut-être, faire la rencontre tant espérée qui changera leurs vies…
Féérie de Noël regroupe quatre nouvelles originales d'auteures incontestées de la Régence : Eloisa James, Christi Caldwell, Janna MacGregor et Erica Ridley.

✦

Bethany Bennett
Le comte de West End
Inédit

Mlle Ophelia Hardwick a usurpé l'identité de son frère Adam, assassiné par son oncle pour récupérer l'héritage. Depuis dix ans, elle a réussi à dissimuler sa féminité et occupe le poste d'intendant auprès du comte de Carlyle, dont elle est secrètement amoureuse. Suite à un concours de circonstances, Carlyle découvre le secret de celui qu'il considérait comme son bras droit. Cependant, bouleversé par la beauté d'Ophelia, il décide de garder le silence. Mais de lourdes menaces pèsent sur la passion dévorante qui les consume et pourraient devenir mortelles pour les amants.

Julie Anne Long

Le palais des vauriens – La cantatrice

Inédit

Mariana Wylde, une diva de l'opéra, trouve refuge au milieu de la nuit à la pension Grand Palace. Rejetée comme une pestiférée après un duel entre deux lords, dont l'un était son amant, elle a tout perdu. La cantatrice s'installe et fait la connaissance des autres pensionnaires, tous charmants et attentionnés. Tous, sauf un : le général James Duncan Blackmore dont l'arrogance et le mépris qu'il affiche pour cette dévergondée sont une offense pour Mariana comme pour les autres occupants. Sommé de présenter des excuses à la jeune femme, James campe sur ses positions, même si la beauté et la douceur de la chanteuse le troublent plus qu'il ne veut bien se l'avouer.

✦

Betina Krahn

Héros malgré eux – L'ange de la Tamise

Inédit

Horace Townsend et Lawrence Alcott dont les affaires périclitent décident de s'associer en mariant leurs enfants uniques : Rafe et Lauren. Les fiançailles sont rapidement annoncées. Lors d'une promenade sur la Tamise, la barque de deux femmes chavire. Devant le refus de Rafe de sauver les malheureuses, Lauren retire chemise et penty, et plonge. Horrifiée par la lâcheté de son fiancé, la jeune femme lui rend sa bague et rompt son engagement. Le lendemain, un article du *Times* relate l'événement en racontant que « L'ange de la Tamise » était nue ! Rafe et Lauren parviendront-ils à éviter le scandale, et à quel prix ?

Anna Bradley

La société secrète — À la poursuite d'un fantôme

Inédit

Gideon Rhys, marquis de Darlington, vient d'annoncer son mariage. Comment est-ce possible ? Lui que la rumeur accuse d'avoir assassiné sa première épouse ! L'École philanthropique de lady Clifford dépêche Cecilia Gilchrist à Darlington Castle en tant que gouvernante. D'abord intimidée par les lieux et leur mystérieux propriétaire, elle s'attache à mener son enquête et observe les faits et gestes du marquis. Il doit y avoir des secrets dans ce château où des objets disparaissent et où il est interdit d'entrer dans la chambre de feue la marquise. Plus troublant encore, Cecilia n'arrive pas à s'expliquer comment le regard dévastateur et la fière allure de Gideon ont pu ensorceler son cœur et enflammer ses sens ?

✦

Monica McCarty

Les chevaliers des Highlands — Le Saint

Magnus MacKay est l'essence même du Highlander : dur, fier, intrépide. On le surnomme Le Saint parce qu'il refuse de parler des femmes, mais également pour son commandement froid et rigoureux. Sa réserve cache en réalité une profonde blessure amoureuse et un deuil qui l'ont meurtri. Jusqu'au jour où, Helen, la femme qui l'a éconduit se retrouve fiancée à l'un de ses compagnons de la Garde. Dès lors, Magnus va devoir livrer la bataille la plus difficile de sa vie : celle des sentiments.

Johanna Lindsey

Les Malory – Le cadeau de Noël des Malory

Toute la famille Malory s'est réunie pour célébrer Noël. Un paquet enrubanné, posé près de la cheminée, suscite la curiosité de tous. Une fois retiré, l'emballage doré ne révèle qu'un vieux cahier à la couverture de cuir. Quelle déception ! Or, chacun a la certitude que son existence va être bouleversée par cet étrange présent, car ce carnet n'est autre que le journal tenu à quatre mains, un siècle plus tôt, par Christopher Malory et son épouse, la mystérieuse Anastasia.

4879

Composition
FACOMPO

Achevé d'imprimer en Italie
par GRAFICA VENETA
le 2 octobre 2022

Dépôt légal : novembre 2022
EAN 9782290372593
OTP L21EPSN002452-404319

ÉDITIONS J'AI LU
82, rue Saint-Lazare, 75009 Paris

Diffusion France et étranger : Flammarion